# Alfies Bestattungsladen

Eine bitterböse Krimikomödie
aus dem Harz

Helmut Exner

# Alfies Bestattungsladen

Eine bitterböse Krimikomödie
aus dem Harz

Harz-Krimi

# Über dieses Buch

Alfons Witzki, genannt Alfie, betreibt mit seiner Familie ein kleines Bestattungsunternehmen. Da das Geschäft stagniert, brütet er ständig neue Ideen aus, es anzukurbeln. Lilly Höschen, eine alte Freundin der Familie, sorgt gelegentlich für Kundschaft.

Da kommt ein junges Mädchen aus der Nachbarschaft gewaltsam ums Leben. Für Rebecca, die erwachsene Tochter des Hauses, gerät die heile Welt, in der sie zu leben glaubt, aus den Fugen. Halt gibt ihr in dieser Situation neben der Familie vor allem ein Mann, in den sie sich verliebt. Dass auch ihr eigenes Leben in Gefahr ist, merkt sie erst als es fast zu spät ist.

Auch dieser Kriminalroman von Helmut Exner spielt wieder überwiegend im Harz. Ein Teil der Geschichte ist in der kanadischen Prärie angesiedelt und gibt einen Einblick in das Leben der Religionsgemeinschaft der Hutterer.

Wer schon andere Bücher von Helmut Exner gelesen hat, trifft hier alte Bekannte wieder: Lilly Höschen, Pfarrer Christian, Hermine und die Sauschlägers. Allerdings bedarf es hier keiner Vorkenntnisse. Man kann dieses Buch auch lesen, ohne die anderen zu kennen.

Alle Orte in diesem Buch sind authentisch. Die Personen und die Handlung sind frei erfunden. Etwaige Ähnlichkeiten mit lebenden und toten Personen wären rein zufällig.

**Bibliografische Information der Deutschen Nationalbibliothek**
Die Deutsche Nationalbibliothek verzeichnet diese Publikation in der Deutschen Nationalbibliografie; detaillierte bibliografische Daten sind im Internet über http://dnb.d-nb.de abrufbar.

Alfies Bestattungsladen

ISBN 978-3-943403-37-4

Dieser Titel ist auch als eBook erhältlich
in den Formaten ePub und Mobi (Kindle).



Lektorat: Sascha Exner

Verlag, Druck und Verarbeitung:
EPV Elektronik-Praktiker-Verlagsgesellschaft mbH
Postfach 1163, D-37104 Duderstadt

Email: info@epv-verlag.de / Web: www.epv-verlag.de

www.helmutexner.de

# Teil I

# Kapitel 1

## Goslar

»Guten Morgen, Alfie. Na, du wartest wohl auf Kundschaft?«

»Guten Morgen, lieber Franz. Das ist das Schöne an meinem Beruf. Ich kann warten. Irgendwann kommt jeder zu mir. Übrigens: Du siehst nicht besonders gut aus. Vielleicht solltest du mal zum Arzt gehen. Nicht, dass ich dich nächste Woche auch schon als Kunden habe.«

Alfons Witzki hatte an diesem herrlichen Sommermorgen einen Stuhl vor sein Geschäft gestellt und sah dem Treiben auf der Straße zu. Alfie, wie er von allen genannt wurde, war Bestattungsunternehmer. Er konnte auf eine lange Familientradition in diesem Gewerbe zurückblicken, die bis ins 19. Jahrhundert reichte. Das Fachwerkhaus, in dem er und seine Familie das Unternehmen betrieben und auch wohnten, lag in der romantischen Altstadt von Goslar. Franz hatte gegenüber ein kleines Restaurant, das bereits morgens öffnete, um seinen Gästen Frühstück anzubieten. Alfies Bestattungsunternehmen war ihm ein Dorn im Auge, da es nicht sehr geschäftsfördernd war, wenn seine Kundschaft beim Essen auf dessen Schaufenster schauen musste. Aber das war nicht zu ändern. Der Bestatter war schon wesentlich länger dort ansässig. Die beiden Männer mochten sich trotzdem. Alfie war Anfang sechzig, schlank und hoch gewachsen. Er hatte schütteres Haar, und jeder kannte ihn nur in seiner Berufskleidung, einem schwarzen Anzug. Mit im Geschäft waren seine Frau Hannelore, genannt Lörchen, Tochter Rebecca, eine sehr sensible, dreißigjährige Schönheit, und Sohn Markus, fünfunddreißig Jahre alt und von der Mentalität her ein Luftikus.

Alfie nahm die Zeitung und las, was über die Region berichtet wurde. Ab und zu grüßte er einen Passanten. Niemand hielt sich vor dem Schaufenster auf oder verweilte vor dem Geschäft länger als nötig. Wer Alfie allerdings besser kannte, blieb gern auf ein kleines Schwätzchen stehen. Denn Alfie war ein Unikum. Sein Humor war von einer Art, die einen Menschen entweder vor Lachen in Atemnot bringen konnte oder nur mit dem Kopf schütteln ließ. Manchmal konnte man sich allerdings gar nicht sicher sein, ob es sich wirklich um Humor handelte oder ob er eine noch so obskure Sache todernst meinte. Er war schon ein bisschen verrückt, oder, gelinde gesagt, seltsam. Er hatte im Laufe der Zeit bereits die merkwürdigsten Ideen produziert. Als das Geschäft schwieriger wurde wegen der Billigkonkurrenz und durch Bestattungen im Ausland, setzte er sich mit einem ortsansässigen Hotelier zusammen und kam auf die Idee, eine Art Hotel für Selbstmörder zu eröffnen. Es sei nun einmal so, dass ein gewisser Prozentsatz von Menschen freiwillig aus dem Leben scheide. Warum sollte man einen Teil dieser Leute nicht in einem speziellen Hotel bündeln und die ganze Sache dann über ein angeschlossenes Bestattungsinstitut abwickeln? Die Umsetzung scheiterte dann an rechtlichen Bedenken des hinzugezogenen Juristen. Dieser meinte, dass Hotelier und Bestatter dann bei jedem dieser Fälle mit einer Anklage wegen Sterbehilfe rechnen müssten. Aber so ganz war diese Sache noch nicht aus Alfies Kopf verschwunden. Irgendwann würde er schon den richtigen Dreh finden. Wenn er nur ein Prozent des deutschen Suizid-Marktes für sich bekäme, wäre er ein gemachter Mann. Mal ganz abgesehen von den Vorteilen für die Sterbewilligen. Die könnten in aller Ruhe in einer schönen Umgebung der Welt Lebewohl sagen. Mit etwas Fantasie könnte ein Hotelier hübsche Arrangements für den Tag X anbieten. Ein letztes gutes Essen, Musik, schöne Frauen oder auch Männer, auf Wunsch geistlichen Beistand oder ein letztes Besäufnis.

Inzwischen hatte Alfie aufgehört zu lesen und hing seinen Gedanken nach. Da kam eine Frau über die Straße auf ihn zugestolpert. Eigentlich mehr ein Dragoner als eine Frau. Das große Blumenmuster ihres Kleides stellte ihre üppige Figur noch heraus. Mit grimmigem Gesichtsausdruck gab sie ein lautes *Guten Morgen* von sich, während Alfie sich erhob.

»Guten Morgen, meine Dame. Kann ich etwas für Sie tun?«

»Das will ich hoffen.«

»Dann lassen Sie uns hineingehen.«

Sie steuerten auf die Sitzecke am Ende des Ladens zu und die Frau begann sofort zu erzählen: »Mein Mann hat das Zeitliche gesegnet und ich muss ihn nun unter die Erde kriegen.«

»Oh, darf ich Ihnen mein aufrichtiges Bei...«

»Das können Sie sich sparen. Ich bin nicht in Trauer. Er ist so gestorben, wie er es sich gewünscht hat. Und ich habe jetzt den Salat und muss mich um alles kümmern. Ich will, dass es so schnell und unkompliziert wie möglich über die Bühne geht. In die Kiste packen, ab zum Verbrennen und die Asche entsorgen. Keine Trauerfeier, keine Blumen, kein Schnickschnack, nichts. Schnell und billig.«

»Gut, dann rate ich zu einem preiswerten Sarg aus Fichte, solch einen, den das Sozialamt zahlen würde, wenn mittellose Menschen sterben.«

»Genau so einen nehmen wir.«

»Innenausstattung...«

»Brauchen wir nicht«, unterbrach sie ihn.

»Kleidung?«

»Brauchen wir auch nicht. Von mir aus können Sie ihn nackt reinlegen. Genau so, wie er gestorben ist. Er lag nackt auf einer Frau, als er seinen letzten Atemzug machte. Und so kann er von mir aus auch in die Kiste gepackt werden.«

»Oh, das ist allerdings unüblich. Wir müssen schon auf die Würde...«

»Quatsch! Er hatte zu Lebzeiten keine Würde, und jetzt ist es zu spät dafür. Legen Sie ihn doch auf den Bauch. Dann kann er sich mit dem Arsch zudecken.«

»Hahaha, der war gut! Also, ich vermute mal, dass Ihnen

der Verblichene in letzter Zeit keinen Anlass zur Freude gegeben hat.«
»Das können Sie laut sagen. Jahrelang hat er nur herumgehurt, dieser, dieser...«

»Möchten Sie einen Cognac?«

Alfie regelte alles im Sinne seiner Kundin. Und nach dem zweiten Cognac hatte sich die Dame auch weitgehend abgeregt. Da bewegte sich ein Stück weiter ein Sargdeckel. Die Frau traute ihren Augen nicht, als sich plötzlich aus dem Sarg ein junger Mann erhob: Markus, der Sohn des Hauses. Sie fing hysterisch an zu schreien. Aber Alfie konnte sie sofort beruhigen: »Keine Angst, das ist mein Sohn Markus. Er ist nicht tot.«

»Oh, tut mir leid, wenn ich Sie erschreckt habe. Aber es ist gestern so spät geworden, und ich hatte den Wohnungsschlüssel vergessen. Da habe ich halt hier übernachtet,« sagte ein verschlafener Markus Witzki.

»Wollen Sie mich gleich mit beerdigen? Ich wollte eigentlich noch die Pension meines Mannes genießen.«

Dann brach die Dame lauthals in Gelächter aus und bat um einen dritten Cognac.

Als sie den Laden verließ, hatte sie gute Laune. Ihre Wut war von drei Gläsern Cognac wie verflogen. Und Alfie würde sich um alles kümmern. Sie hatte auch bereits bezahlt. Dieses Kapitel ihres Lebens war abgeschlossen. Diesen Alfie konnte man nur empfehlen. Im Hinausgehen sagte sie dann noch lachend: »Sie haben übrigens genau den richtigen Namen für einen Bestattungsunternehmer: Witzki. Und die Nummer Ihres Sohnes, der aus dem Sarg emporsteigt, war auch nicht schlecht.«

»Das sehe ich auch so. Also, viel Spaß dann als lustige Witwe.«

Als Markus sich gerade nach oben in die Wohnung begeben wollte, kam sein Vater hinter ihm her und griff ihm ins Genick: »Sag mal, bist du noch ganz bei Trost? Eine sensiblere Frau hättest du mit deinem Auftritt glatt umgebracht.«

»Ja, ich weiß. Aber ich bin gestern versackt und habe es dann nicht mehr die Treppe hoch geschafft. Und den Schlüssel habe ich auch nicht gefunden. Da hab ich mich halt in die Kiste gelegt. Ist übrigens schön bequem das Modell.«

Kopfschüttelnd ließ er seinen Sohn ziehen.

In den hinteren Räumlichkeiten hatte Rebecca schon angefangen zu arbeiten. Rebecca war etwas Besonderes. Wenn man ihr bei der Arbeit zuschaute, konnte man meinen, sie war die Anmut selbst. Mittelgroß, grazil gebaut, langes braunes Haar und ein Lächeln zum Dahinschmelzen. Ihre sanfte Stimme tat den Rest, um dieses wundervolle Wesen einfach zu lieben. Zwar war auch ihre Mutter eine wunderbare Frau, aber eine solche Tochter zu haben, war für Alfie ein Geschenk, für das er Gott dankbar war. Dass ausgerechnet er dieses elfenhafte Geschöpf gezeugt hatte, würde er wohl nie begreifen.

Rebecca liebte ihre Arbeit. Sie war es, die Hinterbliebenen ihr Mitgefühl so zeigen konnte, dass man es ihr abnahm. Sie befragte auch die Angehörigen, wie der Verstorbene gewesen war, was er gemocht hatte und was nicht. Stets erkundigte sie sich nach der Lieblingsmusik eines Verblichenen. Und wenn sie ihn dann zurechtmachte, stellte sie die entsprechende Musik an. So hörte man aus den hinteren Zimmern nur selten ein Requiem. Viel öfter kam es vor, dass Rebecca Rock oder Volksmusik spielen musste. Heute hörte man Shanties, da der Mann, den sie gerade zum letzten Mal schön machte, zur See gefahren war und diese Musik geliebt hatte. Rebecca zelebrierte es geradezu, einen Menschen für seine letzte Reise erstrahlen zu lassen. Und viele Angehörige waren erstaunt, wenn sie den Vestorbenen dann zum letzten Mal anschauten.

In ihrem privaten Umfeld ging es auch nicht viel unterhaltsamer zu als in ihrem Beruf. Rebecca pflegte nicht viele Kontakte. Nicht, dass sie es nicht gewollt hätte. Sie konnte auch fröhlich sein und mit Freunden herumschnattern. Sie wäre auch gern mal tanzen gegangen. Aber es gab nicht allzu viele Menschen, die Interesse an ihrer Gesellschaft hatten. Zum einen schreckte ihr Beruf manch einen davor ab, näheren Kontakt zu ihr aufzubauen. Und zum anderen war sie ein dezent zurückhaltender Typ. Nichts war ihr ein größeres Gräuel als Aufdringlichkeit und Oberflächlichkeit. Von daher war sie durchaus auch wählerisch. Mit Menschen ohne Herz und Verstand konnte sie nichts anfangen. Einen festen Freund hatte sie noch nie gehabt. Und die Zahl der Freundinnen hatte in den letzten Jahren stetig abgenommen, weil Rebecca solo war und nicht das fünfte Rad am Wagen sein wollte, da fast alle immer einen Partner hatten. Trotzdem empfand sie ihr Dasein nicht als trist. Ihre Familie bedeutete ihr viel. Ihre Mutter war in ihren Augen eine großartige Frau. Ein ruhender Pol, ein vernunftbegabter Mensch und doch voller Herzlichkeit. Und ihr Vater war einfach prima. Manchmal übertrieb er es zwar mit seiner merkwürdigen Art von Humor und seinen abstrusen Vorstellungen. Aber sie liebte ihn von Herzen. Und dann war da noch Markus, ihr Bruder. Er nahm das Leben leicht, wollte immer seinen Spaß haben. Das war zwar nicht ihr Weg. Aber insgeheim bewunderte sie ihn dafür. Rebecca hatte die Kirche, in der sie sich engagierte. Und sie hatte ihre Bücher. Sie liebte Musik, Theater und Kino. Blöd war es immer, wenn sie niemanden fand, der mit ihr solche Veranstaltungen besuchte. Denn natürlich teilte sie gern ihre Begeisterung mit anderen. Heute Abend würde sie jedoch angenehme Gesellschaft haben. Es war Chorprobe. Sie sang mit Begeisterung im Kirchenchor.

Am späten Nachmittag war Rebecca mit ihrer Arbeit fertig. Sie hatte noch eine Verabredung mit Ina, einem fünfzehnjährigen Mädchen aus der Nachbarschaft. Ina war schlecht in der Schule, und Rebecca half ihr, wenigstens einen einigermaßen vorzeigbaren Hauptschulabschluss zu machen. Vielleicht würde es ja sogar gelingen, die Mittlere Reife zu bekommen. Seit sie sich um das Mädchen kümmerte, war sie schon erheblich besser geworden. Sie war einfach etwas langsam im Denken, aber von der Mentalität her und auch vom Äußeren ähnlich wie sie selbst. Ein zurückhaltendes, liebes Mädchen, bei dem nichts von irgendwelchen pubertären Ausfällen zu spüren war. Auf eine angenehme Art unschuldig, noch recht weit vom Erwachsensein entfernt. Als sie mit dem Lernen fertig waren, unterhielten sie sich noch über das Buch, das Rebecca ihr letzte Woche gegeben hatte: »Seitdem du so viel liest, wird deine Allgemeinbildung ständig besser.«

»Meiner Deutschlehrerin ist das auch schon aufgefallen. Mir selbst ist das gar nicht bewusst. Aber es macht Spaß, wenn man mitreden kann.«

Als sie gegangen war, dachte Rebecca noch eine Weile über Ina nach. Sie hatte es nicht leicht und würde es wohl auch nie leicht haben. Ihre Mentalität war nicht geeignet, den nicht immer guten Absichten ihrer Mitmenschen etwas entgegenzusetzen. Im Gegensatz zu ihr selbst war Ina auch noch leichtgläubig, fast naiv. Sie ahnte nichts Böses hinter einer schönen Fassade. Ihre Mutter war vollauf damit beschäftigt, sich und ihre Tochter durchzubringen. Einen Vater hatte sie nicht. Der war schon verschwunden, als die Mutter schwanger gewesen war. Hoffentlich würde es Ina eines Tages nicht auch so ergehen.

# Kapitel 2

Am Abend tauchte ein neues Chormitglied auf: Harry, ein großer, dunkelhaariger Mann von Ende dreißig. Beim anschließenden Umtrunk in einem Lokal erzählte er, dass er erst vor Kurzem zugezogen sei. Von Beruf Krankenpfleger, hatte er eine Stelle als Pflegedienstleiter im hiesigen Krankenhaus angetreten. Er war unverheiratet und hatte keine Kinder. Er sagte gleich, dass es aufgrund des Schichtdienstes vorkommen könne, dass er die eine oder andere Probe verpasst. Aber sie hatten ihn gern in den Chor aufgenommen, weil er eine schöne Tenorstimme hatte und sympathisch war. Vor allem war er aber ein stiller, zurückhaltender Typ. Rebecca mochte ihn auf Anhieb. Sie stellten fest, dass sie nicht weit voneinander entfernt wohnten. Also begaben sich die beiden gemeinsam auf den Nachhauseweg.

»Und wo hast du vorher gewohnt?«, fragte Rebecca.

»In Salzgitter. Ich bin umgezogen, weil ich hier die Möglichkeit hatte, mich beruflich zu verbessern. Und ich muss sagen, Goslar ist wirklich eine zauberhafte, kleine Stadt.«

»Ja. Allerdings, wenn man immer hier gelebt hat, fällt es einem gar nicht mehr auf. Aber wenn man dann an einen wirklich hässlichen Ort kommt, ist man froh, wenn man wieder nach Hause kann.«

Sie schlenderten sehr langsam durch die Stadt und erzählten sich alles über ihre Vorlieben. Rebecca berichtete, dass sie gern Musik, Theater und Bücher mochte. Harry teilte ihre Begeisterung dafür. Also zählten sie auf, was sie in letzter Zeit für Romane gelesen hatten und stellten fest, dass ihr Geschmack sehr ähnlich war. Dann blieb Rebecca abrupt stehen, weil sie etwas beobachtete. Da hinten, das war doch Ina. Sie ging mit zwei jungen Männern durch die Fußgängerzone. Jeder hatte eine Hand von ihr genommen. Und das Trio schien quietschvergnügt. Als sie genauer schaute, sah sie, dass man die beiden wohl nicht mehr als Jungen bezeichnen konnte. Die waren bestimmt schon über zwanzig, der eine vielleicht eher dreißig. Es war sehr ungewöhnlich, dass die zurückhaltende Ina sich abends um halb elf mit zwei Männern in der Stadt herumtrieb. Sie würde sie morgen fragen, was das zu bedeuten hatte.

»Sind das Bekannte von dir?«, wollte Harry wissen.

»Das Mädchen da ist Ina. Sie wohnt in der Nachbarschaft. Ich helfe ihr, weil sie in der Schule nicht so gut zurechtkommt. Ich verstehe nur nicht, warum sie so spät mit zwei Männern durch die Stadt geht. Das passt nicht zu ihr.«

»Naja, in dem Alter will man schon mal seinen Spaß haben.«

»Ina ist eigentlich viel zu schüchtern für so etwas.«

Rebecca überlegte, ob sie schnell dorthin laufen sollte. Aber das Trio war schon um die Ecke gebogen. Dann dachte sie, wie peinlich es für Ina sein müsse, wenn sie ihr hinterher lief, nur weil sie mal Spaß hatte und etwas Ungewöhnliches tat. Sie wechselten das Thema. Rebecca vergaß Ina, und plötzlich standen sie vor dem Bestattungsunternehmen Witzki.

»So, hier bin ich zu Hause.«

Harry schaute ungläubig: »Wie, in dem Beerdigungsunternehmen?«

»Ja. Hier wohne und arbeite ich. Bist du jetzt erschüttert?«

»Aber nein, nur erstaunt. Das hätte ich so einer jungen, schönen Frau gar nicht zugetraut. Machst du die Büroarbeit?«

»Nein, die macht überwiegend meine Mutter. Meine Hauptaufgabe ist es, die Verstorbenen auf ihre letzte Reise vorzubereiten.«

»Du bist wirklich eine erstaunliche Frau.«

»Das hat noch niemand zu mir gesagt.«

»Es ist aber wahr. Dann heißt du mit Nachnamen Witzki?«

»Ja, ist doch ein schöner Name für ein Unternehmen dieser Art. Und wie heißt du?«

»Oh, das würde ich dir am liebsten verschweigen.«

»So schlimm? Raus mit der Sprache.«

»Käseberg.«

»Prima. Ich mag Käse. Und wenn man einen ganzen Berg davon hat…«

Jetzt konnte Rebecca sich nicht mehr beherrschen und lachte los.

»Es ist immer dasselbe. Ich sage meinen Namen und die Leute lachen.«

»Entschuldige. Aber es ist wirklich ein schöner Name« gluckste sie. Und wieder lachte sie los.

Als sie sich beruhigt hatte, unterhielten sie sich noch eine Weile und er verabschiedete sich mit den Worten: »Dann schlaf gut, du Schöne der Nacht.«

Als er das sagte, war ein Strahlen in seinen dunklen Augen, das ihr einen kleinen Stich versetzte. Rebecca ging glücklich nach oben. Als sie schon im Bett lag, erinnerte sie sich wieder an Ina. Was machte dieses unschuldige, naive Mädchen so spät am Abend mit zwei Männern in der Stadt?

# Kapitel 3

Am nächsten Morgen war Rebecca immer noch beunruhigt wegen Ina. Also rief sie ihre Mutter an, eine einfach gestrickte Frau von Mitte dreißig, die kein Glück mit Männern hatte: »Hallo, Barbara, hier ist Rebecca.«

»Hallo, Rebecca.«

»Ich wollte mich nach Ina erkundigen. Ich meine, sie gestern Abend ziemlich spät in der Stadt gesehen zu haben. Ist alles in Ordnung?«

»Sie kam erst nach elf nach Hause. Ich habe mir echt Sorgen gemacht. Ich kenne das ja gar nicht von ihr, dass sie einfach weg bleibt und mir nicht Bescheid sagt. Außerdem war sie angetrunken. Ich habe ihr natürlich ordentlich den Marsch geblasen. Ich weiß wirklich nicht, was in sie gefahren ist.«

»Naja, wenn soweit alles in Ordnung ist, dann habe ich mir umsonst Sorgen gemacht. Sie will ja nachher wieder zu mir kommen. Ich rede mal mit ihr, was das sollte. Es ist ja nicht ungewöhnlich, dass man mit fünfzehn mal über die Stränge schlägt. Aber bei Ina kann man es sich eben einfach nicht vorstellen.«

Beruhigt legte sie auf und ging dann an ihre Arbeit. Heute sollte sie den Mann dieser komischen Frau einbetten, die gestern verlangt hatte, man solle ihn nackt in die Kiste packen. Das würde sie natürlich niemals tun. Jeder Mensch hatte es verdient, mit einer gewissen Würde auf den letzten Weg geschickt zu werden. Sie würde ihm genauso viel Zeit widmen wie anderen auch.

* * *

Am Vormittag saß Alfie wieder vor dem Geschäft und wartete auf Kundschaft. Heute Nachmittag hatte er eine Beerdigung. Ansonsten war nicht viel los. Markus war mit dem Leichenwagen unterwegs. Mutter Witzki war im Geschäft und kümmerte sich um irgendwelchen Papierkram. Da tauchte vor dem Laden Fräulein Höschen auf. Lilly Höschen war eine ehemalige Studienrätin, die einst Frau Witzki unterrichtet hatte. Sie wohnte in Lautenthal im Oberharz. Wenn ihr Weg sie nach Goslar führte, schaute sie manchmal herein, um ihrer alten Schülerin hallo zu sagen. Lilly war weit über achtzig, aber immer noch mobil und spitzzüngig. Zu ihren Marotten gehörte es, sich mit *Fräulein* anreden zu lassen. Leute, die ihr dumm kamen, torpedierte sie schon mal mit einer deftigen Beleidigung. Einen Mann, der spielende Kinder beschimpfte, hatte sie kurzerhand in einen Brunnen geschubst. Im Laufe der Jahre hatte sie aufgrund ihrer unstillbaren Neugier immer wieder Detektivin gespielt und dabei den einen oder anderen Verbrecher dingfest gemacht. Die zuständigen Kriminalbeamten kannten sie nur zu gut. Heute Morgen hatte sie einen Disput mit einem Apotheker gehabt, von dem sie sich schlecht beraten fühlte. Als er ihr dann sagte, er als Wissenschaftler müsse es ja schließlich besser wissen als ein Laie, hatte sie sich mit den Worten verabschiedet: »Für einen so klugen Mann sind Sie verblüffend dämlich.« Der Apotheker war einfach sprachlos und stand mit offenem Mund da, während sie, freundlich lächelnd, den Laden verließ.

»Guten Tag, Herr Witzki. Na, genießen Sie die Sonne?«

Alfie erhob sich und reichte ihr die Hand: »Oh, guten Tag, Fräulein Höschen. Schön, Sie zu sehen.«

»Ganz meinerseits. Ich hoffe, die Geschäfte laufen gut.«

»Es könnte besser sein. Leider hat man immer mehr Kunden wie Sie, die älter und älter werden und einfach nicht daran denken, dass ein Bestatter auch leben muss. Dazu die Billig-Konkurrenz mit Discountpreisen. Es ist schon ein Elend.«

»Tja, Herr Witzki, da kann ich Ihnen leider keinen Trost zusprechen. Ich für meinen Teil werde jedenfalls versuchen, Sie noch zu überleben. Ist Lörchen im Geschäft?«

»Ja, gehen Sie rein. Sie wird sich freuen, Sie zu sehen und hat bestimmt einen Kaffee für Sie.«

Lörchen saß gerade am Computer. Als sie ihre alte Lehrerin hereinkommen sah, schaute sie auf und strahlte übers ganze Gesicht. Sie stand auf und tauschte zwei Küsschen mit der älteren Frau aus.

»Na, das ist ja eine schöne Überraschung, Fräulein Höschen.«

»Gut siehst du aus, Lörchen. Ich dachte mir eben, bevor ich wieder nach Hause fahre, schaue ich mal rein und versuche, bei dir einen Kaffee zu schnorren.«

»Das ist nett. Setzen Sie sich. Espresso, Cappuccino, Latte? Ich habe nämlich so eine Wundermaschine angeschafft.«

»Oh, ganz normaler Kaffee tut es auch.«

Als das Telefon klingelte, kam Alfie in den Laden und nahm ab, damit seine Frau sich in Ruhe mit Lilly unterhalten konnte. Während des kurzen Telefonats wurde er rot im Gesicht und Lörchen fragte, was denn los sei.

»Was los ist? Einer unserer Leichenwagen steht vor einer Altenresidenz in Hahnenklee. Und es ist ein Schild auf der Windschutzscheibe angebracht: *„Kommt zu dir der Sensenmann, ruf einfach Alfons Witzki an."* Die Leiterin der Altenresidenz sagt, dass das geschäftsschädigendes Verhalten sei und der Wagen dort schnellstens weg muss. Wieso ist er überhaupt in Hahnenklee? Markus hatte doch eine Fahrt nach Langelsheim. Von dort sollte er die Leiche nach Goslar bringen. Nachher ist die Beerdigung.«

Lörchen blickte ihren Mann scharf an, und Lilly hatte Mühe, sich das Lachen zu verkneifen. Dann klingelte das Telefon wieder und ein völlig aufgelöster Markus sagte, dass der Leichenwagen verschwunden sei.

»Dann bewege deinen Hintern sofort nach Hahnenklee zur Altenresidenz. Da steht er samt Leiche. Wie kann man bloß so blöd sein und sich einen Leichenwagen klauen lassen? ... Was? Ja, gut. Ich komme.«

So, wie Alfie und auch sein Sohn ihre groben Scherze austeilten, bekamen sie sie gelegentlich auch zurück. Bestimmt hatte ein Freund, dem sie übel mitgespielt hatten, den Wagen dorthin gefahren. Alfie fing an, nachzudenken, wem er in letzter Zeit etwas Entsprechendes getan haben konnte. Aber da gab es einfach zu viele. Seiner Frau sagte er: »Ich gabele jetzt Markus in Langelsheim auf und bringe ihn nach Hahnenklee. Alles im grünen Bereich.«

Lilly musste natürlich auch ihren Senf dazugeben: »Das nenne ich Service, vor der letzten Reise noch eine Harzrundfahrt mit dem Verstorbenen zu unternehmen.«

Als Alfie weg war, kam ein älterer Herr ins Geschäft, der Lilly bekannt vorkam. Ach, das ist doch Christian, dachte sie, der Pfarrer aus Berlin, den sie vor einiger Zeit kennengelernt hatte. Pfarrer Christian, ein katholischer Geistlicher, dessen fünfundneunzigjährige Mutter Hermine hier in Goslar wohnte. Christian ging auch schon auf die achtzig zu, war aber noch immer aktiv in der Kirche tätig, obwohl er längst pensioniert war. Lörchen begrüßte ihn freundlich, als er Lilly entdeckte, die am äußersten Ende des Ladens vor ihrem Kaffee saß. Also ging er auf sie zu: »Guten Tag, Fräulein Höschen. Ich hoffe, Sie sind nicht hier wegen eines Trauerfalls.«

»Guten Tag, Pfarrer Christian. Nein, nein, ich besuche nur meine alte Schülerin und Freundin Lörchen Witzki. Und natürlich hoffe ich auch, dass Sie nicht etwa wegen eines traurigen Anlasses hier sind.«

»Leider doch. Ein alter Freund, der hier in Goslar lebte, ist gestorben. Und da er keine Verwandten mehr hatte, kümmere ich mich um die Bestattung.«

»Das tut mir leid. Aber Ihrer Mutter, ich meine, Hermine, geht es gut?«

»Das alte Schlachtross ist nicht totzukriegen.«

Christian war schon ein spezieller Fall. Seine Wortwahl und sein manchmal ziemlich jähzorniges Verhalten entsprachen nicht gerade dem, was man von einem Pfarrer erwartete. Auch vom Äußeren her war er eine imposante Erscheinung. Wallendes, weißes Haar und ein Vollbart, ziemlich dick und untersetzt und ein etwas grimmiger Gesichtsausdruck signalisierten seinen Mitmenschen, auf der Hut zu sein. Er besprach alles Nötige mit Frau Witzki und setzte sich dann zusammen mit dieser zu Lilly, um einen Kaffee zu trinken.

»Das nächste Mal, wenn ich nach Goslar komme, muss ich unbedingt Hermine besuchen«, sagte Lilly.

»Wenn Sie gern schlüpfrige Geschichten hören, sollten Sie das unbedingt tun. Ich meine immer, mit zunehmendem Alter erinnert sie sich mehr und mehr an all die erotischen Erlebnisse, die sie hatte. Möglicherweise entspringt einiges davon auch ihrer unerschöpflichen Fantasie. Als ob es keine anderen Themen gäbe. Und das mit fünfundneunzig. Wenn sie bei mir die Beichte ablegen würde, müsste ich wahrscheinlich schreiend aus dem Beichtstuhl rennen.«

»Ja, als Seelsorger sind Sie wirklich spitze, Christian. Das habe ich schon bei unserer ersten Begegnung gemerkt. Ein Glück, dass ich nicht katholisch bin. Ich brauche keinen Vermittler zwischen Gott und mir. Um bei Ihnen zu beichten, muss man schon masochistisch veranlagt sein.«

Jetzt lachte Christian kurz auf und meinte: »Sie haben eine sagenhaft freche Klappe. Zum Glück kann ich da durchaus mithalten. Sonst wäre man bei Leuten wie Ihnen und Hermine hoffnungslos verloren. Es macht mir auch nichts aus, mal richtig laut zu werden, um solche Damen auf die Plätze zu verweisen.«

»Meine Klappe mag zwar frech sein, aber Sie sind vor allem laut und unbeherrscht. Wie heißt es doch so trefflich? Selig sind die Sanftmütigen? Und was ergibt sich daraus? Je kleiner der Pimmel, desto lauter die Stimme?«

Lörchen fing an zu lachen und der Pfarrer blickte gespielt ernst zu Lilly: »Machen Sie das eigentlich hauptberuflich? Ich meine diese Faxen und das Verteilen von Stichen mit Ihrer Giftspritze?«

»Nein, eigentlich bin ich Atomphysikerin. Das hier mache ich nur zum Ausgleich. Und leben kann ich von meiner Pension. Ich war nämlich so ganz nebenbei auch mal Oberstudienrätin.«

»Gut, dann verabschiede ich mich jetzt von den Damen. Es war mir eine Freude trotz des traurigen Anlasses.«

»Gott zum Gruße, Herr Pfarrer, und liebe Grüße an Hermine.«

Lörchen brachte ihn zur Tür. Als sie zu Lilly zurückkam, fragte sie schmunzelnd: »Was war das denn gerade?«

»Oh, das ist Pfarrer Christian, ein Verwandter von zwei ehemaligen Schülern. Ich war vor einem halben Jahr zu einem Familientreffen dort eingeladen und habe die ganze Sippe kennengelernt. Wirklich hochinteressante Menschen. Christian und seine Mutter Hermine sind jedoch mit die speziellsten Exemplare dieser Mischpoke. Allerdings kam es während des Familientreffens zu zwei Todesfällen. Aber das ist wieder eine andere Geschichte. Ich denke, ich mache mich jetzt auch auf den Weg. Vielen Dank für den Kaffee, Lörchen. Irgendwann schaue ich mal wieder vorbei.«

»Auf jeden Fall. Ich freue mich doch immer, Sie zu sehen, Fräulein Höschen.«

* * *

Es war alles gutgegangen. Markus fand das Auto samt Leiche wieder. Der Schlüssel hatte gesteckt. Die Leiterin der Altenresidenz hatte ihn zwar böse angefunkelt. Aber mit seinem charmanten Lächeln und seiner verführerischen Stimme war es ihm gelungen, die Dame zu beschwichtigen und ihr sogar ein Augenzwinkern zu entlocken. Die Beerdigung am Nachmittag war ebenfalls gut über die Bühne gegangen, und Vater Alfie hatte sich wieder beruhigt. Gegen Abend wurde der Laden abgeschlossen und Markus überlegte, wo er auf die Schnelle eine tolle Frau herkriegen konnte. Er hatte wieder dieses *Kribbeln*. Da half nichts anderes als eine Frau. Also fuhr er erst mal an die Innerstetalsperre, um sich abzukühlen. Vielleicht half ja ein kühles Bad. Und möglicherweise würde er da ja auch eine Frau auftun, der es ähnlich erging wie ihm – kribbelmäßig.

# Kapitel 4

Am frühen Abend kam Ina wieder zu Rebecca. Natürlich sprach sie das Mädchen auf den gestrigen Abend an, und es bekam einen roten Kopf.

»Ich habe einen Jungen kennengelernt. Er heißt Timo. Wir haben uns gestern zum zweiten Mal gesehen.«

»Ich würde eher sagen, dass es sich um zwei Männer handelte.«

»Der andere war Martin, sein Freund. Den haben wir zufällig getroffen. Und da sind wir etwas trinken gegangen.«

»Aber selbst dieser Timo dürfte schon über zwanzig sein. Und du bist fünfzehn. Kannst du dir denn nicht vorstellen, was junge Männer von dir wollen?«

Jetzt wurden selbst Inas Ohren rot. Es war ihr sichtlich peinlich. »Aber das heißt doch nicht, dass es auch passieren muss. Ich will mir damit noch Zeit lassen. Und Timo hat auch nicht die geringste Andeutung gemacht. Er ist einfach nur nett.«

»Hm, und dieser Freund, äh, Martin?«

»Das war ja reiner Zufall, dass wir den getroffen haben. Er ist schon fast dreißig. Und er hat mit all dem gar nichts zu tun.«

»Und du hast Alkohol getrunken?«

»Nur ganz wenig. Eigentlich wollte ich gar nicht. Aber dann habe ich eine Cola mit Bacardi getrunken. Zum allerersten Mal. Dadurch bin ich etwas lockerer geworden. Das werde ich aber in Zukunft nicht mehr tun.«

»Deine Mutter hat sich Sorgen gemacht, weil du, ohne Bescheid zu sagen, so lange weggeblieben bist. Und ich habe mir auch Sorgen gemacht, als ich dich gesehen habe.«

»Aber das machen doch alle Mädchen. Man kann doch einmal etwas später nach Hause kommen.«

Ina schaute ganz verschämt in ihr Buch. Sie war im Moment nicht in der Lage, Rebecca anzusehen. Sie wusste, dass ihr Verhalten nicht in Ordnung gewesen war.

Rebecca hatte ein gutes Gefühl nach diesem Gespräch. Was war das nur für ein wunderbares Mädchen. Jede Gleichaltrige hätte gezickt oder wäre offen auf Konfrontation gegangen. Aber Ina war einsichtig. Sie wusste, dass man sich um sie sorgte, und es tat ihr leid.

* * *

Lörchen kam abends gegen neun Uhr von einem Abendspaziergang zurück, den sie mit einer Freundin unternommen hatte. Dann setzte sie sich ins Wohnzimmer und schaltete den Fernseher ein. Rebecca saß in ihrem Zimmer und las. Markus hatte an der Talsperre tatsächlich eine Frau gefunden: Anna, eine rasante Dreißigjährige, mit der er vor ein paar Jahren mal ein kurzes, aber heftiges Verhältnis hatte. Ihre Wege hatten sich dann getrennt. Sie war eine Partnerschaft mit einem aufschneiderischen Versicherungsmenschen eingegangen, der einen dicken BMW fuhr. Vor kurzem war dann aber Schluss. Er hatte eine Jüngere gefunden, wofür sie ihm zum Abschied den Wagen zerkratzt hatte. War ja sowieso versichert. Als Markus und sie sich nun wieder begegneten, funkte es erneut zwischen ihnen. Es kamen wunderbare Erinnerungen hoch. Sie gingen essen, schäkerten miteinander und machten obszöne Bemerkungen. Das war schon damals so ein spezielles Spiel zwischen ihnen gewesen. Irgendwann gab es dann kein Halten mehr. Sie mussten sich berühren. Die Leute schauten schon zu ihnen herüber. Also mussten sie sich einen besseren Platz suchen. Markus' Schlafzimmer war ziemlich ungeeignet, da es zwischen dem der Eltern und Rebeccas Räumlichkeiten lag. Und er wusste, dass Anna ziemlich laut werden konnte. Also gingen sie gleich ins Büro des Bestattungsinstituts. Das hatten sie vor etlichen Jahren schon mal gemacht. Sie hatten es so eilig, dass sie sich nicht mal auszogen, sondern nur notdürftig die Kleidung öffneten.

Alfie hatte in der Altstadt mit einem Freund ein Bier getrunken. Und während ihrer Unterhaltung wurde dann eine Idee geboren: Bestattungsseminare. Er würde künftig zu Informationsveranstaltungen einladen, um den Leuten, bevor sie oder ihre Angehörigen betroffen waren, alle Möglichkeiten der modernen Bestattungsbranche zu eröffnen. Diese Veranstaltungen würden feucht-fröhlich, in angenehmer Atmosphäre vonstatten gehen, damit die Leute die Angst vor dem Unausweichlichen verlören. Auf diese Weise könnte er potentielle Kunden an sich binden, ihnen das Privileg einer Vorzugsbehandlung offerieren. Und am Tag X würde man ihn dann automatisch anrufen, um sich um alles zu kümmern. Alle Fragen würde man zu einer Zeit erörtern, in der man noch Herr der Lage war und nicht von Emotionen und Sorgen eingeschränkt.

Jetzt musste er diese grandiose Idee nur loswerden. Er musste sie irgendwem erzählen. Am besten Markus. Denn der hatte Geschäftssinn. Rebecca war dafür ein zu großer Gefühlsmensch. Ethik und Pietät waren für sie wichtiger als Geldverdienen. Und seine Frau begegnete seinen Ideen einfach mit zu großer Skepsis. Hoffentlich war Markus jetzt zu Hause.

Als er das Haus betrat, hörte Alfie aus dem Büro Geräusche. Als er vor der Tür stand, waren diese Geräusche sogar recht heftig. Er hörte die Stimme seines Sohnes heraus. Egal. Das musste jetzt sein. Er betrat das Büro und registrierte nur am Rande, dass Markus es mit einer Frau trieb, die auf dem Schreibtisch lag. Abrupt hörten die Geräusche und Bewegungen auf und Alfie legte los:

»Ich habe eine grandiose Idee: Bestattungsseminare!«, sagte er so verschwörerisch, dass man meinen konnte, es sei ihm gelungen, den Kreis zu quadrieren. »Wir werden regelmäßig solche Veranstaltungen organisieren, wo sich unsere potentiellen Kunden und deren Angehörige in zwangloser Atmosphäre über alles informieren können. Wir werden anschließend Einzelarrangements treffen, wo jeder schon weit im Voraus festlegen kann, was ihm wichtig ist. Die Leute bekommen dafür einen Bonus und eine Vorzugsbehandlung. Morgen früh machen wir ein Brainstorming dazu mit der ganzen Familie, wenn nichts dazwischenkommt.«

So, das war jetzt schon mal gesagt. Und morgen käme dann Butter bei die Fische. Im Herausgehen drehte sich Alfie noch einmal um und sagte: »Könnte es sein, dass ich dir bei der Sexualaufklärung nicht gesagt habe, dass man vor dem Geschlechtsverkehr die Hose auszieht? Du wirst fasziniert sein, welche Bewegungsfreiheit du dadurch gewinnst, Sohn.«

Dann war er wieder verschwunden und die beiden hörten ihn die Treppe hinaufsteigen. Offenbar war es ihm nicht im Geringsten peinlich gewesen, seinen Sohn während seiner speziellen Beschäftigung anzusprechen. Er hatte so getan, als sei die Dame gar nicht dagewesen. Oder als sei es das Selbstverständlichste auf der der Welt, sich während des Geschlechtsakts übers Geschäft zu unterhalten.

Markus wusste zwar, wie sein Vater tickte, dennoch war durch diesen Auftritt alles vorbei. Das würde heute auch nichts mehr werden. Anna, die noch gar nicht glauben konnte, was eben passiert war, versuchte sich aus der Enge zu befreien und schob ihren reglos gewordenen Liebhaber von sich. Eiligst zog sie ihr Höschen an und zupfte ihre Kleidung zurecht. Ihr Gesicht sah bedrohlich aus, so als würde sie gleich anfangen, hysterisch zu schreien oder zu randalieren. Glücklicherweise tat sie das nicht. Aber beim Hinausgehen sagte sie: »In meinem ganzen Leben bin ich nicht so gedemütigt worden. Ihr seid doch völlig verrückt, du und dein Vater. Seinen eigenen Sohn beim Bumsen mit Geschäftsideen des Bestattungswesens vollzutexten. Sucht euch schon mal einen Platz in der Klapse.«

Das wars, dachte Markus. Danke, Papa.

# Kapitel 5

»Entweder zu zahlst oder du besorgst mir wieder so ein Mädchen. Aber nicht so eine Schlampe wie das letzte Mal.«

»Aber du kriegst dein Geld auf jeden Fall. Meine Eltern haben genug Kohle. Es ist im Moment nur so schwierig, ihnen was aus dem Kreuz zu leiern. Sie halten mich kurz, weil sie meinen, dass ich es mir verdienen muss. Zum Beispiel durch gute Leistungen.«

»Weißt du was, Kleiner? Es ist mir scheißegal. Ich halte meinen Arsch hin, um dich mit Stoff zu versorgen. Und dann höre ich mir dein dummes Geschwafel an, warum du keine Kohle hast. Okay, dann besorg mir, was ich will. Dann brauchst du mir einen Monat lang nichts zu zahlen.«

»Ich bin ja schon an einem Mädchen dran. Das wäre genau dein Typ. Sie ist so was von unschuldig und naiv. Und aus deinem Blickwinkel ist sie wirklich eine Schönheit.«

»Und wo ist der Haken?«

»Sie ist erst fünfzehn.«

»Etwas älter wäre mir lieber. So zwischen zwanzig und dreißig. Die ganz Jungen machen nur Theater. Aber finde mal eine Frau in dem Alter, die unschuldig ist. Ich habe zwar gerade eine kennengelernt. Ganz fantastisch. Aber es wird noch dauern, bis ich sie so weit habe. Deshalb brauche ich schnell mal was für Zwischendurch. Und es ist dein Job, mir das zu besorgen. Zur Not nehme ich auch die Fünfzehnjährige.«

»Irgendwie tut mir das Mädchen leid. Weil sie einfach so total kindlich wirkt.«

»Tu bloß nicht so, als ob ich eine Bestie wäre. Ich mach nichts anderes als jeder andere Mann auch. Vielleicht tu ich Dinge, die etwas ungewöhnlich sind. Aber das ist ja gerade der Kick, dass man solche Unschuldswesen damit richtig beeindrucken kann. Bei einer ausgebufften Schlampe bringt das nichts. Die erwartet das ja und schreit nach mehr.«

»Ist okay, ich tu mein Bestes.«

»Dein Bestes reicht mir nur, wenn es klappt.«

# Kapitel 6

Am nächsten Abend war wieder Chorprobe. Rebecca hatte sich die ganze Woche darauf gefreut, Harry wiederzusehen. Als sie ihm dann gegenüberstand, bekam sie Herzklopfen. Die Probe war etwas mühselig, weil ein neues Lied einstudiert wurde. Aber das nahmen alle gern in Kauf, denn der Höhepunkt war stets der Umtrunk danach, an dem fast alle teilnahmen. Es war wieder sommerlich warm, sodass man draußen sitzen konnte. Nach einer halben Stunde fragte Harry sie, ob er sie wieder nach Hause bringen solle.

»Gern. Wenn du jetzt los willst, komme ich mit. Aber ich kann dich auch nach Hause bringen. Ich habe keine Angst, abends allein durch die Stadt zu gehen.«

»Das glaube ich dir. Aber das wäre ein Umweg. Außerdem bin ich altmodisch. Der Mann sollte die Frau heimbringen und sich versichern, dass sie gut und unbeschadet angekommen ist.«

»Ein Kavalier der alten Schule.«

Also schlenderten sie ganz langsam los und unterhielten sich über Gott und die Welt. Als sie am Haus der Witzkis ankamen, stellte Rebecca fest, dass sie enttäuscht war. Gern wäre sie noch länger in Harrys Gesellschaft geblieben. Daher standen sie noch eine Viertelstunde vor dem Haus. Der Gesprächsstoff war ihnen zwar fast ausgegangen, aber es war einfach schön, in seiner Gesellschaft zu sein. Als er sich endgültig verabschieden wollte, fragte er, ob er sie auf die Wange küssen dürfe. Mit ihren Augen signalisierte sie ihm „wahnsinnig gern“. Beschwingt betrat sie das Haus. Das war ein wundervoller Abend, dachte sie, als sie ihr Zimmer betrat. Als sie im Bett lag, konnte sie nicht einschlafen. Sie dachte nur noch an Harry. Seine Augen, seine Hände, sein zurückhaltendes Wesen, die sanfte Stimme. Wie behutsam er mit ihr umging. Er hätte sie ruhig auf den Mund küssen dürfen. Aber er war einfach so einfühlsam, ihr Zeit zu geben. Wie konnte er wissen, dass sie gar nicht so viel Zeit brauchte? Für sie war klar: Sie wollte ihn. Zum ersten Mal in ihrem

Leben hatte sie das Gefühl, dem Richtigen begegnet zu sein. Dass er fast zehn Jahre älter war und sicherlich schon einige Erfahrungen gemacht hatte, störte sie nicht.

* * *

Rebeccas Tag verlief ruhig. Sie musste heute einen Verstorbenen einbetten, den Freund von Pfarrer Christian. Als sie nachmittags fertig war, rief sie Ina an, dass sie nun kommen könne, um für eine Englischarbeit zu lernen. Fünf Minuten später war sie da.

Sie übten eine Stunde lang, und Rebecca sagte dann: »Also, Ina, eigentlich bist du jetzt ganz fit im Stoff. Du müsstest mindestens eine Drei schreiben.«

»Dank deiner Hilfe.«

»Und wie steht es mit deinem Freund, äh, Timo?«

Natürlich wurde das Mädchen gleich wieder rot im Gesicht und sagte verschüchtert: »Gut. Er ist wirklich ganz lieb. Und er ist so anders als ich. So quirlig, lebendig und unternehmungslustig. Ich weiß gar nicht, was er mit so einem langweiligen Mädchen wie mir will.«

»Gegensätze ziehen sich an. Trotzdem solltest du auf der Hut sein. Ich kann mir nicht vorstellen, dass er nur mit dir Händchen halten will. Wenn er von dir etwas erwartet, wozu du noch nicht bereit bist, dann musst du das ganz klar sagen.«

»Er will bestimmt nichts von dem, was du meinst. Er hat noch nicht mal die kleinste Andeutung gemacht.«

»Trotzdem, pass auf dich auf. Und vielleicht solltest du ihn mal deiner Mutter vorstellen oder mir, damit er auch weiß, dass es Menschen gibt, die ein Auge auf dich haben. Und auf ihn.«

»Nein, das möchte ich noch nicht.«

Verschämt lächelnd ging sie nach Hause.

# Kapitel 7

»Ich habe langsam die Schnauze voll, Timo. Wenn du jetzt nicht allmählich lieferst, liefere ich auch nicht mehr. Kein Stück.«

»Aber ich liefere ganz bestimmt in den nächsten Tagen.«

»Gut, dann liefere ich auch in den nächsten Tagen.«

»Aber das kannst du doch nicht machen. Ich brauche das Zeug heute. Ich konnte letzte Nacht nicht schlafen, und heute fühle ich mich wie Scheiße. Ich kann mich nicht mehr konzentrieren. Es geht mir schlecht.«

»Das ist so bei Amphetaminen. Sie machen einen glücklich und leistungsstark. Aber man muss sie sich auch leisten können.«

»Bitte, gib mir noch einen kleinen Vorschuss. Ich verspreche dir, morgen bekommst du das tollste Mädchen, das du dir vorstellen kannst.«

Sie hatten sich, wie meistens, an einer einsamen Stelle nahe der Granetalsperre getroffen, wo sie unbeobachtet waren.

Wenn Timo in Hochstimmung war, gelang ihm alles. Er war immer schlecht in der Schule gewesen. Aber seine Eltern bestanden darauf, dass er Abitur machte. Das war nun mal so in seiner Familie. Jetzt war er bereits einundzwanzig. Und gerade hatte er das letzte Schuljahr angefangen. Es musste ihm einfach gelingen, da durchzukommen. Seit er dieses Zeug nahm, lief alles viel besser. Das letzte halbe Jahr, seit er diesen Typen kannte, der es ihm verkaufte, war er einfach in Hochform. Leider war das Zeug sehr teuer. Und seine Eltern hielten ihn bewusst knapp. Als der Kerl ihn einmal ein paar Tage hängen gelassen hatte, war ihm elend zumute gewesen. Depressive Stimmungen, Schlafstörungen, Leistungsabfall. Er hatte Angst gehabt, in den Spiegel zu schauen. Er hatte ausgesehen wie ausgekotzt. Seinen Mitmenschen gegenüber war er in solchen Situationen unausstehlich.

Auch mit den Mädchen lief alles wie geschmiert, wenn er unter Stoff stand. Einmal hatte er allerdings eine total langweilige Tussi aufgerissen, die noch Jungfrau war. Mit der konnte er nichts anfangen. Er hätte sich nur die Zähne an ihr ausgebissen. Aber genau so eine wollte sein Lieferant. Er stand auf solche unscheinbaren, braven Mädchen. Also hat er sie mit ihm bekannt gemacht. Er hatte keine Ahnung, was da gelaufen war. Jedenfalls muss es für das Mädchen schockierend gewesen sein. Er war ihr nur noch einmal begegnet und sie hatte ihm gesagt, dass er sie nie wieder ansprechen sollte. Und wenn sie seinem Freund noch mal begegnete, würde sie ihn umbringen.

Einige Zeit danach, als er mal wieder pleite war, hatte er ihm ein anderes Mädchen zugeführt. Das war nicht ganz so unschuldig. Was die beiden miteinander getrieben hatten, wusste er auch nicht. Er war jedenfalls nicht ganz so zufrieden. Und dem Mädchen war er nicht wieder begegnet. Und nun musste er, wenn er überleben wollte, Ina zu ihm bringen. Dieses Mädchen war wirklich die Unschuld in Person. Er würde zufrieden sein. Allerdings tat ihm das Mädchen leid. Er hatte keine Ahnung – und wollte es auch gar nicht wissen, was da laufen würde. Er glaubte allerdings nicht, dass sein Bekannter ein Vergewaltiger war.

# Kapitel 8

Am nächsten Nachmittag rief Ina bei Rebecca an.

»Rebecca, ich wollte dir sagen, dass die Englischarbeit gut gelaufen ist.«

»Prima, das freut mich. Kommst du heute wieder, damit wir Deutsch üben können?«

»Das ist eigentlich der Grund, warum ich anrufe. Ich bin heute verabredet. Können wir das auf morgen verschieben?«

»Oh, hast du ein Rendezvous?«

»So ähnlich. Timo wollte mit mir wegfahren.«

»Na, wenn das so ist... Äh, sag mal, wie heißt dein Timo eigentlich mit Nachnamen?«

Sie merkte, dass Ina ins Stocken geriet. Eigentlich wollte sie es ihr nicht sagen. Aber Rebecca bohrte nach: »Er wird doch wohl einen Nachnamen haben? Namen sind nicht geheim und stehen auch nicht unter Datenschutz.«

»Er heißt Kuschel. Timo Kuschel.«

»Aha. Ich kenne nur eine Familie mit diesem Namen. Dann ist sein Vater sicherlich der Chefarzt.«

»Ja. Aber bitte sag es niemandem. Ich möchte noch nicht, dass es bekannt wird.«

»Okay, es reicht ja, wenn ich es weiß. Also, viel Spaß dann. Bis morgen.«

Ina ging eine Straße weiter, damit niemand sah, dass sie abgeholt wurde. Timo kam, wie verabredet, mit seinem alten Golf angefahren. Ina freute sich. Das war ihre erste Verabredung dieser Art. Während der Fahrt in den Oberharz war Timo sehr schweigsam. Ina genoss es, neben diesem tollen jungen Mann zu sitzen und sich chauffieren zu lassen. Sie fragte nicht, wohin es gehen sollte. Sie wollte sich überraschen lassen, was er wohl vorhatte.

Sie fuhren über eine Stunde durch den Harz. Das Wetter war herrlich. Die meiste Zeit war die Straße an beiden Seiten bewaldet, sodass die Sonne sie nicht blendete. Ina hatte längst die Orientierung verloren. Sie hatte keine Ahnung, wo Timo hinfuhr. Aber das war ihr auch egal. Irgendwann fuhr er von der Hauptstraße ab in einen kleinen Weg im Wald. Da gab es ein paar kleine Ferienhäuser. Das letzte, das sehr einsam gelegen war, konnte man aufgrund der Bepflanzung rundherum kaum ausmachen.

»So, wir sind am Ziel.«

»Hier? Was wollen wir denn hier?«

»Das Ferienhaus gehört einem Freund. Er wollte etwas für uns vorbereiten.«

Dann gingen sie über das bewaldete Grundstück zur Tür und betraten das kleine Haus, das nur aus einem Raum bestand, aber sehr gemütlich eingerichtet war. Eine Couch, ein breites Bett, ein Tisch mit drei Stühlen. An der einen Wand eine kleine Küchenzeile. Durch ein Panoramafenster und die Glastür nach hinten zur Terrasse heraus sah man nur Wald. Auf der Couch saß ein Mann, in Shorts und T-Shirt gekleidet. Er lächelte übers ganze Gesicht und sagte: »Hallo. Schön, dass ihr da seid.«

Timo beachtete ihn gar nicht und sagte: »Ich habe etwas vergessen. Ich muss noch mal schnell weg. In spätestens einer halben Stunde bin ich wieder da.«

Ina wollte gerade ihre Verwunderung zum Ausdruck bringen, wollte ihm etwas nachrufen, aber da war er schon zur Tür hinaus.

* * *

Gegen elf Uhr abends rief Inas Mutter bei Rebecca an: »Weißt du, wo Ina steckt? Sie ist schon wieder nicht nach Hause gekommen. Morgen ist doch Schule.«

»Was? Na, das hätte ich nicht gedacht. Sie hat mir neulich versprochen, solche Eskapaden nicht noch mal zu machen. Ich weiß nur, dass sie heute Nachmittag mit ihrem Freund Timo verabredet war.«

»Timo? Ich kenne keinen Timo. Ich weiß noch nicht mal, dass sie überhaupt einen Freund hat.«

»Ich musste es auch erst aus ihr herauskitzeln. Sie wollte gar nicht darüber sprechen. Er heißt Timo Kuschel. Sie wollten zusammen wegfahren.«

»Das wird ja immer schöner. Weißt du, wie ich ihn erreichen kann?«

»Warte, Barbara, ich schau mal im Telefonbuch nach.«

Rebecca schaute schnell auf ihrem iPad nach dem Namen und fand eine Eintragung. Das mussten die Eltern sein. Sie gab ihr die Nummer und bat darum, dass sie sich nach dem Anruf noch einmal bei ihr meldete. Fünf Minuten später war Barbara wieder an der Strippe.

»Jetzt mache ich mir ernsthaft Sorgen. Ich hatte zuerst die Mutter von diesem Timo dran, die mich angemeckert hat, warum ich so spät noch anrufe. Schließlich hat sie Timo ans Telefon geholt. Und der hat mir gesagt, dass er mit Ina in Hahnenklee war. Dort hätten sie sich ein bisschen gestritten, und sie wollte nicht mehr mit ihm nach Hause fahren, sondern den Bus nehmen. Das war heute Nachmittag. Jetzt ist es nach elf.«

»Hat sie denn kein Handy dabei?«

»Nein, das liegt zu Hause, weil ihre Karte aufgebraucht ist.«

»Mist. Soll ich vielleicht nach Hahnenklee fahren und mich da umsehen?«

»Da ist doch um diese Zeit kein Mensch mehr auf der Straße. Was soll sie denn da? Es fuhren doch nachmittags bis in den Abend hinein genug Busse nach Goslar. Ich kann mir nicht vorstellen, dass sie jetzt noch in Hahnenklee ist. Und wenn, dann hätte sie angerufen.«

»Dann sollten wir die Polizei anrufen.«

»Ja, du hast Recht. Am besten wäre, direkt aufs Revier zu gehen. Dann kann ich gleich ein Foto mitnehmen. Ich habe ein ganz komisches Gefühl.«

* * *

Timo saß auf heißen Kohlen. Was hatte der Typ mit Ina gemacht? Er hatte von dem Kerl noch nicht mal eine Telefonnummer. Und er wusste auch nicht seinen Namen. Er ließ sich Freddy nennen, was aber nicht sein richtiger Name war. Was, wenn der Kerl ihr Gewalt angetan hatte? Vielleicht war etwas Schreckliches passiert. Und ihn würde man drankriegen, weil er zuletzt mit Ina gesehen worden war. Außerdem hatte er ja zugegeben, dass er mit ihr weggefahren war. Würde man ihm die Geschichte mit Hahnenklee glauben? Gegen Mitternacht klingelte sein Handy.

»Es ist was schiefgelaufen. Wir müssen uns treffen. Jetzt, sofort.«

* * *

Als Rebecca und Barbara kurz vor Mitternacht bei der Polizei waren, versuchte der Beamte, sie zu beruhigen. Er würde gleich alle Kollegen in der Gegend bitten, die Augen offen zu halten. Und morgen früh würde er das Foto an alle Dienststellen senden.

»Aber, glauben Sie mir, das wird vermutlich gar nicht mehr notwendig sein. Denn fast immer finden sich Jugendliche, die mal eine Nacht wegbleiben, ganz schnell wieder ein. Sie gehen jetzt am besten nach Hause. Denn die Wahrscheinlichkeit, dass Ihre Tochter heute Nacht wieder auftaucht, ist sehr hoch.«

* * *

Als Timo sich mit seinem Dealer eine halbe Stunde später traf, war die Stadt menschenleer. Es war nachts um halb eins. Freddy machte ein ernstes Gesicht. Timo bekam weiche Knie. Sie setzten sich auf eine Bank, und Timo konnte die Spannung nicht mehr aushalten.

»Nun sag endlich, was passiert ist.«

»Das Mädchen ist völlig hysterisch geworden. Plötzlich ist sie aus der Terrassentür rausgelaufen, nackt. Ich kam gar nicht so schnell hinterher. Sie ist immer weiter gerannt, in den Wald. Und da gibt es eine gefährliche Stelle, einen Felsen, wo es etliche Meter runtergeht. Das hat sie wohl in ihrer Panik nicht gesehen.«

»Scheiße! Was ist mit ihr?«

»Sie ist tot.«

»Was? Bist du wahnsinnig? Was hast du mit ihr gemacht?«

»Nichts Besonderes habe ich mit ihr gemacht.«

»Und wo ist sie jetzt?«

»Sie liegt noch da, wo sie abgestürzt ist. Und wenn wir Glück haben, wird sie nicht so schnell entdeckt. Aber wir müssen uns jetzt absprechen für den Fall, dass irgendwann die Polizei bei dir auftaucht.«

»Wieso? Ich habe doch nichts damit zu tun. Du hast sie umgebracht.«

»Ich habe sie nicht umgebracht. Es war ein Unglück. Aber es gibt bestimmt Leute, die gesehen haben, dass sie zu dir ins Auto gestiegen ist. Also wird dich die Polizei irgendwann fragen, wo du mit ihr hingefahren bist.«

»Scheiße, du hast Recht. Vorhin rief ihre Mutter bei mir an. Sie wusste, dass ich mit ihr unterwegs war. Ich habe gesagt, dass wir nach Hahnenklee gefahren sind. Und dort hätten wir uns gestritten, und sie wollte dann mit dem Bus nach Hause fahren.«

»Das hast du gut gemacht. Und genau bei dieser Version musst du auch bleiben. Und das Wichtigste: Wir kennen uns nicht. Und ich kann auch so schnell keinen Kontakt mehr zu dir haben.«

»Und woher kriege ich den Stoff?«

»Ich habe dir eine Packung mitgebracht. Die reicht für mindestens einen Monat. Verstecke es gut. Irgendwann rufe ich dich von einer Telefonzelle aus an, um zu hören, was los ist.«

»Kannst du mir nicht deine Handynummer geben?«

»Bist du wahnsinnig? Du kennst mich nicht. Also kannst du mich auch nicht anrufen. Ich melde mich bei dir. Und noch etwas: Falls du ein GPS-Gerät hast, schmeiß es weg, damit die Bullen nicht herausfinden, wo du wirklich warst. Und falls du von der Gegend, wo du gestern warst, angerufen hast, schmeiß auch dein Handy weg.«

»Hab ich nicht.«

»Umso besser. Und jetzt geh nach Hause und tu so, als sei nichts passiert. In Wirklichkeit ist ja auch nichts passiert, was wir zu verantworten hätten. Wenn die Kleine so hysterisch wird und in den Tod rennt...«

»Hör auf! Ich hätte sie nicht zu dir bringen dürfen. Sie war zu jung für deine Spielchen, obwohl ich nicht mal weiß, was du mit ihr gemacht hast.«

»Reg dich jetzt ab und behalte die Nerven.«

# Kapitel 9

Am nächsten Morgen warteten Barbara und Rebecca vergebens auf ein Lebenszeichen von Ina. Gegen acht Uhr waren sie noch einmal zusammen zur Polizei gegangen. Dort versicherte man ihnen, dass ihr Bild mittlerweile auf allen Polizeistationen präsent sei und man fragte nach Freunden, Schule, Bekanntenkreis. Der Beamte notierte sich auch den Namen Timo Kuschel, der gestern Nachmittag mit Ina in Hahnenklee gewesen sein sollte. Er sagte zu, sich schnellstens mit dem jungen Mann zu unterhalten und dann einen Beamten nach Hahnenklee zu schicken, um zu erkunden, ob jemand Ina gesehen hatte. Trotzdem war er bester Hoffnung, dass sich das Mädchen bald wieder einfinden würde.

Völlig entnervt ging Barbara nach Hause, um zu warten. Arbeiten konnte sie heute nicht. Rebecca hingegen musste ihr Pensum trotzdem erledigen. Sie bat Barbara, sofort anzurufen, wenn sie etwas hörte.

Als sie zurück im Betrieb war, wollte ihr Vater, dass sich alle zusammensetzen, um ein Brainstorming zum Thema Bestattungsseminare zu machen.

»Ich habe mir auch schon einen Slogan ausgedacht: *Sorglos auf die letzte Reise gehen oder Planen für die Ewigkeit.*«

Rebecca war so genervt, dass sie eine zynische Antwort gab: »*Sei immer fröhlich und vergnügt, bis dein Arsch im Sarge liegt*. Also wirklich, Papa, für solch ein Zeug habe ich heute keinen Nerv. Ich mache mir ernsthafte Sorgen um Ina.«

»Entschuldige, mein Mädchen. Daran habe ich nicht gedacht. Bestimmt findet sie sich bald wieder ein.«

Alfie war ganz erstaunt über den Ausbruch seiner Tochter. So etwas war man von ihr nicht gewohnt. Dass er so redete oder Markus, das war normal. Aber Rebecca musste wirklich angespannt sein, um sich so zu äußern.

# Kapitel 10

## Im Wald nahe Braunlage

Maria und Werner Anderschütz, ein Ehepaar aus Bremen, beide um die siebzig, hatten sich entschlossen, sich einen Kurzurlaub im Harz zu gönnen. Die Sommerferien waren vorbei, das Wetter war prächtig. Sie liebten es, in den Harzer Wäldern zu wandern, wo man oft stundenlang keinem Menschen begegnete. Ihr Logis hatten sie, wie immer, wenn sie in den Harz kamen, in Braunlage. Es war jetzt kurz nach zehn, und sie waren bereits zwei Stunden unterwegs. Maria taten die Beine weh, und Werner war etwas außer Atem, da sie nun schon einige Zeit bergauf gegangen waren. Da fanden sie eine wunderschöne Stelle, die zur Rast einlud, etwa hundert Meter vom Weg entfernt, direkt unter einem Felsvorsprung. Auf einem umgestürzten Baum konnte man gut sitzen. Sie aßen ihre mitgebrachten Brötchen und tranken Mineralwasser. Danach merkte Werner, dass er ein kleines Bedürfnis hatte. Also ging er zehn Meter weiter in Richtung Felsvorsprung und entleerte seine Blase an einer hohen Fichte. Plötzlich hörte Maria, die ihrem Mann mit zugekehrtem Rücken auf dem umgestürzten Baum saß, ihn laut brüllen: »Hilfe, was ist denn das?«

Maria dreht sich leicht erschrocken um und sagte scherzhaft: »Was schreist du denn so? Ist dein Schniedel abgefallen?«

Er war nicht in der Lage zu antworten, sondern ging eiligen Schrittes auf seinen Rucksack zu und holte sein Handy heraus. Zwanzig Minuten später war die Polizei da, weil Werner den Beamten glücklicherweise die GPS-Position nennen konnte und es einen befahrbaren Weg in der Nähe gab, der zu ein paar Ferienhäusern führte. Einer der Polizisten sagte zu seinem Kollegen: »Das ist doch das Mädchen, für das wir vorhin die Suchmeldung bekommen haben. Die Meldung kam aus Goslar. Ich rufe da sofort an.«

Eine Dreiviertelstunde später war Kriminalhauptkommissar Gerald Schneider mit einem Tross von Mitarbeitern da. Es war ein Bild des Jammers. Ein junges Mädchen, nackt, mit verdrehtem Körper und ganz offensichtlich gebrochenem Genick. Die Medizinerin konnte nur bestätigen: »Sie ist von dort oben heruntergefallen oder gestoßen worden und hat sich das Genick gebrochen. Außerdem liegt ein Schädelbruch vor und diverse Knochenbrüche. Nach vorsichtigen Schätzungen dürfte sie gestern am frühen Abend gestorben sein.«

Schneiders engste Mitarbeiterin, Kriminaloberkommissarin Nina Liebe, hatte die Leiche nur kurz in Augenschein genommen. Wenn ihr sensibler Chef sich so intensiv darum kümmerte, war klar, dass ihm nichts entgehen würde. Sie sah sich das Umfeld an und ging zu den etwa siebenhundert Metern entfernten Ferienhäusern. In drei Häusern traf sie Feriengäste an. Die drei anderen Häuser waren verschlossen. Keiner der Befragten hatte irgendetwas gesehen oder gehört. Also beauftragte sie einen Kollegen, die Eigentümer und Mieter der drei anderen Häuser ausfindig zu machen und die Leute dann zu befragen. Eine halbe Stunde später traf der Eigentümer der verschlossenen Häuser ein, ein Mann von Ende sechzig, der so aufgeregt war, dass Nina befürchtete, er könne gleich einen Herzinfarkt bekommen.

»Die Häuser gehören alle mir. Kapitalanlage fürs Alter. Haus eins bis drei sind vermietet. Haus vier und fünf waren bis vorgestern vermietet. Die Namen und Anschriften kann ich Ihnen geben. Bei Haus sechs ist heute Abreise. Der Schlüssel müsste unter der Matte liegen.«

Da lag er tatsächlich.

»Das heißt also, dass Sie Haus sechs noch nicht geputzt haben. Unter diesen Umständen möchte ich die Spurensicherung reinlassen. Vielleicht finden sie Hinweise auf das Mädchen.«

»Natürlich.«

Im Inneren des kleinen Hauses sah es sehr sauber und aufgeräumt aus, so als hätte der Mieter schon gründlich geputzt. Nina Liebe ließ die Spurensicherung ihre Arbeit machen und wurde dann von ihrem Chef, Gerald Schneider, abgeholt. Aufgrund des Fotos und der Inaugenscheinnahme der Leiche waren sich beide sicher, dass es sich um das vermisste Mädchen aus Goslar handelte. Sie ließen sie in die Gerichtsmedizin bringen und sahen sich nun vor die grauenvolle Aufgabe gestellt, die Mutter zu besuchen.

# Kapitel 11

# Goslar

Als Rebecca den Anruf von Barbara bekam, wurde ihr schwarz vor Augen, und sie musste sich setzen.

»Die Kommissarin will mit mir in die Gerichtsmedizin nach Braunschweig fahren wegen der Identifizierung. Ich glaube es nicht. Vielleicht ist sie es ja gar nicht.«

»Barbara, ich komme gleich rüber. Ich begleite dich.«

Obwohl Nina Liebe ziemlich rasant fuhr, war es für Barbara und Rebecca wohl die längste Fahrt ihres Lebens. Noch war Barbara, die Ina allein großgezogen hatte, gefasst. Sie wollte einfach nicht an den Tod ihrer einzigen Tochter glauben. Das war so sinnlos. Wahrscheinlich würde da ein ganz anderes Mädchen liegen, und Ina war inzwischen vielleicht schon wieder zu Hause. Als sie dann vor dem Gebäude hielten, bekam Barbara einen Weinkrampf, konnte sich aber schnell wieder fangen. Als sie das Gebäude wieder verließen, war sie zusammengebrochen. Die ganze Welt war über ihr eingestürzt.

In der Zwischenzeit hatte Gerald Schneider Timo Kuschel auf die Dienststelle holen lassen. Er hatte der Mutter des Mädchens gegenüber gesagt, dass er gestern Nachmittag mit Ina in Hahnenklee gewesen war.

Der junge Mann war aufgekratzt. Schneider kam es so vor, als stünde er unter Drogen. Er erzählte, dass er Ina vor einiger Zeit beim Schwimmen kennengelernt hätte. Daraufhin hätten sie sich ein paar Mal getroffen und seien durch die Stadt gebummelt. Für gestern Nachmittag hätte man sich verabredet. Er sei mit ihr nach Hahnenklee gefahren. Er wollte gern auf den Bocksberg, um mit der Sommerrodelbahn zu fahren. Sie wollte lieber unten bleiben und Eis essen. Daraufhin sei es zu einem kleinen Streit gekommen und sie hätte gesagt, er solle doch machen, was er will. Sie würde mit dem Bus nach Hause fahren. Mehr wolle er dazu nicht sagen.

Kommissarin Nina Liebe hatte die beiden Frauen vor Barbaras Wohnung abgesetzt. Rebecca wollte bei ihr bleiben, denn sie hatte sonst niemanden, der sich um sie kümmern könnte. Morgen früh würde sie mit den beiden noch einmal reden müssen. Heute war es sinnlos. Jetzt fuhr sie erst mal zur Dienststelle. Vielleicht würde sie noch etwas von diesem Timo mitbekommen, den ihr Chef hatte holen lassen.

Vor dem Vernehmungszimmer traf sie auf einen Mann, der sich als Dr. Kuschel vorstellte: »Sind Sie hier zuständig? Man hält meinen Sohn da drinnen widerrechtlich fest. Ich verlange, dass ich mit ihm sprechen kann und dass Sie ihn nicht verhören, bevor mein Anwalt da ist.«

»Nun mal eins nach dem anderen. Ich bin Kriminaloberkommissarin Liebe. Mein Chef, Herr Hauptkommissar Schneider, verhört Ihren Sohn nicht, sondern er befragt ihn, weil er möglicherweise ein wichtiger Zeuge bei einem Tötungsdelikt ist.«

»Aber ich verlange, dass mein Anwalt dabei ist.«

»Ihr Anwalt interessiert mich nicht, Herr Doktor. Allenfalls der Anwalt Ihres Sohnes. Er ist ein erwachsener Mann und bestimmt selbst, ob er einen Anwalt will. Außerdem brauchen Zeugen keinen Anwalt. Sollten wir ihn als Beschuldigten ansehen, werden wir ihm dies mitteilen. Dann sollte er einen Anwalt hinzuziehen. Und nun würde ich gern zu Ihrem Sohn gehen, um mir selbst einen Eindruck zu verschaffen.«

»Das ist doch unerhört. So können Sie nicht mit mir reden.«

Nina ließ ihn stehen und ging in das Vernehmungszimmer. Timo schaute interessiert auf und Schneider sagte: »Schön, dass Sie da sind, Nina. Darf ich vorstellen: Das ist Oberkommissarin Liebe, das ist Timo Kuschel.«

»Guten Tag. Darf ich Timo zu Ihnen sagen?«

»Natürlich.«

»Timo, ich komme gerade von der Gerichtsmedizin. Inas Mutter hat dort ihre Tochter identifiziert. Das war einer der schlimmsten Momente in meiner Laufbahn bei der Kripo. Die Frau ist fertig mit der Welt. Und als ich Ina gesehen habe, sind mir die Tränen ins Gesicht gestiegen. Ein junges, unschuldiges Mädchen, das mit gebrochenem Genick und anderen schweren Verletzungen daliegt. Der geschundene Körper eines Teenagers, der das ganze Leben noch vor sich hatte. Nun frage ich mich, wie es dazu kommen konnte. Wissen Sie eine Antwort darauf?«

»Nein. Ich habe Herrn Schneider schon gesagt, was ich weiß. Ich bin gestern Nachmittag mit Ina nach Hahnenklee gefahren. Und weil wir unterschiedlicher Meinung waren, haben wir uns getrennt. Sie wollte später mit dem Bus nach Goslar fahren.«

»Aber gefunden haben wir sie in der Nähe von Braunlage. Wie ist sie da hingekommen?«

»Das weiß ich nicht. Vielleicht hat sie jemanden getroffen.«

»Wieso gibt sich eigentlich ein Einundzwanzigjähriger mit einem fünfzehnjährigen, sehr unschuldig wirkenden Mädchen ab?«

»Das war doch gar kein besonderes Verhältnis. Ich hatte den Eindruck, sie war ein bisschen in mich verliebt. Das war eine kleine Schwärmerei, mehr nicht.«

»Hatten Sie mit ihr Geschlechtsverkehr?«

»Um Gottes Willen, nein! Doch nicht mit so einem jungen Mädchen.«

»Nun, sie wird gerade obduziert. Wenn Sie doch etwas mit ihr hatten, werden wir es morgen wissen. Sind Sie damit einverstanden, eine Speichelprobe abzugeben?«

»Von mir aus. Sie werden nichts finden.«

Timo wurde zunehmend ungehalten und gereizt. Schneider hatte sich sehr sachlich mit ihm unterhalten und er hatte gedacht, dass es das dann auch schon war. Aber dann kam diese blöde Bullentussi rein und fing an zu bohren. Er hätte jetzt gern eine von den Pillen genommen. Die Wirkung von jener, die er heute Morgen genommen hatte, ließ inzwischen merklich nach.

»Gut. Aber vorher sagen Sie mir bitte noch, wer Martin ist.«

»Martin?«

»Ja, Sie sind neulich  gesehen worden, wie Sie mit Ina und Martin spät abends durch die Stadt gegangen sind.«

»Ach, der Martin. Das ist ein Kumpel, den wir zufällig getroffen haben. Was soll der denn damit zu tun haben?«

»Das weiß ich nicht. Sagen Sie es mir. Steht er vielleicht auf sehr junge, unschuldige Mädchen, und Sie haben ihm Ina zugeführt? Vielleicht auch gestern Nachmittag? Waren Sie vielleicht gar nicht in Hahnenklee, sondern haben Ina nach Braunlage gebracht?«

»Sind Sie bekloppt? Ich sage jetzt gar nichts mehr.«

»Ich bin nicht bekloppt, sondern ich will herausfinden, was gestern wirklich passiert ist. Ihre Story von Hahnenklee und einem kleinen Streit und diesen ganzen Quatsch glaubt Ihnen doch kein Mensch. Was ist gestern passiert? Sagen Sie es! Jetzt, sofort!«

»Ich will einen Anwalt. Oder nach Hause.«

Es klopfte an der Tür. Schneider öffnete. Er erkannte Dr. Herbold, einen Rechtsanwalt älteren Semesters.

»Tag, Herr Schneider, ich möchte mit Timo Kuschel sprechen.«

»Sie kommen gerade richtig, Herr Dr. Herbold. Bitte treten Sie ein.«

Auch Timos Vater wollte sich in das Zimmer drängen.

»Entschuldigung, Sie dürfen nicht hereinkommen. Wer sind Sie denn überhaupt?«

»Ich bin Dr. Kuschel, der Vater von Timo, den Sie hier unberechtigterweise verhören.«

»Sie haben hier keinen Zutritt. Ihr Sohn ist erwachsen.«

Damit schloss Schneider die Tür. Dr. Herbold gab Timo die Hand und bat darum, mit seinem Mandanten allein zu sein. Nina beachtete er gar nicht.

»Gut, nebenan ist ein Zimmer, in dem Sie ungestört sind«, antwortete Schneider.
Nach einer Viertelstunde betraten Timo und der Anwalt das Vernehmungszimmer wieder und Dr. Herbold sagte: »Mein Mandant wird derzeit keine weiteren Angaben machen.«

Schneider erwiderte enttäuscht: »Bis jetzt haben wir Herrn Kuschel als Zeugen befragt. Die Weigerung, mit uns zu reden, um den Tod eines jungen Mädchens aufzuklären, wird zwangsläufig dazu führen, dass wir uns intensiv damit beschäftigen müssen, ob er eine Schuld oder Mitschuld trägt. Wir brauchen noch ein paar Antworten. Und wir müssen noch einen gewissen Martin vernehmen, bevor wir entscheiden, ob wir ihn vorläufig festnehmen.«

»Dann legen Sie doch mal Ihre Beweise vor. Nur weil ein junger Mann mit einem Mädchen etwas Zeit verbracht hat, muss er sie doch nicht gleich umgebracht haben.«

»Bis jetzt, Herr Dr. Herbold, reden wir überhaupt nicht davon, dass das Mädchen umgebracht wurde. Das wird die Obduktion ergeben. Aber es gibt auch noch andere Delikte, die zum Tode des Mädchens geführt haben können. Durch die Beantwortung einiger weniger Fragen könnte Ihr Mandant entlastet werden, und er kann nach Hause gehen. Bitte nehmen Sie doch Platz.«

Der Anwalt schaute ungehalten drein, setzte sich aber. Und Timo blickte ihn flehentlich an, doch etwas zu tun, damit er nach Hause konnte, um sich eine Pille einzuwerfen.

Nina fuhr fort: »Wir haben diesen Martin ausfindig gemacht. Er müsste jede Minute hier sein. Nur noch eine Frage hätte ich, Timo. Nehmen Sie Drogen?«

Jetzt platzte dem Anwalt der Kragen: »Sie hören sofort auf, meinem Mandanten solche Fragen zu stellen! Und Sie antworten nicht, Herr Kuschel! Das hat nichts mit diesem Fall zu tun.«

»Drogen haben immer einen Einfluss, auf jeden Fall. Wenn Sie diese Frage nicht beantworten, werden wir eine entsprechende Untersuchung beantragen und Sie vorläufig festnehmen.«

# Kapitel 12

Am Nachmittag war Lilly nach Goslar gekommen, um mit Marie Kaffee zu trinken. Marie war die Frau ihres Großneffen Amadeus. Seit sie vor einem dreiviertel Jahr Nachwuchs bekommen hatten, ließ Lilly sich keine Gelegenheit entgehen, die Kleine, die ebenfalls Lilly hieß, zu sehen. Dass die Eltern ihr ihren Namen gegeben hatten, fand sie großartig. Sie war stolz darauf, versuchte aber krampfhaft, sich dies nicht anmerken zu lassen. Nach ihrem Besuch rief sie kurz bei Hermine an, die sie schon lange mal besuchen wollte. Hermine, mittlerweile fünfundneunzig Jahre alt, war die Mutter von Pfarrer Christian. Sie hatte ihn mit sechzehn bekommen. Das Problem war allerdings, dass ihre ältere Schwester am selben Tag auch ein Kind bekommen hatte, ein Mädchen. Und beide Kinder hatten denselben Vater. Um dieser Schande, man schrieb damals das Jahr 1935, zu entgehen, wurde von der Familie beschlossen, dass ihre Schwester Zwillinge bekommen hatte. Also wurde Christian als Sohn ihrer Schwester aufgezogen. Dass er eigentlich Hermines Sohn war, erfuhr er erst im Erwachsenenalter. Hermine war, gelinde gesagt, etwas speziell, ebenso wie ihr Sohn, der sie natürlich nie mit Mutter anredete.

Lilly betrat das Haus, in dem Hermine wohnte, und begegnete im Treppenhaus einem gutaussehenden Mann, der die Wohnung vis-à-vis hatte. Er grüßte freundlich und war kurz danach durch die Haustür verschwunden. Lilly klingelte, und zu ihrer großen Überraschung öffnete Christian, gefolgt von Hermines weißem Pudel Dolly, der aufgeregt an Lillys Beinen schnupperte.

»Nanu, Christian, mit Ihnen hätte ich jetzt nicht gerechnet. Ich dachte, Sie wären schon wieder in Berlin.«

Er reichte Lilly die Hand und erwiderte: »Der Mensch denkt und Gott lenkt. Ich kann mich hier gar nicht mehr loseisen. Hermine nimmt mich derart in Beschlag. Außerdem ist es bei diesem Wetter angenehmer im Harz als in Berlin.« Im Wohnzimmer saß Hermine in einem luftigen, bunten Sommerkleid bei geöffneter Balkontür. Natürlich freute sie sich, Lilly zu sehen. Christian servierte Mineralwasser, während Lilly erzählte, dass sie den netten, gutaussehenden Nachbarn im Flur getroffen hätte. Und damit war sie dann auch gleich bei Hermines Lieblingsthema gelandet: Sex.

Christian saß etwas abseits am Esstisch und versuchte, sich auf sein Buch zu konzentrieren.

»Oh, das ist ein ganz süßer Kerl. Er ist erst vor Kurzem hier eingezogen. Und Dolly hat ihn sofort gemocht. Immer, wenn wir von draußen kommen, will sie am liebsten zu ihm in die Wohnung. Und neulich war die Wohnungstür doch tatsächlich nur angelehnt und Dolly ist hineingestürmt. Ich konnte gar nicht so schnell hinterher. Und, schwupps, war das Hündchen auch schon im Schlafzimmer und sprang aufs Bett. Das Problem war nur, dass der Nachbar es sich auch auf dem Bett gemütlich gemacht hatte – nackt. Und das ist noch nicht alles. Da lag auch noch eine junge, hübsche Dame, die er gerade bearbeitete.«

Christian stammelte in sich selbst hinein: »Das Lieblingsthema der alten Schachteln! Nur Bumsgeschichten im Kopf.«

Hermine ließ sich gar nicht ablenken, sondern fuhr fort: »Und was soll ich Ihnen sagen: Der Mann war gerade damit beschäftigt, seiner Freundin die Schamhaare zu rasieren. Das war mir dann doch etwas peinlich. Ich habe nur schnell gesagt, dass die Tür offen war und der Hund hineingestürmt sei und mich für die Störung entschuldigt. Ein Glück, dass Dolly mal gehorsam war und gleich mitgekommen ist.«

Jetzt mischte sich Christian in die Schilderung seiner Mutter ein: »Warum passiert immer dir so etwas, Hermine? Und warum gehst du einfach in das Schlafzimmer anderer Leute? Du hättest ja auch rufen können.«

»Ach Christian, Schatz, so schlimm ist das ja nun auch nicht. Mir ist nichts Menschliches fremd. Außerdem habe ich auf diese Weise mal wieder einen knackigen, nackten Mann gesehen.«

Pfarrer Christian raufte sich seine weiße Mähne und sah aus wie ein Zombie.

# Kapitel 13

Timo gab schließlich zu, amphetaminabhängig zu sein. Nach seinem Lieferanten befragt, sagte er die Wahrheit. Er wusste weder seinen Namen noch seine Adresse. Er nannte ihn einfach Freddy, wohlwissend, dass dies nicht sein richtiger Name war. Und er gab an, dass sein Freund Martin nicht der Lieferant sei. Inzwischen war dieser auch auf der Dienststelle eingetroffen. Nach einer kurzen Befragung war Schneider und seiner Mitarbeiterin klar, dass Martin nichts mit Inas Tod zu tun hatte. An seinem Alibi gab es keinen Zweifel. Danach berieten die beiden, was sie mit Timo machen sollten.

»Wir müssen ihn gehen lassen, Nina. Es gibt nicht den geringsten Beweis, dass er etwas mit dem Tod des Mädchens zu tun hat.«

»Ja. Aber ich bin mit dem Bengel noch lange nicht fertig. Ich werde bohren, bis ich einen Zusammenhang finde.«

Als sie in das Verhörzimmer kamen, blickte der Anwalt sie streng an und Schneider sagte: »Sie können gehen, Herr Kuschel. Aber bitte halten Sie sich zu unserer Verfügung. Wenn weitere Fragen auftauchen, müssen wir noch einmal auf Sie zukommen.«

Der Anwalt bot an, Timo nach Hause zu fahren. Er musste ohnehin mit seinem Vater reden, der ihn ja engagiert hatte.

Als sie allein waren, sagte Schneider: »Wir tappen bisher ziemlich im Dunkeln. Morgen früh müssen wir noch einmal mit der Mutter und dieser Rebecca sprechen. Außerdem mit Lehrern und Mitschülern des Mädchens. Irgendjemand in ihrem Umfeld muss doch etwas wissen, was uns weiterbringt.«

»Sicher. Und dann bin ich mal gespannt auf die Obduktion«, antwortete Nina. »Wurde sie vergewaltigt? Gibt es DNA? Hat sie vielleicht auch Amphetamine oder sonst irgendein Dreckszeug genommen? Wenn das so ist, dann stürzen wir uns wieder auf diesen Timo.«

»Gut, Nina. Dann lassen Sie uns Feierabend machen. Wir werden heute nichts mehr bewirken. Morgen früh haben wir hoffentlich die Obduktionsergebnisse, und dann sehen wir weiter. Ich für meinen Teil gehe jetzt nach Hause und nutze das Wetter, um schwimmen zu gehen.«

»Okay, Boss. Morgen dann mit frischer Kraft.«

Nina beneidete ihren Chef. Er führte ein so ausgeglichenes Leben. Eine nette Frau, ein wohlgeratener Sohn. Sie konnte sich einfach nicht vorstellen, dass es jemals im Hause Schneider kriselte. Er war so ausgeglichen und behutsam im Umgang mit den Menschen, dass es sie manchmal auf die Palme bringen konnte. Selbst zu mutmaßlichen Tätern, denen auf die Stirn geschrieben war, dass sie etwas auf dem Kerbholz hatten, war er freundlich und korrekt. Die einzige Unruhe in seinen Alltag brachte gelegentlich der Beruf, wenn es mit der Aufklärung eines üblen Verbrechens einfach nicht voran gehen wollte. Ihr Leben hingegen war eher wie eine Achterbahnfahrt. Himmelhochjauchzend und zu Tode betrübt. Mit Männern hatte sie bisher kein Glück. Sie ließ sich überhaupt selten auf eine Beziehung ein. Daher war ihr Privatleben meist nur öde. Mit fünfunddreißig hatte sie es noch nicht geschafft, sich so zu verlieben, dass sie mit einem Mann gern den Rest ihres Lebens verbringen würde. Sie wusste allerdings auch, dass sie auf manche Männer abschreckend wirkte. Äußerlich fand sie sich völlig okay. Aber ihren Kommandoton und ihre Lautstärke hatte sie nicht im Griff. Jeder hätte vermutet, dass läge an ihrem Vater, dem General. Aber der war ein ganz umgänglicher, netter Typ. Das Regiment im Haus hatte immer ihre Mutter geführt. Offenbar hatte sie sich daran so sehr orientiert, dass es nun nicht mehr aus ihr herauszukriegen war. Was soll's, dachte sie. Wenn ein Mann mich will, muss er mich so nehmen, wie ich bin. Basta. Blöd war, dass sie gar nicht so recht wusste, etwas Sinnvolles mit ihrer Zeit anzufangen. Deshalb arbeitete sie gern und viel. Und so tragisch der derzeitige Fall auch war, sie freute sich darauf, Licht in diese Sache zu bringen. Sie war in ihrem Element.

Alfie und Markus mussten heute die Arbeit machen, die Rebecca sonst in so vorbildlicher Weise erledigte, ohne dass sie auch nur einen Gedanken daran verschwendeten, ob es ihr manchmal zu viel wurde. Lörchen war inzwischen auch zu Barbaras Wohnung gegangen, um sie und Rebecca mit Essen zu versorgen. Kurz vor 18.00 Uhr kam noch ein Kunde in den Laden. Ein Mann von Anfang sechzig wollte eine Feuerbestattung für seinen verstorbenen Onkel. Als die Frage nach dem Sarg aufkam, sagte der Mann: »Wieso Sarg? Er soll doch verbrannt werden.«

Alfie kräuselte die Stirn und meinte: »Ja, das habe ich schon verstanden. Aber wir können doch Ihren Onkel nicht in Müllsäcken verpackt zum Krematorium bringen.«

»Und dann wird der teure Sarg einfach verbrannt?«

»Ja, meinen Sie denn, dass die Krematoriumsleute ihn aus dem Sarg herausholen und ins Feuer schmeißen? Und Leihsärge gibt es noch nicht.«

»Na, so ein Aufwand. Und wie ist es bei einer Seebestattung?«

»Um eine Seebestattung vorzunehmen, muss der Verstorbene auch erst mal verbrannt werden. Und zwar mit Sarg.«

»Ach. Und gibt es keine Seebestattung, wo die Leiche unverbrannt über Bord geworfen wird? Das gab es doch immer in den alten Filmen.«

»Sie meinen, Sie wollen Ihren Onkel den Fischen zum Fraß übergeben? Nein, das ist nicht erlaubt.«

»Tja, dann werde ich wohl in den sauren Apfel beißen müssen. Was kostet der billigste Sarg?«

Als der Kunde endlich gegangen war, schloss Alfie den Laden. Er hatte für heute die Schnauze voll. Da bemüht man sich, den Leuten alles recht zu machen, ihnen in schlimmen Situationen zur Seite zu stehen, alles abzunehmen, pietätvoll mit den Verstorbenen umzugehen, und dann kommt solch ein Holzklotz, der den Körper seines Onkels einfach wegschmeißen will, weil er meint, das sei billiger. Mit mir nicht, dachte Alfie und ging zur Sitzecke des Ladens, um eine Feierabendzigarre zu rauchen. Markus gesellte sich dazu. Eine gute Gelegenheit, um endlich mal ein ernstes Wort mit seinem Vater zu sprechen.

»Sag mal, neulich, als du ins Büro gekommen bist und ich gerade mit einer Frau beschäftigt war, äh, war dir das eigentlich nicht peinlich?«

»Wieso sollte *mir* das peinlich sein? Ich stand doch nicht mit heruntergelassener Hose da, sondern du.«

»Und meinst du nicht, dass es mir oder der Frau peinlich gewesen sein könnte?«

»Wenn es euch peinlich gewesen wäre, hättet ihr die Tür abgeschlossen.«

»Aber du hättest doch einfach kehrt machen können, als du gesehen hast, was da lief.«

»Warum hätte ich das tun sollen? Ich hatte eine Idee, und die wollte ich loswerden. Dass ihr euch da abmüht, fast vollständig angezogen, habe ich erst realisiert, als ich schon wieder gehen wollte.«

»Aber ich brauche nun mal eine gewisse Intimsphäre. Wenn ich oben in meinem Schlafzimmer bin, kriegen es auch alle mit.«

»Dann mach doch einfach laut Musik an oder hefte ein Schild an die Tür *„Bitte nicht stören – Damenbesuch“*. Dann wissen alle Bescheid und du hast deine Ruhe.«

»Genau das ist der Punkt. Es sollen ja nicht alle Bescheid wissen.«

»Dann schreib halt *„Bitte nicht stören – kein Damenbesuch“*.«

»Bei dir sind Hopfen und Malz verloren.«

»Komisch, das hat schon mein Vater zu mir gesagt. Dass heute mein Sohn dieselben Floskeln benutzt, gibt mir zu denken.«

# Kapitel 14

Am nächsten Morgen saßen Schneider und Nina im Büro und studierten den Obduktionsbericht. Schneider dozierte:

»Also, sie ist nicht vergewaltigt worden. Das ist schon mal ein Trost. Spuren von Gewalt vor dem Todessturz gibt es in begrenztem Umfang. Sie wurde an Armen und Handgelenken fest angepackt oder gefesselt. Und sie hatte auch Hautfetzen unter den Fingernägeln. Also war zumindest einige Gewalt im Spiel. Sie wurde zu etwas gezwungen, was sie nicht wollte. Amphetamine oder sonstige Drogen konnten nicht nachgewiesen werden. Aber es gibt männliche DNA überall an ihrem Körper, auch im Intimbereich. Und kurz vor ihrem Tod wurde ihr Schamhaar rasiert. Wahrscheinlich hat sie es nicht selbst getan.«

Nina saß mit angespanntem Gesicht und gekräuselter Stirn da und sagte: »Es wurden ja auch ein paar Schamhaare in dem Ferienhaus gefunden. Also dürfte es unmittelbar vor ihrem Tod geschehen sein. Man stelle sich ein fünfzehnjähriges Mädchen vor, das nach Aussage ihrer Mutter und der mütterlichen Freundin Rebecca wirklich noch sehr unschuldig gewesen war für ihr Alter. Ich stelle mir vor, dass ein Mann sie in seiner Gewalt hatte, sie dann ausgezogen und gefesselt hat, um ihr diese Rasur zu verpassen. Und bevor er sie vergewaltigen konnte, hat sie es geschafft, zur Terrassentür hinauszurennen. Sie lief praktisch um ihr Leben, sie muss geradezu panisch gewesen sein, hatte Todesangst. Und dabei kam es dann zum tödlichen Sturz. Es war vermutlich kein Mord, aber durch das Verhalten des Täters wurde sie in den Tod getrieben. Wir müssen also weiter ermitteln. Ich würde gern zu den beiden Frauen fahren. Diese Rebecca wird wahrscheinlich noch bei der Mutter sein.«

»Gut, Nina. Nehmen Sie mich mit?«

»Sie sind der Boss. Also dann.«

Zwanzig Minuten später saßen die beiden Kommissare in dem kleinen Wohnzimmer von Inas Mutter. Barbara sah erbärmlich aus, Rebecca hingegen war stark. Sie wusste, dass sie für Barbara im Moment der einzige Halt war und fragte:

»Was hat die Untersuchung in der Gerichtsmedizin ergeben?«

Sie vermied absichtlich das Wort Obduktion, weil dieser Begriff der Mutter wehtun würde. Die Vorstellung, dass ein Mensch, den man liebte, nach dem Tod aufgeschnitten wird, war für viele schwer zu ertragen.

Nina antwortete: »Das Gute ist, dass sie nicht vergewaltigt wurde. Sie war noch Jungfrau. Aber es deutet einiges darauf hin, dass man sie wahrscheinlich festgehalten hat. Es gibt auch DNA-Spuren an ihrem Körper. Wenn wir den dazugehörigen Mann finden, wissen wir mehr. Auf jeden Fall gehört diese DNA nicht Timo. Kurios ist, dass ihr kurz vor dem Tod die Schamhaare entfernt wurden.«

Jetzt schaute die Mutter auf und rief: »Das kann doch nicht wahr sein.«

»Doch. Sie wurde zwar nicht in dem Sinne vergewaltigt, wie man sich das schlechthin vorstellt. Aber deshalb kann es trotzdem zu sexuellen Handlungen gekommen sein. Und die Spuren zeigen, dass sie dies nicht wollte. Also hat ein Verbrechen stattgefunden, auch wenn die Todesursache nach allem, was wir bisher wissen, dieser Sturz vom Felsen war. Wir müssen jetzt mit Volldampf weiterermitteln. Wenn Sie uns noch irgendetwas sagen können hinsichtlich des Freundes- oder Bekanntenkreises, kann uns dies vielleicht weiterhelfen. Wir werden heute auch noch zur Schule gehen, um Lehrer und Mitschüler zu befragen.«

Rebecca fragte dann noch: »Können wir sie beerdigen?«

»Ja«, antwortete Schneider. »Es wurden alle notwendigen Untersuchungen vorgenommen. Sie ist jetzt freigegeben.«

»Gut. Ich werde sie behutsam auf ihren letzten Weg vorbereiten. Das ist das Letzte, was ich noch für dieses wunderbare, unschuldige Wesen tun kann.«

Nun fing Barbara jämmerlich an zu weinen. Abschließend sahen sich Nina und Schneider noch das Zimmer des Mädchens an, fanden aber nichts, was ihnen hätte weiterhelfen können. Kein Tagebuch und nichts, was auf Timo hinwies.

In der Schule kam ebenso wenig heraus. Die beiden Kommissare unterhielten sich mit Lehrern und Mitschülern. Ina war ein ruhiges, verschlossenes Mädchen gewesen, nicht besonders gut in der Schule und für ihr Alter sehr naiv. Zwei Mitschülerinnen erzählten, dass sie sich neulich gewundert hätten, weil sie mit diesem Timo herumgehangen hatte.

»Die passten doch überhaupt nicht zusammen. Timo ist ein begehrter Typ. Der könnte fast jede kriegen«, gab eines der Mädchen, das eine Frisur wie ein Vogelnest hatte, an.

»Außerdem soll er Drogen nehmen«, meinte die andere.

»Und er geht aufs Gymnasium, während Ina Schwierigkeiten hatte, den Hauptschulabschluss zu kriegen. Gut, in letzter Zeit war sie etwas besser.«

»Der Timo hat jedenfalls einen ganz schlechten Ruf. Er soll schon Mädchen aufgerissen haben, um sie an seinen Drogendealer weiterzureichen«, sagte die mit dem Vogelnest.

»Und wisst ihr, wer dieser Drogendealer ist?«

»Nein. An dieser Schule treiben sich solche Typen nicht herum. Da müssten Sie schon mal an Timos Schule fragen.«

»Und kennt ihr Mädchen, die Timo schon an seinen Dealer weitergereicht hat?«

Jetzt drucksten die beiden herum. Und Nina setze nach:

»Das wäre wirklich ganz wichtig. Ihr wollt doch nicht, dass anderen Mädchen das Gleiche passiert.«

Schließlich sagte die mit dem Vogelnest, dass es sich um eine Verkäuferin in einer Boutique handeln würde. Den Namen kannte sie nicht, aber sie konnte die junge Dame sehr gut beschreiben.

Die beiden Kommissare setzen sich ins Auto, um der Verkäuferin einen Besuch abzustatten. Unterwegs klingelte Schneiders Handy. Er nahm ab, und nach wenigen

Augenblicken war das Telefonat beendet. Er schaute zu Nina und sagte: »Es wäre ja auch zu schön gewesen. Name und Adresse des Mieters des Ferienhauses, in dem Inas Spuren gefunden wurden, sind falsch. Unser Täter ist vorsichtig.«

Daraufhin rief Schneider den Vermieter in Braunlage an und fragte, wie der Mieter Kontakt zu ihm aufgenommen und wie er bezahlt habe. Er gab an, dass der Mann am Tag zuvor angerufen hätte. Ein Bekannter sollte dann die Schlüssel abholen und das Geld vorbeibringen.

»Und? Kam dieser Bekannte?«

»Ja, das war ein junger Mann von Anfang zwanzig. Gutaussehend, freundlich. Er fuhr einen älteren Golf mit Goslarer Nummer. Ich habe mir vorsichtshalber das Autokennzeichen notiert, weil ich ja sonst gar nichts in der Hand hatte, also nichts Schriftliches.«

»Das ist prima. Bitte geben Sie mir das Kennzeichen.«

Ein Anruf genügte, und Schneider wusste, dass das Auto einem gewissen Dr. Kuschel aus Goslar gehörte.

Nina war in ihrem Element, und es schoss aus ihr heraus: »Also hat Timo doch etwas mit dem Ferienhaus in Braunlage zu tun. Von wegen Hahnenklee. Er war also schon am Abend vorher in Braunlage und hat alles vorbereitet. Und am nächsten Tag hat er Ina da abgeliefert, damit sein Drogendealer das Mädchen missbrauchen konnte. Junge, jetzt haben wir dich am Arsch.«

Schneider schaute seine Mitarbeiterin missbilligend an. Bestimmte Ausdrücke benutzte er nie.

»Wir unterhalten uns jetzt also erst einmal mit der Verkäuferin. Und anschließend nehmen wir uns Timo noch einmal vor. Vielleicht sogar mit Hausdurchsuchung. Wenn wir dort Drogen finden, wird Timo vielleicht gesprächiger und wir kommen doch noch an den Dealer. Irgendwie muss er doch in der Lage sein, mit dem Menschen in Kontakt zu treten, zum Beispiel, wenn er Nachschub braucht.«

Die Verkäuferin in der Boutique sah genau so aus, wie die beiden Schülerinnen sie beschrieben hatten. Mittelgroß, gepflegtes, langes, braunes Haar. Als Nina sich und ihren Chef vorstellte, schaute sie etwas irritiert, sagte dann aber: »Ich gehe jetzt in die Pause.«

Sie sagte ihrer Kollegin Bescheid und kam dann mit. Sie hieß Mandy Schulz und war zweiundzwanzig. Da es in den Straßenrestaurants zu voll war, um sich ungestört zu unterhalten, fuhren sie die zwei Minuten bis zur Dienststelle und setzten sich in Schneiders Büro. Nina bot Kaffee und Croissants an. Nach Timo befragt, sagte sie: »Ach, dieser Idiot. Er ist abhängig von irgendwelchen Pillen. Und weil er zu Hause nicht genug Geld kriegt, macht er allerlei Drecksarbeiten für seinen Freund, der ihn mit dem Zeug versorgt.«

»Was für ein Freund?«, wollte Schneider wissen.

»Er nennt sich Freddy. Seinen richtigen Namen kenne ich nicht.«

»Können Sie ihn beschreiben?«

»Groß, schlank, kurzes dunkles Haar, gepflegt. Er ist so zwischen fünfunddreißig und vierzig.«

»Wie haben Sie ihn kennengelernt?«

»Zuerst hat Timo sich an mich rangemacht. Aber der hatte gar kein großes Interesse. Dann trafen wir diesen Freddy irgendwann in einer Kneipe. Ich fand ihn nett. Timo musste dann nach Hause. Und da es noch früh war, bin ich mit dem Freddy noch etwas herumgebummelt. Und dann haben wir uns für das Wochenende verabredet. Er sagte, er hätte für ein paar Tage ein Ferienhaus gemietet.«

»In der Nähe von Braunlage?«

»Nein, an der Elbe. Ich weiß nicht mehr, wie das Kaff hieß. Da waren so ein paar kleine Ferienhäuser dem Campingplatz angegliedert. Und da haben wir dann das Wochenende verbracht.«

»Gut, den Ort müssen wir noch herauskriegen.«

Jetzt schaute Schneider Nina an, damit sie weiterfragte:

»Was haben Sie da gemacht?«

Mandy fing an zu grinsen: »Wir sind essen gegangen, haben auf der Elbe gepaddelt. Naja, und dann haben wir das getan, was alle machen.«

»Hatte er irgendwelche speziellen Vorlieben oder Praktiken?«

»Er war grottenlangweilig. Und das Kuriose war, bevor wir überhaupt richtig loslegten, falls man das so nennen kann, hat er mich gefragt, ob er mich rasieren dürfe. Das kam mir ziemlich abgefahren vor. Aber warum nicht, dachte ich mir. Bevor ich hier vor Langeweile einschlafe. Tja, dann hat er es getan, und zwar mit einer ungeheuren Hingabe. Ich habe die ganze Zeit nur gelacht. Er wurde schon richtig böse. Und dann sind wir schließlich am Sonntagabend wieder gefahren. Und damit war mein Bedarf an Freddy dann auch gedeckt.«

»Sie haben ihn nicht wiedergesehen?«

»Nein, und Timo auch nicht. Das heißt, am nächsten Tag hab ich ihn noch mal kurz getroffen.«

»Woher wissen Sie von den Drogen?«

»Erstens merkt man es Timo an. Und zweitens, an dem Abend in der Kneipe hat Freddy ihm etwas zugesteckt. Ich fragte noch, ob das Drogen wären. Freddy hat nur gelächelt und Timo war ziemlich verunsichert. Am nächsten Tag fragte ich Timo noch mal danach und er sagte, dass er manchmal etwas nimmt wegen Schulstress und so. Das war auch das letzte Mal, dass ich Timo gesehen habe. Das ist jetzt ein paar Wochen her. Aber ich wüsste eigentlich ganz gerne, warum Sie das alles so interessiert.«

Nina schaute kurz zu ihrem Chef und antwortete dann:

»Es ist ein junges Mädchen gestorben. Sie war mit Timo befreundet. Und wir vermuten, dass dieser Freddy da auch mit drinsteckt.«

»Ach, du Schande.«

»Wenn Ihnen also noch etwas einfällt, wie wir an diesen Freddy herankommen können, dann melden Sie sich bitte unbedingt bei uns.«

Mandy sah ziemlich mitgenommen aus.

»Das war hochinteressant«, sagte Schneider zu Nina. »Ich denke, wir besorgen uns jetzt einen Durchsuchungsbefehl und statten dann der Familie Kuschel einen Besuch ab. Und dann nehmen wir Timo mit und konfrontieren ihn damit, dass er den Schlüssel für das Ferienhaus bei Braunlage geholt hat. Wenn er Schwierigkeiten macht oder der Anwalt uns dumm kommt, nehmen wir ihn vorläufig fest.«

»Ich freue mich schon auf das blöde Gesicht von diesem Anwalt.«

# Kapitel 15

Im Bestattungshaus war heute nicht viel zu tun. Solange sich Rebecca intensiv um Barbara kümmerte, war das auch gut so. Markus war unterwegs nach Nordrhein-Westfalen und Lörchen kümmerte sich um den Haushalt. Alfie saß mit seinem alten Freund Richard in der gemütlichen Ecke seines Ladens. Richard war der Seniorchef eines Gartenbaubetriebes. Die beiden kannten sich schon seit der Schulzeit und hatten anschließend in all den Jahren beruflich viel miteinander zu tun. Richards Betrieb pflegte Gräber und lieferte Blumen für Beerdigungen. Aber die Geschäfte gingen nicht mehr so gut.

»Wenn die Leute sich alle verbrennen lassen, werden Friedhofsgärtner bald überflüssig. Es werden auch kaum noch Blumen und Kränze für Beerdigungen bestellt. Ich hätte lieber Koch werden sollen. Gefressen wird immer.«

»Ja, da ist was dran. Apropos essen, langsam kriege ich Hunger.«

»Du bist mir ein absolutes Rätsel, Alfie. Du frisst wie ein Scheunendrescher und wirst nicht dicker.«

»Das sind die Gene.«

»Ich würde eher sagen, du hast eine robuste Seele. Weißt du eigentlich, dass man das, was man isst, auch seelisch verdauen muss?«

»Ach was.«

»Ja, die Indianer glauben zum Beispiel, dass das Herz eines Bären dir die Kräfte dieses Tiers überträgt.«

»Ich weiß jetzt nicht, was das mit der Seele zu tun hat, Richard.«

»Ob du Kraft hast, Mut hast oder ein Schwächling bist, das kommt von deinem Inneren. Und die Seele nährt sich nicht nur durch Gefühle, sondern auch von dem, was du zu dir nimmst.«

»Du bist schon immer ein Freizeitphilosoph gewesen. Der Haifisch, der dich frisst, fängt dann also irgendwann an, Blumen zu züchten?«

»Du verdrehst alles.«

»Also, ich weiß nur, wenn ich dich verspeisen würde, würdest du mit Sicherheit nicht Teil meiner Seele werden, sondern ich würde dich, wenn ich dich nicht schon vorher ausgekotzt hätte, einfach verdauen und ausscheißen. Und das war's dann.«

Jetzt fingen beide fürchterlich an zu lachen. Richard konnte sich kaum noch halten. Da kam Rebecca durch die Ladentür.

»Na, euch scheint es ja gut zu gehen. Guten Tag, Onkel Richard. Hallo Papa.«

Richard kriegte sich wieder ein und sagte: »Hallo, mein Kleines. Wie geht es dir?«

»Nicht so gut. Du weißt ja vielleicht, dass die kleine Ina gestorben ist. Und ich kümmere mich jetzt um Barbara. Sie tut mir so leid, dass ich selbst kaum trauern kann.«

»Ja, das ist furchtbar. So ein junges Ding.«

An ihren Vater gerichtet, sagte sie: »Papa, Ina muss morgen aus Braunschweig geholt werden. Und ich werde sie dann für ihren letzten Weg herrichten.«

»Willst du dir das wirklich antun, Kind? Das kann ich doch machen. Oder Mama.«

»Nein, es ist das Letzte, was ich für sie tun kann. Ich möchte es machen.«

»Du bist ein gutes Mädchen«, sagte Richard und Rebecca erwiderte: »Onkel Richard, bitte liefere uns für die Beerdigung solch ein schönes Herz aus weißen und roten Rosen. Wann die Beerdigung ist, muss ich heute noch klären. Ich sage dir dann Bescheid.« Und an ihren Vater gerichtet: »Sagst du Markus Bescheid, dass er morgen Ina aus der Gerichtsmedizin holt?«

»Am besten, du rufst ihn an. Er ist unterwegs und wollte heute in Münster übernachten. Hat wohl eine kleine Freundin da. Er hatte heute eine Überführung nach dort. Dann kann er von Münster aus direkt nach Braunschweig fahren und Ina mitbringen.«

Als Markus' Telefon klingelte, war er gerade bei besagter Freundin. Er sagte seiner Schwester zu, die verstorbene Ina am nächsten Tag nach Goslar zu bringen und fügte hinzu:

»Ach, Schwesterchen, ich würde dich jetzt gern in den Arm nehmen. Ich weiß, dass dir die Kleine viel bedeutet hat.«

# Kapitel 16

Schneider hatte neben Nina noch zwei weitere Beamte mitgebracht, die das Haus der Kuschels nach Drogen durchsuchen sollten und nach Möglichkeit auch nach Hinweisen auf diesen dubiosen Dealer. Die ganze Familie war anwesend. Der Herr Doktor empfing die Beamten mit rotem Gesicht und grollender Stimme. Er sprach von Konsequenzen und rief seinen Anwalt an. Die Beamten ließen sich davon nicht beeindrucken. Schneider ließ sich Timos Zimmer zeigen und begab sich sofort dorthin. Timo saß an seinem Schreibtisch.

»Guten Tag, Herr Kuschel. Wir sind auf der Suche nach Drogen, wie Sie sich denken können. Um die Sache abzukürzen, bitte ich Sie, mir Ihren Bestand an Amphetaminen und was Sie sonst noch haben, gleich auszuhändigen.«

Timo war in Hochstimmung. Er hatte morgens vor der Schule bereits eine Pille geschluckt. Das war der normale Tagesbedarf. Da er sich aber durch die Vorgänge von gestern ziemlich deprimiert fühlte, hatte er mittags noch eine eingeworfen. Nun war er aufgekratzt und voller Tatendrang. Leider hatte er die Packung, die Freddy ihm gegeben hatte, unvorsichtigerweise nicht versteckt, sondern sie einfach in seiner Gesäßtasche untergebracht. Ein zweiter Beamter kam ins Zimmer und sah, dass Timos Hosentasche ausgebeult war. Er sagte: »Bitte leeren Sie Ihre Taschen aus.«

»Wie bitte? Sie spinnen wohl. Ich denke nicht dran.«

Jetzt wurde Schneider ungemütlich: »Herr Kuschel, entweder Sie tun, was mein Kollege gesagt hat, oder Sie kommen sofort mit.«

Er zog die kleine Schachtel aus der Tasche und warf sie Schneider vor die Füße.

Der andere Beamte steckte sie in einen Plastikbeutel und sagte: »Mein Gott, wenn Sie sich das regelmäßig reinziehen, dann gute Nacht.«

Nun fuhr Schneider fort: »Herr Kuschel, Sie haben uns neulich belogen. Sie haben den Schlüssel für die Ferienwohnung Ihres Freundes Freddy in Braunlage abgeholt.«

»Na und?«

»Das heißt, dass Sie in der Sache mit drinstecken. Ihre Geschichte, dass Sie mit Ina nur in Hahnenklee gewesen waren, ist damit vom Tisch. Wir werden nach der Hausdurchsuchung also zusammen auf die Dienststelle fahren, und Sie werden uns dann alle Details erzählen.«

»Sie können mich am Arsch lecken.«

Schneider redete ungerührt weiter. Bei Drogenabhängigen auf Provokationen und Beschimpfungen einzugehen, brachte ohnehin nichts.

»Doch vorher händigen Sie uns bitte noch die anderen Drogen aus, die Sie im Haus versteckt haben.«

Jetzt hatte Timo eine Idee. Es wurde ihm hier zu heiß. Er musste weg. Also sagte er: »Okay, ich hole sie Ihnen.«

Dann rannte er aus dem Zimmer, die Treppe hinunter, aus der offenstehenden Haustür hinaus zu seinem Auto. Dabei hätte er fast den anstürmenden Anwalt umgerissen, der sich umdrehte und rief: »Herr Kuschel, was ist los? Wo wollen Sie hin?«

Timo reagierte nicht, sprang ins Auto, ließ den Motor an und fuhr davon, ohne nach links oder rechts zu schauen. Der Beamte, der ihm hinterher gerannt war, schaffte es nicht, ihn einzuholen und guckte dem wegfahrenden Golf hinterher. Inzwischen war auch Schneider auf dem Hof, während Nina und der vierte Beamte im Keller nach Drogen suchten. Schneider holte sein Handy heraus und gab eine Fahndung durch. Frau Kuschel stand nun fassungslos auf den Stufen vor dem Haus, während der Anwalt und Dr. Kuschel sich ereiferten, die Polizei zu beschimpfen, wie sie sich denn erdreisten könnte, das Haus unbescholtener, angesehener Bürger zu durchsuchen.

Schneider zeigte Dr. Kuschel das Tütchen mit den Drogen und fragte: »Haben Sie denn als Arzt nicht gemerkt, dass Ihr Sohn Amphetamine nimmt?«

Dieser starrte auf die Packung, und der Anwalt sagte: »Sie sollten sich dazu nicht äußern, Herr Doktor Kuschel.«

Schließlich nahm Schneider noch Timos PC und das iPad mit. Weitere interessante Dinge wurden nicht gefunden.

Timo fuhr wie ein Wahnsinniger durch Goslar. Auf der geraden Strecke außerhalb der Stadt drückte er das Gaspedal voll durch. Dann kamen die Serpentinen Richtung Oberharz. Einigen entgegenkommenden Autofahrern blieb fast das Herz stehen, wenn er in den scharfen Kurven weit über die Fahrbahnmitte hinausfuhr. Auf der Hochebene angekommen, bog er bei Hahnenklee ab und sauste über die Serpentinen Richtung Lautenthal. In einer Kurve, wo normale Autofahrer sich in Schritttempo fortbewegen, war das Tempo so hoch, dass er den Abhang hinunterraste, sich überschlug und von einem Baum gestoppt wurde. Er war nicht angeschnallt.

# Kapitel 17

# Münster

Markus freute sich, seine alte Freundin Marita wiederzusehen. Er kannte die verrückte Nudel seit etlichen Jahren. Sie war nicht in der Lage, ernsthafte Bindungen einzugehen. Wer dies und ihre Neigung zu einem verrückten, unkonventionellen Leben akzeptierte, dem war sie zutiefst verbunden, auch wenn man sich nur selten sah. Marita war Künstlerin. Ihre manchmal obszön anmutenden Bilder in Öl und Acryl standen in starkem Kontrast zum hochkatholisch-moralischen Münster. Gerade deshalb war ihre kleine Galerie, die ihre Eltern ihr finanziert hatten, wohl relativ erfolgreich. Markus hatte sie vor fast zehn Jahren in New York kennengelernt, wo sie damals lebte und studierte. Eine Zufallsbekanntschaft, als Markus einmal für eine Woche in New York Urlaub machte. Und als sie dann nach Deutschland kam, hatten sie sich ein paar Mal getroffen. Marita war so etwas wie der Familienschreck. Ihren konservativen, wohlhabenden Eltern war es ein Dorn im Auge, dass ihr jüngstes Kind so fehlgeraten war. Auch mit ihrer Kunst konnten sie nichts anfangen. Ab und zu wurden sie in ihrem Bekanntenkreis auf die Bilder ihrer Tochter angesprochen. Aber unter dem Mantel der künstlerischen Freiheit konnte man ja so ziemlich alles machen. Marita war dreiunddreißig und dachte gar nicht daran zu heiraten, so wie ihre älteren, wohlgeratenen Brüder es längst getan hatten.

»Ich habe meinen Eltern von dir erzählt. Sie haben uns heute prompt zum Langustenessen eingeladen.«

»Wieso erzählst du deinen Eltern von mir?«

»Weil ich wusste, dass sie dich kennenlernen wollen. Sie hoffen immer noch, dass ich eines Tages heirate, Kinder bekomme und meine Galerie aufgebe. Außerdem bin ich auf ihr Gesicht gespannt, wenn sie dich nach deinem Beruf fragen.«

»Was ist an meinem Beruf so Besonderes?«
»Nichts. Aber Menschen wie meinen Eltern versetzt es bestimmt einen Schock, wenn ihre Tochter mit einem leibhaftigen Bestatter befreundet ist. Am besten, wir fahren nachher mit dem Leichenwagen hin.«

»Jetzt übertreibst du.«

Als der Leichenwagen vor dem stattlichen Anwesen außerhalb Münsters vorfuhr, kam die Haushälterin heraus und redete auf Marita ein: »Um Himmels Willen, Marita, ist jemand gestorben?«

»Keine Angst, Maria, das ist heute nur mein Transportmittel. Darf ich dir meinen Freund Markus vorstellen?«

Die Frau mittleren Alters reichte ihm die Hand und sagte: »Angenehm. Ich bin Maria.«

Die Eltern saßen im Wohnzimmer. Sie hatten noch nichts von dem Fahrzeug mitbekommen. Recht steif erhob sich Herr Masjosthusmann aus seinem Sessel. Der Siebzigjährige hatte trotz des sommerlichen Wetters einen dunklen Anzug an. Seine Frau, etwa zehn Jahre jünger, trug ein quietschgrünes Sommerkleid und strahlte übers ganze Gesicht, als Markus ihr einen Blumenstrauß überreichte. Offenbar machte er den gewünschten seriösen Eindruck in seinem dunklen Bestatteranzug. Maria kam herein und bot einen Aperitif an. Man plauderte ein wenig über den Sommer und das schöne Anwesen der Masjosthusmanns, die seit Jahrhunderten in der Gegend ansässig waren.

Als alle am Tisch Platz genommen hatten, fragte der Herr des Hauses, was Markus denn beruflich mache.

»Ich bringe Menschen auf ihre letzte Reise.«

Er hatte es nicht geschnallt und fragte nach: »Sie sind Reiseveranstalter?«

»Ja, so könnte man es nennen. Die korrekte Berufsbezeichnung ist allerdings Bestatter.«

»Oh. Haben Sie ein eigenes Unternehmen?«

»Ja, zusammen mit Eltern und Schwester. Wir sind ein alteingesessenes Familienunternehmen.«

»Ja, das hat Vorteile. Und Ihre Branche ist auch nicht schlecht. Sterben müssen wir alle – früher oder später.«

Frau Masjosthusmann war die Unterhaltung eher suspekt. Als serviert wurde, fragte sie deshalb: »Mögen Sie überhaupt Langusten?«

»Oh, ich bin praktisch mit Langusten großgeworden. Meine Oma mütterlicherseits war Langustenhändlerin. Tausende von diesen Tierchen hat sie importiert und weiterverkauft. Bei uns gab es oft schon Langusten zum Frühstück. In allen Variationen. Langusten-Erdbeer-Cocktail, Rindscarpaccio mit Langusten, Langusten-Spargelsalat und so weiter. Mein Schulbrot bestand manchmal aus Langustenschwanz-Sandwiches. Ich habe dann immer mit Freunden gegen ein ordentliches Wurstbrot getauscht. Aber heute, wo ich nur noch selten Langusten esse, weiß ich diese Delikatesse erst richtig zu schätzen.«

Frau Masjosthusmann schaute wie ein Auto, bei dem der Motor nicht anspringen wollte. In Wirklichkeit hatte Markus noch nie Langusten gegessen. Marita, der er dies auch gesagt hatte, konnte sich vor Lachen kaum halten. Ansonsten war es ein ziemlich steifer Abend. Verständlich, dass Marita aus diesem Umfeld ausgebrochen war.

Als die Dame des Hauses sie nach draußen begleitete, fragte sie ganz entgeistert: »Seid ihr etwa mit diesem Leichenwagen hierhergekommen?«

»Ja, das ist mein Dienstfahrzeug. Marita wollte furchtbar gern mal damit fahren.«

Dann reichte er ihr die Autoschlüssel. Als sie losfuhr, schüttelte Frau Masjosthusmann mit dem Kopf und sagte leise vor sich hin: »Was habe ich da nur großgezogen? Eine Tochter, die schweinische Bilder malt und mit dem Leichenwagen durch die Gegend fährt.«

# Kapitel 18

# Goslar

Als Schneider erfuhr, dass Timo sich totgefahren hatte, wurde er von Selbstvorwürfen gequält.

»Wir hätten den Bengel sofort auf die Dienststelle bringen sollen. Dass uns ein mit Drogen vollgestopfter Kerl entkommt, hätte nicht passieren dürfen. Bloß – ich hätte im Leben nicht mit so etwas gerechnet.«

Er saß mit Nina in seinem Büro und rekapitulierte, was heute alles geschehen war. »Da er uns hinsichtlich seines Braunlagetrips belogen hat, hätten wir ihn auch vorläufig festnehmen können. Dann würde er jetzt noch leben.«

»Chef, das konnte kein Mensch voraussehen. Er war in Inas Tod verstrickt, und er war ein Junkie. Aber das mussten wir erst einmal beweisen. Dieser bekloppte Anwalt hätte doch Himmel und Hölle in Bewegung gesetzt, wenn wir ihn ohne Beweise einfach festgenommen hätten.«

»Und jetzt wird er erst recht Himmel und Hölle in Bewegung setzen. Es wird nicht lange dauern, bis der Staatsanwalt hier aufkreuzt und uns Vorhaltungen macht. Ein Wunder, dass er uns nicht schon beim Antrag für die Hausdurchsuchung aufs Dach gestiegen ist. Diese Familie Kuschel hat in der Gegend einen Namen.«

»Ja, und einen Sohn, der süchtig war und einem Widerling junge Mädchen zugeführt hat.«

»Gut, Nina. Dann bitte ich Sie, einen detaillierten Bericht zu verfassen, was wir bisher alles haben. Ich schätze, dass der Staatsanwalt tatsächlich bald auftauchen wird. Dann drücken wir ihm den Bericht in die Hand. Er wird ja auch die Presse informieren müssen. Zwei nicht alltägliche Todesfälle, die miteinander in Zusammenhang stehen, sind ja für unser stilles Städtchen schon etwas ungewöhnlich. Und ich bestelle nochmal diese junge Verkäuferin her, damit wir ein Phantombild von dem Drogendealer anfertigen lassen können. Das hätten wir eigentlich schon vor ein paar Stunden machen können. Aber nach allem, was heute passiert ist...«

Zwei Stunden später legte Nina ihrem Chef den ausführlichen Bericht auf den Tisch. Dieser konnte seinerseits das inzwischen angefertigte Phantombild an seine Mitarbeiterin geben. Da polterte es an der Tür. Ohne ein *Herein* abzuwarten, stürmte der Staatsanwalt ins Zimmer.

»Warum, um Himmels Willen, kriege ich keine Informationen? Da muss erst der Anwalt der Familie Kuschel kommen und mir mitteilen, was los ist. Und ich stehe da wie ein Idiot.«

Staatsanwalt Büttner, der gern zeigte, was für eine große Nummer er war und was für Idioten alle anderen, war etwa Mitte dreißig. Schneider blieb ganz ruhig, während Nina ihm am liebsten an die Gurgel gegangen wäre. In ruhigem Ton antwortete er: »Ich möchte bezweifeln, dass der Anwalt der Familie Kuschel Sie richtig informiert hat.« Damit überreichte er dem Staatsanwalt den Bericht und kommentierte: »Als wir heute Morgen die Hausdurchsuchung beantragt haben, sind Ihnen alle bis dahin vorliegenden Informationen zugänglich gemacht worden. Bei der Durchsuchung sind wir auf handfeste Beweise gestoßen. Wenn Sie diesen Bericht, der soeben fertiggestellt wurde, lesen, dann sind Sie auf dem neuesten Stand.«

»Und warum bekomme ich diesen Bericht erst jetzt?«

Während Schneider mit sich um die richtigen Worte rang und sich bemühte, dem Mann, entgegen seinem Naturell, keine zu knallen, brüllte Nina in ihrem Kommandoton heraus: »Weil wir unsere Berichte nach den Ermittlungen schreiben und nicht vorher!«

Ganz verdutzt schaute er Nina an und sagte: »Wer sind Sie, dass Sie so mit mir reden können?«

»Wer sind Sie, dass Sie uns behandeln wie den letzten Scheißdreck? Entweder Sie befleißigen sich mal langsam eines Umgangstons, wie er zwischen zivilisierten Menschen üblich ist, oder Sie fliegen hier raus, und zwar achtkantig!«

Büttner atmete mit offenem Mund. Ungläubig schaute er erst die Kommissarin und dann Schneider an. Dann brüllte er los: »Sie dummes, kleines Puttchen! Das wird Konsequenzen haben.«

Jetzt schlug Schneider auf den Tisch – zum zweiten Mal in seiner langen Laufbahn, aber jedes Mal in Anwesenheit dieses Staatsanwalts, und sagte so leise, dass Büttner und Nina genau hinhören mussten: »Es reicht, Herr Büttner. Nehmen Sie den Bericht und verlassen Sie mein Büro. Sie dürfen wiederkommen, wenn Sie sich darüber klar sind, wie Sie in Zukunft mit uns umgehen wollen. Und das auch nur, wenn Sie sich in aller Form bei Frau Liebe entschuldigen. Ansonsten habe ich keine Probleme damit, eine Dienstaufsichtsbeschwerde zu formulieren, die sich gewaschen hat. Und ich werde Frau Liebe dazu raten, Sie für das *dumme Puttchen* wegen Beleidigung zu verklagen. Und jetzt raus!« Den letzten Satz hatte er nur noch geflüstert.

Wieder in seinem Büro, ließ sich Staatsanwalt Büttner erst einmal in seinen Sessel fallen. Was war da passiert? Das konnte doch nicht wahr sein. Was bildeten diese Kripofuzzies sich ein? Dieser Schneider war sonst die Ruhe selbst. Für einen Polizisten drei Nummern zu freundlich. Der geborene Arschtrittempfänger. Und jetzt? Rausgeschmissen, Dienstaufsichtsbeschwerde, Klageandrohung.

Er brauchte fünf Minuten, um sich wieder zu sammeln. Dann ging das Telefon. Die Presse. Der Redakteur wollte wissen, was es mit dem Unfall bei Hahnenklee auf sich hatte. Und er wollte wissen, was das für eine Sache bei Braunlage war, wo ein Mädchen aus Goslar tot im Wald gelegen hatte. Warum war die Presse darüber nicht informiert worden? Er hätte schon wieder platzen können, blieb aber betont freundlich und sagte zu, morgen früh zu einer Pressekonferenz zu laden.

Dann raffte er sich auf und las den Bericht von Frau Liebe. Das war ein ausgezeichneter Bericht. Er musste Schneider Bescheid geben, dass er morgen bei der Pressekonferenz anwesend zu sein hatte. Nein, Scheiße – er würde ihn freundlich bitten, zur Pressekonferenz zu kommen. Also packte er den Stier bei den Hörnen, ging noch einmal zu Schneiders Zimmer. Frau Liebe war natürlich immer noch da.

»Ich möchte mich bei Ihnen beiden entschuldigen. Ich will jetzt gar keine Ausreden suchen. Mein Verhalten war Scheiße.«

Die beiden Kommissare sahen ihn ernst an. Schneider sagte: »Okay, vergessen wir's.«

Und Nina Liebe sagte: »Geschenkt.«

»Danke. Äh, ich habe Ihren Bericht gelesen und muss sagen, dass Sie gute Arbeit geleistet haben. Inzwischen werde ich von der Presse genervt. Würden Sie, Herr Schneider, bitte morgen früh um zehn zu einer Pressekonferenz kommen? Ich werde heute einen Text vorbereiten, den wir dann morgen verteilen können. Aber bestimmt gibt es noch weitere Fragen. Und Sie sind an den beiden Fällen einfach näher dran.«

»Ist in Ordnung, Herr Büttner.«

Als der Staatsanwalt das Büro verlassen hatte, sagte Nina zu ihrem Chef: »Na also, geht doch.«

# Kapitel 19

Bei der Pressekonferenz am nächsten Morgen saßen Vertreter von zwei Zeitungen und ein Rundfunkreporter im Konferenzsaal. Der Staatsanwalt ließ verlauten, dass es zwischen dem toten Mädchen, das im Wald bei Braunlage gefunden worden war, und dem tödlich verunglückten jungen Mann wohl einen Zusammenhang gäbe. Auf Nachfrage sagte Büttner, dass der junge Mann unter Drogen gestanden habe, als er vor der Polizei floh. Und man gehe davon aus, dass dieser junge Mann, dessen Namen er nicht nannte, das 15-jährige Mädchen wohl einem älteren Mann zugeführt habe, der sich dann sexuell an ihr verging. Mehr Details würde man aber zurzeit nicht preisgeben, da dies den weiteren Ermittlungen schaden könne. Schließlich suche man ja noch den Hauptverantwortlichen, der Schuld am Tod des Mädchens war und der wohl auch den jungen Mann mit Drogen beliefert hatte.
Damit war die Bombe geplatzt. Und in einem Ort wie Goslar würde auch ohne Namensnennung ganz schnell klar sein, wer der junge Mann war.

* * *

Im Bestattungsinstitut Witzki hatte Rebecca sich mental darauf eingestellt, die kleine Ina auf ihren letzten Weg vorzubereiten. Als sie das geschundene junge Mädchen sah, brach sie in Tränen aus. Warum hatte dieser Perverse ihr auch noch das Schamhaar rasiert?
Sie atmete tief durch und legte dann eine „Best of Abba“ CD in den Schacht der kleinen Stereoanlage, Inas Lieblingsmusik. Das war ungewöhnlich für ein Mädchen diesen Alters, aber es passte zu ihr. Dann siegte Rebeccas Professionalität. Sie hatte sich von Barbara die Lieblingssachen ihrer Tochter geben lassen. Nachdem sie den Körper gewaschen hatte, zog sie Ina an. Unterwäsche, eine duftig-weiße Sommerbluse und einen mittellangen, braunen Rock. Dann bearbeitete

sie Gesicht und Haar mit einer Sorgfalt, die sie nur selten einem Menschen hatte zukommen lassen. Dabei ging sie so zärtlich vor, als ob es sich um einen lebendigen Menschen handelte. Jede Nuance war wohlüberlegt. Zum Schluss war sie mit sich zufrieden. Mehr konnte sie nicht tun. Dann kam Rebeccas Mutter herein, betrachtete Ina, nahm ihre Tochter in den Arm und sagte: »Das hast du wunderbar gemacht.« Danach holte sie Barbara ab, die sich ihre Tochter zum letzten Mal anschaute. Es brach Rebecca fast das Herz, wie emotional sie sich von ihr verabschiedete. Übermorgen würde die Beerdigung stattfinden. Vater Alfie würde sich um alles kümmern, sodass Rebecca als ganz normaler Trauergast daran würde teilnehmen können, um Barbara zur Seite zu stehen.

* * *

Nachmittags und abends gab es im regionalen Radioprogramm die Nachricht, dass vor einigen Tagen ein fünfzehnjähriges Mädchen aus Goslar zu Tode gekommen sei. Das Mädchen sei wahrscheinlich von einem einundzwanzigjährigen Drogenabhängigen einem älteren Mann zugeführt worden, der es missbraucht hatte. Als die Polizei eine Hausdurchsuchung durchführte, sei der junge Mann geflohen und bei Hahnenklee in den Tod gefahren. Natürlich fing die Gerüchteküche sofort an zu brodeln, wer das Mädchen und wer der Einundzwanzigjährige waren. Der Paukenschlag kam am nächsten Morgen, als auf der ersten Seite der Lokalzeitung darüber berichtet wurde. Und wer es dann immer noch nicht wusste, fand in den Traueranzeigen die Lösung. Eine Anzeige der Familie Kuschel, die den Tod ihres einundzwanzigjährigen Sohnes beklagte. Und eine Anzeige, in der der plötzliche Tod der fünfzehnjährigen Ina bekanntgegeben wurde. Auch wer keinen von beiden kannte, wusste innerhalb kurzer Zeit, um wen es sich handelte. Es gab in dem sonst so stillen Städtchen keinen anderen Gesprächsstoff mehr.

Am Abend vor der Beerdigung telefonierte Rebecca mit Harry. Es war gut, ihm ihr Herz ausschütten zu können. Er war ein so einfühlsamer Mann. Er bot auch an, sich mit ihr zu treffen. Aber das wollte sie nicht. Es war besser, sich ein paar Tage nach der Beerdigung zu treffen. Sie würde ihm bei der Chorprobe wiederbegegnen, und danach könnte sie noch etwas Zeit mit ihm verbringen.

Schneider und seine Mitarbeiterin Nina Liebe überlegten, ob sie mit dem Phantombild des mutmaßlichen Täters an die Öffentlichkeit gehen sollten. Sie bezogen den Staatsanwalt in ihre Überlegungen ein, der plötzlich unglaublich freundlich und kooperativ war.

»Also, ehrlich gesagt«, gab dieser zu bedenken, »ich finde das Bild nicht so berauschend. Außerdem glaube ich nicht, dass er hier in der Region wohnt. Und auf die Zeitungen außerhalb unseres Umkreises werden wir nicht zählen können. Aber das Blöde ist halt dieses Allerweltsgesicht. Das kann uns eine Menge Ärger einbringen, wenn Leute denunziert werden, die nichts damit zu tun haben. Vielleicht warten wir noch mal ab. Ermitteln Sie weiter. Fragen Sie bei den Schülern nach, die Timo kannten. Außerdem ist doch die Frage, wie der Drogenhändler überhaupt an die Ware herankommt. Es handelt sich ja um eine Originalverpackung und nicht um irgendeinen Mist aus einem Privatlabor.«

Schneider schloss sich der Meinung des Staatsanwalts an, während Nina am liebsten das Phantombild ins Internet gestellt hätte.

# Kapitel 20

Barbara hatte weder viele Verwandte noch einen größeren Bekanntenkreis. Daher rechnete man nicht mit einer großen Trauergemeinde. Das Gegenteil trat ein. Neben Dutzenden von Schülern und einigen Lehrern kamen alle Nachbarn und entfernten Bekannten, die Barbara zum Teil kaum je gesehen hatte. Die Anteilnahme war groß. Und man hatte das Gefühl, dass sie echt war. Inzwischen war die Geschichte von der Verführung einer Fünfzehnjährigen durch einen Einundzwanzigjährigen aus gutem Hause in der Region der Aufreger Nummer eins. Der junge Mann habe das Mädchen zu einem älteren Mann gebracht, der sie sexuell missbraucht und dann umgebracht hatte. Und das alles nur, um an Drogen zu kommen. Familie Kuschel wagte sich nicht mehr aus dem Haus.

Barbara und Rebecca hatten den Pastor gebeten, in seiner Predigt nicht auf das Geschehene einzugehen, sondern nur auf Ina selbst. In der völlig überfüllten Kapelle hielt er sich auch daran. Wer oder was ihn allerdings geritten hatte, auf dem Friedhof noch einmal zu einer Rede anzusetzen, war Rebecca ein Rätsel. Sie kannte den Pastor, seit er in die Gemeinde gekommen war. Das war mehr als zehn Jahre her. Und sie hatte immer das Gefühl, gut aufgehoben zu sein unter seiner seelsorgerlichen Fürsorge. Aber was dann geschah, konnte sie weder begreifen noch tolerieren. Er redete sich vor dem offenen Grab in Rage und gestikulierte dabei wie ein Schauspieler in einem dramatischen Stück: »Warum musste dieses Mädchen sterben? Wir wissen es nicht. Wir sollten jetzt nicht nach Schuldigen suchen. Wir sollten nicht verurteilen. Wenn jemand Schuld auf sich geladen hat, dann sollten wir vergeben, wie auch uns vergeben werden mag. Und auch Ina soll vergeben werden. Rache und Vergeltung stehen uns nicht zu. Wie hat der Herr gesagt: Wer von euch ohne Sünde ist, der werfe den ersten Stein...«

Er hatte diesen Satz kaum ausgesprochen, da traf ihn ein Stein am Bauch. Völlig verdutzt schaute er auf Rebecca, die am anderen Ende des Grabes stand. Sie hatte den Stein geworfen und er brüllte: »Bist du verrückt geworden, Rebecca? Warum tust du das?«

Diese ereiferte sich, laut zu erwidern: »Dieser Stein kommt von Ina. Sie war das unschuldigste Wesen, dem ich je begegnet bin. Wenn jemand das Recht hat, einen Stein zu werfen, dann sie. Halte dich mit deinen Sprüchen zurück. So kannst du nicht über Ina reden.«

Völlig aus dem Konzept gebracht, erteilte der Pastor einen letzten Segen und verließ den Friedhof. Kommissar Schneider sah Nina Liebe bedeutungsvoll an und merkte, wie sich ein Lächeln ihres Gesichts bemächtigte. Offenbar hatte Rebecca ihr aus der Seele gesprochen, so wie vielen anderen Anwesenden auch.

Am Abend, als die Witzki-Familie im Wohnzimmer zusammensaß und über diesen schrecklichen Tag nachdachte, sagte Mutter Lörchen: »Vielleicht solltest du dich beim Pastor entschuldigen, Rebecca.«

»Ich denke nicht dran. Er hatte nicht das Recht, so zu reden. Wir haben ihm eindringlich gesagt, was wir erwarten, Barbara und ich. Er hatte nicht das Recht, diese Sprüche loszulassen. Nicht bei Ina.«

»Unsere Tochter hat Charakter, Lörchen. Manchmal könnte ich mir auch die Ohren zustopfen, wenn ich unsere Geistlichkeit bei Beerdigungen reden höre«, sagte Alfie.

Und Markus gab grinsend von sich: »Kein anderer hätte das tun können. Mein Schwesterchen ist eine moralische Instanz. Wenn sie das macht, ist es glaubwürdig. Ich bin stolz auf dich, Rebecca.«

# Kapitel 21

Am nächsten Morgen saß die Familie Witzki in der gemütlichen Ecke des Ladens zusammen, um über die aktuelle Geschäftssituation zu reden. Als Alfie dann auch noch anfangen wollte, seine Idee mit den Bestattungsseminaren einzubringen, winkte Lörchen ab: »Alfie, bitte nicht heute. Ich muss jetzt etwas im Haushalt tun. Und wenn es mir unter den Nägeln brennt, produziere ich keine guten Ideen.«

»Meinetwegen. Aber nächste Woche hier zur selben Zeit werden Nägel mit Köpfen gemacht. Bis dahin fertige ich schon mal eine Liste mit Stichworten an.«

Lörchen verließ lächelnd den Laden, und Rebecca ging in die hinteren Räume. Markus blieb sitzen und schaute trübsinnig drein. Alfie sah seinen Sohn an und konnte es sich nicht verkneifen, zu bemerken: »Deine gute Laune ist ansteckend, Junge.«

»Es gibt keinen Grund, warum ich gute Laune haben sollte.«

»Du bist jung, gesund, unabhängig. Das sind schon mal drei gute Gründe. Aber offenbar bedrückt dich etwas. Könnte es sein, dass du unter einem gigantischen Samenstau leidest?«

»Eigentlich nicht. Aber ich denke seit ein paar Tagen über mein Leben nach.«

»Das ist natürlich eine ernste Sache.«

»Ich war ja in Münster bei Marita. Das war bisher mehr so eine lockere Freundschaft. Sie wollte nie eine feste Bindung. Aber irgendwie kam in unseren Gesprächen dann doch heraus, dass sie sich einen Mann wünscht, der für sie da ist, auf den sie sich verlassen kann, der sie versteht und bereit ist, ihre Verrücktheiten mitzumachen. Wir haben uns tatsächlich verliebt. In den letzten Tagen haben wir so viel miteinander telefoniert wie in den vergangenen Jahren zusammengenommen nicht.«

»Das ist ernster, als ich dachte. Verliebtheit ist genau der richtige Grund, um Trübsal zu blasen. Ruf sie doch noch ein weiteres Mal an und sage ihr, sie soll herkommen. Verbringt Zeit miteinander.«

Dann öffnete sich die Ladentür, und herein kam Lilly Höschen. Sie führte einen weißen Pudel an der Leine mit sich und steuerte direkt auf Alfie und seinen Sohn zu, die sich beide erhoben.

»Welch unerwartete Freude. Fräulein Höschen, was verschafft uns die Ehre Ihres Besuchs?«

»Guten Tag, Herr Witzki. Ah, Markus, dich habe ich ja ewig nicht gesehen.« Sie reichte den beiden die Hand und setzte sich. »Um Ihre Frage zu beantworten, Herr Witzki: Es gibt einen Trauerfall. Ich wurde gebeten, mich um alles zu kümmern.«

»Oh, hoffentlich kein naher Verwandter?«

»Eine alte Freundin. Sehr alt, um präziser zu sein. Fünfundneunzig Jahre alt, um ganz präzise zu sein. Hermine. Sie wohnte in Goslar und war die Mutter des Ihnen bekannten Pfarrers Christian, der neulich seinen Freund mit Ihrer Hilfe zu Grabe getragen hat.«

»Oh, das tut mir leid. Es ist schwer, gute Freunde zu verlieren. Mein aufrichtiges Beileid.«

»Danke. Aber nachdem Sie mir letztens Ihr Leid geklagt haben über die schlechte Geschäftslage, dachte ich mir „Tu doch der Familie Witzki mal etwas Gutes und beauftrage sie mit Hermines Bestattung." Ist Lörchen auch da?«

»Ich rufe sie gleich. Sie wird froh sein, ihre lästige Hausarbeit unterbrechen zu können.«

Pfarrer Christian hatte gestern Abend bei Lilly angerufen. Er seinerseits war von Hermines Nachbarn angerufen worden. Da der Hund nicht aufhörte zu kläffen und die alte Dame trotz Klingeln und Klopfen nicht geöffnet hatte, nahm er den Schlüssel, den Hermine ihm für den Fall des Falles gegeben hatte. Dass dieser so kurz nach seinem Einzug in das Haus dann tatsächlich eingetreten war, nahm ihn ziemlich mit. Er fand Hermine tot in ihrem Sessel sitzen, rief dann einen Arzt und anschließend ihren Sohn an. Christian konnte sich nicht aus Berlin loseisen, da er für ein paar Tage wegen einer Operation ins Krankenhaus musste, die er schon viel zu lange aufgeschoben hatte. Daher bat er Lilly um Hilfe. Er würde dann rechtzeitig zur Beerdigung nach Goslar kommen.

Als Lörchen den Laden betrat, war Markus bereits im Büro verschwunden, um mit Marita in Münster zu telefonieren.

»Fräulein Höschen, was höre ich? Sie haben einen Trauerfall?«

»Ja, die Mutter von Pfarrer Christian ist gestern Abend friedlich entschlafen. Da Christian im Krankenhaus ist, hat er mich gebeten, alles in die Wege zu leiten. Und Hermines Tochter lebt in Amerika. Die kann sich also auch nicht kümmern, sondern allenfalls zur Beerdigung erscheinen.«

Sie besprachen alles Nötige. Zum Schluss überreichte Lilly ihrer ehemaligen Schülerin eine Tasche mit Kleidungsstücken, die sie für Hermines letzte Reise ausgesucht hatte. Da kam gerade Rebecca herein und begrüßte Lilly freundlich.

»Na, Rebecca, du wirst auch jedes Mal hübscher. Geht es dir gut?«

»Im Moment bin ich etwas daneben. Wir haben gestern gerade eine Nachbarstochter beerdigt, die mir sehr ans Herz gewachsen war. Fünfzehn Jahre alt. Und mit großer Sicherheit handelt es sich um ein Verbrechen. Die Polizei ist leider noch nicht sehr weit mit ihren Ermittlungen gekommen.«

»Das ist ja furchtbar. Da wollen wir mal dankbar sein, dass Hermine fünfundneunzig geworden ist. Ich selbst bin ja auch schon fünfundachtzig. Trotzdem muss ich sagen, dass ich noch keine Lust habe, den Löffel abzugeben.«

»Sagen Sie mal, Fräulein Höschen, diese Hermine – äh, kann es sein, dass sie früher mal mit Reizwäsche gehandelt hat?«, fragte Lörchen.

»Ja, das hat sie. Und sie hat mir mal erzählt, dass ihre Vertriebsmethoden schon etwas grenzwertig waren. Auf solch einer Verkaufsveranstaltung bei sich zu Hause hat sie den Gästen ohne ihr Wissen Rauschgift verabreicht. Drei Damen waren dann so high, dass sie gleich in ihrer neu erworbenen Unterwäsche durch die Stadt gegangen sind. Zwei Autofahrer haben derart geglotzt, dass sie Unfälle verursacht haben. Das muss hier ganz in der Nähe gewesen sein. Ja, das war Hermine.«

Jetzt mussten Lörchen und ihre Tochter lachen, während Alfie kam, um dem Pudel eine Schale Wasser zu bringen.

»Na, ihr seid aber in guter Stimmung angesichts eines Trauerfalls«, sagte Alfie. »Dann will ich euch Ladies auch weiter nicht stören.«

Als Alfie außer Reichweite war, erzählte Lilly weiter:

»Ihre komischen Sachen hat sie bis zuletzt fortgeführt. Als neulich bei ihrem Nachbarn die Tür offenstand und das Hündchen in die Wohnung gelaufen ist, ist sie bis ins Schlafzimmer des Mannes vorgedrungen, der gerade damit beschäftigt war, seiner Freundin – ...«, jetzt stockte Lilly kurz und sprach in leisem Ton weiter, »die Schamhaare zu rasieren. Ihren Sohn, den armen Christian, hat sie mit ihren Eskapaden wahnsinnig gemacht.«

Nun schaute Rebecca, ganz in sich gekehrt, vor sich hin.

»Was ist, Rebecca?«, fragte Lörchen ihre Tochter.

»Oh, nichts. Ich musste nur eben bei diesem Thema an Ina denken. Kurz vor ihrem Tod hat ihr auch jemand das Schamhaar rasiert.« Und an Lilly gewandt fragte sie: »Wie alt ist denn dieser Nachbar, Fräulein Höschen? Kennen Sie ihn?«

»Oh, ich habe ihn nur zweimal kurz gesehen. Er ist sehr sympathisch, sieht gut aus und mag so zwischen dreißig und vierzig sein. Du glaubst doch wohl nicht, dass dieser Mann etwas mit dem Tod der Fünfzehnjährigen zu tun hat?«

»Das wäre ein sehr großer Zufall. Trotzdem würde ich mir den Mann gern mal ansehen.«

»Da kommst du zu spät, mein Kind, jedenfalls fürs Erste«, sagte Lilly. »Ich habe vorhin den Schlüssel bei ihm abgeholt, und unmittelbar danach ist er verreist. Er ist Pharmavertreter, wie er mir sagte. Und er ist ständig unterwegs.«

»Pharmavertreter?«

»Irgendwas ist mit dir«, sagte Lörchen.

»Ja, Mama. Ich kann meine Gedanken nicht mehr von all diesem Zeug lösen. Inas Tod. Dann das, was man vorher mit ihr gemacht hat. Dieser Timo soll Drogen genommen haben; ich denke, es waren Amphetamine. Und die soll er von dem Mann bekommen haben, dem er Ina ausgeliefert hat. Dann erzählt Fräulein Höschen von diesem Nachbarn, der ausgerechnet Pharmavertreter ist. Ich denke, ich gehe jetzt erst einmal in mich und denke über alles nach.« Im Hinausgehen sagte sie noch zu Lilly: »Fräulein Höschen, ist das der Hund der Verstorbenen?«

»Ja, das ist Dolly, ein ganz liebes Mädchen. Ich weiß allerdings noch gar nicht, was aus ihr werden soll. Christian will sie bestimmt nicht mitnehmen. Zur Not muss ich mich halt um sie kümmern.«

»Wenn alle Stricke reißen, nehme ich das Hündchen. Meiner ist vor einem Jahr gestorben. Es ist schön, einen Hund um sich zu haben.«

»Ach, das wäre wunderbar, Rebecca. Ich weiß nicht, ob ich in meinem Alter noch mal mit einem Hund anfangen sollte. Dolly ist ja erst fünf Jahre alt und könnte mich überleben. Warten wir erst mal ab, was Christian sagt. Und dann entscheiden wir.«

# Kapitel 22

Oberkommissarin Nina Liebe leistete Fleißarbeit. Das war stinklangweilig. Aber genau solche Arbeit nahm die meiste Zeit der Kriminalpolizei in Anspruch. Für Mengenrecherchen, Klinkenputzen und so weiter konnte sie oft auf weitere Mitarbeiter zurückgreifen. Aber ihre eigene Arbeit war auch mühselig, da viele Leute meinen, sie hätten gar nichts mit einem Fall zu tun und könnten die Polizei einfach abwimmeln. Sie telefonierte mit der Pharmafirma, die das Medikament herstellte, das bei Timo gefunden wurde. Nachdem sie gefühlte zwanzig Mal weiterverbunden worden war, wurde ihr schließlich versichert, dass man nur über ein Rezept an das Medikament herankäme. Es sei auch untersagt, dass Außendienstmitarbeiter davon unverkäufliche Muster an Ärzte verteilten. Der Umgang mit dem Präparat erfordere ein gutes Fachwissen des Arztes, das vorwiegend bei ADHS im Erwachsenenalter verschrieben würde. Die Nina vorliegende Packung sei vor einem halben Jahr für den deutschen Markt produziert worden. Sämtliche Packungen aus dieser Charge seien an den Großhandel geliefert worden und es sei unmöglich, herauszufinden, welcher Großhandel oder gar welche Apotheke sie verkauft habe. Hier kam sie also keinen Schritt weiter.

Als nächstes besuchte sie zusammen mit einem Kollegen Timos Schule. Ein paar Schüler wussten, dass er Drogen genommen hatte, andere ahnten es. Aber niemand wusste etwas über seine Bezugsquellen. Und keiner kannte den Mann auf dem Phantombild.

Nachmittags saß sie in ihrem Büro und überlegte krampfhaft, wie sie weiterkommen könnte. Da klopfte es an der Tür und Rebecca betrat das Zimmer.

»Ich weiß gar nicht, ob ich Ihnen das erzählen soll. Vielleicht spinne ich ja auch.«

»Das macht nichts. Ich spinne auch gerade herum, weil ich nichts Greifbares habe. Das muss manchmal sein. Und meistens führt es dann doch zum Erfolg. Also, legen Sie los.«

Sie erzählte der Kommissarin, was Lilly ihr vorhin über Hermines Nachbarn berichtet hatte.

»Das ist interessant. Wir haben eine Zeugin, die mit dem Mann, den wir suchen, zusammengewesen war. Und der hat bei dieser jungen Frau genau das getan, wofür besagter Nachbar wohl auch eine Vorliebe hat. Außerdem ist der Beruf dieses Herrn auch relevant. Ich werde also herausfinden, für welches Pharmaunternehmen er arbeitet. Und meine Zeugin soll sich den Mann mal ansehen. Wenn er tatsächlich der Gesuchte ist, haben wir einen Volltreffer gelandet. Herzlichen Dank, dass Sie zu mir gekommen sind. Ich kümmere mich.«

Nina hatte den Namen des Mannes von Rebecca erfahren. Er hieß Marc Steffens. Innerhalb weniger Minuten fand Nina im Internet heraus, dass besagter Pharmavertreter tatsächlich für das Unternehmen reiste, das das besagte Amphetaminpräparat produzierte. Auch die Nummer seines Diensthandys war angegeben. Also rief sie ihn einfach an. Er reagierte etwas ungläubig: »Warum muss die Kriminalpolizei mich sprechen?«

»Das kann ich Ihnen am Telefon nicht sagen. Sie müssen sich unbedingt zu uns bemühen. Und zwar so schnell wie möglich.«

»Das ist schlecht. Ich bin gerade in Lüneburg und habe einen engen Terminplan, der mich bis nach Flensburg führt.«

»Herr Steffens, Sie müssen Ihre Dienstreise für einen Tag unterbrechen.«

Schließlich willigte er ein, noch am Abend zurück nach Goslar zu fahren, um sich dann am nächsten Morgen in der Dienststelle zu melden.

Dann ging Nina zu ihrem Chef, um die Sache mit ihm zu bereden. Dieser tat etwas, was selten vorkam. Er fing an zu lachen, während Nina eine gespielt erboste Mine aufsetzte und sagte: »Zugegeben, es ist ausgesprochen kurios, einen Mann vorzuladen, weil er seiner Freundin ..., na Sie wissen schon. Aber glauben Sie etwa, ich bin so blöd, ihm das zu sagen? Ich werde ihn zum Tod der alten Dame befragen. Schließlich war sie alleinstehend und ist von ihm tot aufgefunden worden. Das ist ja wohl ein glaubwürdiges Unterfangen. Wir setzen uns ins Vernehmungszimmer und dann kommt die hübsche Mandy, um durch das Spiegelfenster einen Blick auf den Mann zu werfen. Wenn sie den Mann erkennt, nimmt die Vernehmung einen anderen Verlauf. Dann ist er unser Mann. Wenn nicht, dann beende ich die Vernehmung und schicke ihn wieder weg.«

»Gut, Nina. Machen Sie das. Es ist eine Chance, wenngleich eine sehr vage. Ich bin kein Sexualforscher und kann Ihnen nicht sagen, wieviele Männer diese Vorliebe haben. Möglicherweise ist diese Verhaltensweise ja verbreiteter als man denkt. Verrückt ist nur, und deshalb habe ich auch gelacht, dass in diese Geschichte schon wieder Fräulein Höschen verwickelt ist. Sie erzählten ja, dass sie es war, die Rebecca davon berichtet hat. Ich kann mich kaum an einen brisanten Fall der letzten Jahre erinnern, bei dem nicht in irgendeiner Weise dieses alte Fräulein eine Rolle gespielt hat. Wann immer ein Verbrechen geschieht, braucht man nur in Ruhe abzuwarten, dass Lilly Höschen aufkreuzt. Am besten, wir gehen nach Hause und setzen Fräulein Höschen hier hin. Wenn sie den Fall gelöst hat, kann sie uns ja anrufen.«

»Ja, sie ist schon eine Nervensäge. Aber ich möchte ihre Bekanntschaft um keinen Preis missen.«

# Kapitel 23

»Am Abend ging Rebecca zur Chorprobe. Sie war schon eine halbe Stunde früher da, weil sie hoffte, den Pastor zu treffen. Nach dem Vorfall auf Inas Beerdigung gab es Klärungsbedarf. Sie hatte sich von ihrer Wut leiten lassen und ihn mit einem Stein beworfen. Obwohl sie sein Verhalten schrecklich fand, schämte sie sich doch. Auf jeden Fall wollte sie die Sache aus der Welt räumen und sich wieder mit ihm vertragen. Ihr Harmoniebedürfnis war sehr groß.

Sie traf den Pastor im Pfarrbüro. Als sie eintrat, schaute er von seinem Schreibtisch auf und sagte verschmitzt lächelnd: »Bitte Rebecca, nicht wieder mit Steinen werfen.«

»Ich habe gar keine Steine dabei«, antwortete sie lächelnd. »Stattdessen möchte ich mich für meinen Ausfall entschuldigen. Ich hoffe, du kannst mir verzeihen.«

»Kein Problem. Wer könnte dir nicht verzeihen? Nur vergessen werde ich es nicht. Es wird mir immer eine Mahnung sein, mich nicht allzu sehr von Emotionen leiten zu lassen. Wir hatten ja gesagt, dass ich nur über Ina spreche, nicht über die Umstände ihres Todes und die, die vielleicht Schuld auf sich geladen haben. Also, ich muss mich auch bei dir entschuldigen. Ist alles wieder gut zwischen uns?«

»Alles ist gut. Ich bin erleichtert.«

Der Pastor stand auf und drückte Rebecca kurz an sich. Das hatte er noch nie gemacht. Es tat gut und versetzte ihr einen kleinen Stich in der Magengegend. Mit seinen vierzig Jahren war Moritz Freund ein sehr attraktiver Mann in ihren Augen. Dass er noch nicht verheiratet war und wohl auch keine Freundin hatte, war Anlass stetiger Gerüchte. Sie hatte sich daran nie beteiligt, sondern war immer überzeugt, dass er einfach noch nicht die Richtige gefunden hatte. Ihr ging es ja ganz ähnlich. Auch sie hatte nichts übrig für oberflächliche Beziehungen. Wenn sie sich eines Tages für einen Mann entscheiden würde, dann müsste es schon der Eine, der ganz Besondere sein.

Bei der Chorprobe traf sie endlich Harry wieder. Er begrüßte sie mit einem Wangenkuss. Die anderen Chormitglieder schauten zwar, einige schmunzelten, was sich da anbahnte. Aber das war beiden egal. Es tat gut, mit diesem sensiblen Mann zusammen zu sein. Nach der Probe gingen beide nicht mit, um einen Umtrunk zu nehmen. Das Wetter war immer noch schön. Also bummelten sie langsam durch die Stadt und suchten sich ein Plätzchen in einem Straßenrestaurant. Rebecca erzählte die ganze Sache mit Ina, wie nahe ihr das ging und wie traurig sie sei. Sie sparte auch nicht die Beerdigung aus, wie sie den Pastor mit einem Stein beworfen hatte. An dieser Stelle musste Harry lachen. Was sie nicht erzählte, war die Sache mit der Rasur. Das wäre ihr zu peinlich gewesen. Das ehrliche Mitgefühl, seine Sanftmut und Zuwendung taten ihr unsagbar gut.

Er brachte sie noch nach Hause. Als sie am geöffneten Wohnzimmer vorbeiging, sah sie ihren Bruder vor dem Fernseher sitzen.

»Hallo, Schwesterchen. Gute Neuigkeiten: Morgen kommt meine Freundin Marita aus Münster.«

»Oh, das freut mich. Könnte es sein, dass es bei deinem letzten Besuch in Münster geklickt hat?«

»Ähm, möglich. Auf jeden Fall scheint es bei ihr geklickt zu haben. Als ich sie vorhin anrief, war sie Feuer und Flamme. Sie lässt alles stehen und liegen und kommt morgen angereist. Ich bin mal gespannt, ob du sie magst.«

»Warum sollte ich sie nicht mögen? Dich mag ich ja auch.«

»Na, ich hoffe es. Sie ist nämlich noch etwas spezieller als ich.«

»Prima. Es können ja auch nicht alle so langweilig sein wie ich.«

Im Bett dachte Rebecca noch lange nach über diesen Abend. Sie hatte sich mit dem Pastor versöhnt. Und irgendwie hatte sie ihn heute zum ersten Mal nicht nur als Pastor und Freund gesehen, sondern auch als Mann. Komisch eigentlich, dachte sie. Da kennt man sich seit zehn Jahren, und plötzlich sieht man den Mann mit ganz anderen Augen. Natürlich dachte sie auch an Harry. Mein Gott, was war das für ein toller Mann. Dieses Sanftmütige, Mitfühlende. Und das, obwohl er so stark war, nicht nur körperlich, sondern auch charakterlich. In seiner Gegenwart fühlte sie sich wie etwas ganz Besonderes. Nach diesen schrecklichen Tagen seit Inas Tod kam endlich wieder die Sonne zum Vorschein. Sie hatte wieder Hoffnung und freute sich auf das, was vor ihr lag.

# Kapitel 24

Als Nina morgens die Dienststelle betrat, war Marc Steffens schon da. Ein gut aussehender, konservativ gekleideter Mann. Dass er im Außendienst tätig war, erkannte man sofort. Er war betont freundlich und gab Nina die Hand, während er sie mit seinen dunklen Augen ansah. Mit dem Phantombild, das nach Mandys Angaben angefertigt worden war, hatte dieser Mann wohl kaum etwas gemein. Sie ging mit ihm ins Vernehmungszimmer und teilte ihm mit, dass sie dort mehr Ruhe hätten. Nina ging noch einmal auf jedes Detail hinsichtlich des Leichenfundes ein. Herr Steffens hatte an besagtem Tag frei für Arbeiten in seinem Homeoffice, und irgendwann fiel ihm auf, dass der Hund nebenan nicht mehr aufhörte zu kläffen. Schließlich ging er an die Tür, klingelte und klopfte. Dann fing er an, sich Sorgen zu machen. Also holte er den Schlüssel, den die alte Dame ihm gegeben hatte und betrat die Wohnung. Im Wohnzimmer sah er Hermine im Sessel sitzen. Zuerst glaubte er, dass sie schlafen würde. Dann jedoch nahm er ihre Hand. Sie war kalt. Er fühlte den Puls am Hals. Nichts. Ihm war bewusst, dass die Dame gestorben war, rief die 110. In wenigen Minuten war ein Notarzt da und stellte den Tod fest. Danach rief er den Sohn der Frau in Berlin an.

»Mehr kann ich Ihnen dazu nicht sagen.«

Dann klingelte Ninas Telefon und Schneider sagte: »Entwarnung. Das Fräulein Mandy sagt, dass er es nicht ist.«

»Danke.«

Nina war zwar enttäuscht, weil dieser ganze Aufwand umsonst gewesen war. Aber dieser Marc war so ein netter Kerl, dass es sie auch irgendwie freute. Sie beendete die Befragung und sagte dem Mann: »Es tut mir leid, dass wir Sie herbemühen mussten. Aber das ist in solch einem Fall Vorschrift. Vielen Dank, dass Sie so schnell gekommen sind.«

Ziemlich bedröppelt ging sie zu ihrem Chef und gestand ihre Niederlage ein.

Schneider lächelte und sagte: »Nicht jeder Haarfetischist ist ein Verbrecher. Sonst müssten wir wahrscheinlich einen beträchtlichen Teil der Bevölkerung einsperren.«

»Aber es wäre so schön gewesen, diesen Kerl endlich zu fassen.«

* * *

Mittags fuhr ein Auto auf den kleinen Hof des Beerdigungsinstituts. Alfie dachte schon, es handele sich um Kundschaft. Seine gute Laune befand sich aufgrund des Aufschwungs der letzten Zeit auf einem hohen Pegel. Eine Dame jüngeren Alters entstieg dem Kombi. Marcus, der mitgekriegt hatte, wer da kam, eilte auf den Hof und umarmte sie: Marita. Ihr dunkles kurzes Haar stand in allen Himmelrichtungen ab. In drei Strähnen hatte sie bunte Tücher gebunden. Sie war so stark geschminkt, dass es so schien, als hätte sie zu groß geratene Adleraugen. Marcus half ihr dabei, aus dem Wagen einen riesigen Bilderrahmen zu bugsieren, der in Papier verpackt war.

»Was hast du denn da für ein Monstrum mitgebracht?«

»Das ist ein Geschenk für die Bestatter-Family – passend zum Thema Leben und Tod. Ich hoffe, dass es euch gefällt.«

»Na, da bin ich aber mal gespannt.«

Sie betraten das Haus vom Hof aus und gingen in den Laden, wo Alfie es sich in der Sitzecke gemütlich gemacht hatte. Er begrüßte die Freundin seines Sohnes, die ihn bat, sie mit Marita anzureden. »Gern, Marita. Dann sag bitte Alfie zu mir.«

Jetzt kam auch Rebecca von hinten, um sie zu begrüßen. Und vom Treppenhaus aus betrat Mutter Lörchen den Laden. Alle freuten sich, wie aufgeschlossen und unkompliziert diese junge Frau zu sein schien.

»Ich habe euch etwas mitgebracht. Markus' Besuch neulich hat mich inspiriert, mich mal wieder mit dem Thema Leben und Tod zu beschäftigen, wobei ich der Meinung bin, dass es den Tod eigentlich gar nicht gibt.«

»Psst, nicht so laut, Mädchen, sonst ist unser Geschäft bald im Eimer«, gab Alfie von sich.

Er half ihr, das Packpapier von dem Bild zu entfernen und lehnte es an die Wand. Alle staunten. Keiner konnte mehr die Augen von dem Bild lassen. In einer undefinierbaren Landschaft aus Blau- und Rottönen dominierte in der Bildmitte ein hell leuchtender Lichtstrahl. Am oberen Ende des Lichtstrahls neigte sich eine wohlgeformte nackte Frau herunter, um einem ebenso nackten, gut gebauten Mann die Hand zu reichen, so als wolle sie sagen: *Komm schon, hier bist du richtig. Dies ist das Paradies.* Marita hatte das Bild unten am Rahmen mit einem Aufkleber versehen, auf dem stand: *Ankunft im Paradies.*

Rebecca war hingerissen und brachte nur heraus: »Das ist ja wunderschön.«

Lörchen fehlten die Worte und Markus sagte: »Da hast du dich selbst übertroffen.«

Alfie war ganz aufgeregt, ging ein paar Schritte zurück und wieder vor. Schließlich nahm er das Bild und platzierte es mitten im Schaufenster.

Lörchen sagte: »Meinst du, dass man das als Bestattungsinstitut öffentlich zeigen sollte?«

»Wer denn sonst? Genau das ist es, wonach ich schon lange gesucht habe. Etwas Positives nach dem Motto *„Witzki Bestattungen macht Sie fit für die Reise ins Paradies!"* Ha, das ist der Clou. Endlich werden die Leute vor unserem Schaufenster stehenbleiben. Die sollen sich die Augen aus dem Kopf schauen. Das ist einfach großartig, Marita!«

Nun ging er nach draußen, um sich das Meisterwerk im Schaufenster anzusehen. Der Wirt von gegenüber gesellte sich dazu und sagte: »Mein Gott, was ist das denn? Da fallen einem ja die Augen aus dem Kopf.«

»Genau das will ich ja. Die Leute sollen jubeln, wenn sie sterben.«

Grinsend ging der Mann zurück zu seinem Lokal. Nun kamen auch die anderen Familienmitglieder auf den Bürgersteig, um sich das Schaufenster anzusehen. Alle waren begeistert, sogar Lörchen, die anfangs etwas skeptisch war. Inzwischen blieben auch ein paar Passanten stehen und bestaunten ungläubig das Bild. Alfie umarmte Marita und ein Passant, ein älterer Herr, fragte: »Kann man das Bild kaufen.«

»Dieses nicht«, antwortete Marita. »Aber ich werde weitere Bilder dieser Art malen. Schauen Sie demnächst einfach mal vorbei.«

Lörchen schaute etwas pikiert. Marita war kaum eine Viertelstunde hier und hatte das Beerdigungsinstitut offenbar schon zur Kunstgalerie umfunktioniert.

Am Abend saß die Familie zusammen in der gemütlichen Küche zum Essen.

»Lerne ich eigentlich auch die Langustenhändlerin kennen?«, fragte Marita.

Markus kicherte in sich hinein und Lörchen fragte: »Langustenhändlerin?«

»Ja, Markus hat meinen Eltern erzählt, dass seine Großmutter mit Langusten gehandelt hat.«

Lörchen schaute ihren Sohn verständnislos an und sagte dann zu Marita: »Die Albernheit ist erblich bedingt. Die hat er von seinem Vater.«

»Langusten hin, Hummer her«, mischte sich nun Alfie ein, »viel erfreulicher ist doch, dass zum ersten Mal, seit ich denken kann, die Leute vor unserem Schaufenster stehenbleiben. Einige sind sogar hereingekommen, um sich nach dem Bild zu erkundigen. Ich schlage vor, Marita, dass du dich an die Arbeit machst und wir deine Gemälde zum Kauf anbieten. Was kostet denn sowas?«

»Naja, ein realistischer Preis, der sich am Markt orientiert, läge bei fünfhundert bis tausend Euro. Davon würde der Galerist, also in diesem Fall Witzki Bestattungen, dreißig bis vierzig Prozent bekommen.«

»Für fünfhundert Euro Umsatz müssen wir sonst ganz schön rackern. Und was dann an Gewinn übrig bleibt, ist nicht gerade toll. Hast du denn Zeit, uns mit deinem Besuch eine Weile zu beehren? Oder könntest du in Münster weiter für uns tätig sein?«

»Ich habe die Galerie einfach geschlossen. Und wenn ich zurück bin, mache ich wieder auf. Eine Ausstellung für andere Künstler habe ich momentan nicht, nur meinen eigenen Kram. Es lagern zurzeit etwa zweihundert Bilder von mir, die einen Käufer suchen. Die meisten in Acryl und ein paar in Öl. Ich verkaufe pro Woche sowieso nur ein oder zwei Bilder, meistens die anderer Künstler. Die Miete zahlen meine Eltern. Also, es eilt nicht, zurückzufahren. Ich will außerdem nicht Sklave meines Geschäfts sein, sondern das tun, was ich kann: malen.«

»Na, dann bleib doch einfach erstmal hier. Mir scheint, dass dieser Ort eine Inspiration für dich ist.«

»Na, als ich das Bild, das im Schaufenster steht, gemalt habe, kannte ich den Ort noch gar nicht. Da war eher Markus meine Inspiration – und sein Beruf.«

# Kapitel 25

Am nächsten Tag bereitete Rebecca Hermine für ihre letzte Reise vor. Sie hatte vergessen, zu fragen, welche Musik die alte Dame gern gehört hatte. Also entschloss sie sich für das, was in ihrer Jugend populär gewesen war, Schlager aus den 30er Jahren. Sie zog ihr das rosafarbene Kleid an, das Lilly Höschen mitgebracht hatte, frisierte sie sorgfältig und trug ein dezentes Makeup auf. Dann rief sie Lilly an:

»Fräulein Höschen, ich habe gerade Ihre Freundin Hermine reisefertig gemacht und wollte fragen, ob sie noch jemand sehen möchte.«

Lilly kannte sich mit Rebeccas beruflichem Jargon nicht so aus und fragte ganz erstaunt: »Reisefertig? Wo will sie denn hinfahren?«

»Na, ins Paradies, hoffe ich.«

»Ach Kind, so meinst du das. Ich dachte schon, sie ist wieder aufgestanden und will verreisen. Zuzutrauen wäre es ihr.«

Beide mussten unwillkürlich lachen.

»Also, ich habe gerade mit Christian, dem Sohn, telefoniert. Er wird heute Nachmittag ankommen. Er reist diesmal mit dem Zug an, weil das Autofahren für ihn zu anstrengend ist. Ich hole ihn vom Bahnhof ab, und dann kommen wir bei Euch vorbei.«

* * *

Mittags bekam Kommissarin Nina Liebe einen Anruf von Mandy, der jungen Verkäuferin. Sie war ganz aufgeregt:

»Frau Liebe, ich habe ihn gesehen, diesen Freddy.«

»Was? Wo denn?«

»Er ist hier am Laden vorbeigegangen. Vor ein paar Minuten. Aber ich weiß nicht, wo er jetzt ist. Ich konnte hier nicht weg. Aber jetzt ist meine Kollegin da, und ich könnte mich hier in der Altstadt umsehen. Vielleicht ist er noch da.«

»Tun Sie das. Ich komme sofort. Wenn Sie ihn sehen, dann verwickeln Sie ihn in ein Gespräch. Vergessen Sie Ihr Handy nicht.«

Nina mobilisierte auf die Schnelle zwei Kollegen und ihren Chef. Sie und Schneider gingen jeweils mit einem Mitarbeiter los, durchkämmten die Gegend und trafen sich dann auf dem Markt. Dort saß Mandy auf einer Bank. Nina ging auf sie zu und sah die junge Frau resigniert den Kopf schütteln. Er war nicht mehr da. Mandy musste zurück ins Geschäft. Aber Schneider und Nina blieben noch eine Zeitlang auf der Bank sitzen.

»Dass sie ihn gesehen hat, ist zumindest insofern gut, dass der Mann anscheinend aus Goslar oder der näheren Umgebung ist«, sagte Nina.

»Ja. Und der zweite Pluspunkt ist, dass er mit großer Wahrscheinlichkeit nicht weiß, dass wir ihn suchen. Wenn er hier durch die Stadt bummelt, ist er arglos. Und dann wird er immer wieder in der Gegend herumspazieren. Irgendwann wird diese Mandy ihn wieder treffen. So groß ist unser Städtchen ja nicht. Sie soll auch noch mal vorbeikommen und schauen, ob aufgrund der neuen Begegnung etwas an dem Phantombild zu ändern ist.«

* * *

Nachmittags stand Lilly auf dem Bahnsteig und sah Christian auf sich zukommen. Er sieht aus wie ein Wanderprediger, dachte sie bei sich. Schwarze Hose mit breiten Hosenträgern, weißes Hemd, breitkrempiger schwarzer Hut. Dazu der weiße Vollbart und das üppige Haar, das bis über die Ohren ging. Als er sie sah, lächelte er. Die kleine, dünne Lilly umarmte diesen bärenhaften Mann, der einigermaßen verwundert war, es aber nicht zeigte, sondern die Umarmung erwiderte.

»Das ist lieb, dass Sie mich abholen.«

»Kein Problem. Irgendwie sind Sie mir mittlerweile ans

Herz gewachsen. Sagen wir doch einfach du zueinander. Ich heiße Lilly.«

»Gern. Christian.«

»Möchtest du Hermine noch einmal sehen? Dann könnten wir gleich von hier aus hinfahren.«

»Ja, auf jeden Fall. Bis jetzt kann ich nämlich noch gar nicht glauben, dass sie tot ist. Ich dachte immer, Hermine überlebt mich noch.«

* * *

Lörchen hütete den Laden, während ihr Mann in einem Liegestuhl auf dem kleinen Hof lag und Marita beim Malen zuschaute. Er hatte es sich angewöhnt, mittags Siesta zu machen. Auch Markus und Rebecca machten jetzt Pause auf dem Hof, der gerade so groß war, dass dort drei Autos parken konnten. Ansonsten gab es ein winziges Rasenstück mit einem alten Birnbaum.

»Bei dieser Wärme werden die Birnen bald reif sein«, sagte Alfie. Er hatte es kaum ausgesprochen, als sich ein Exemplar löste und Alfie direkt auf die Stirn fiel.

»Au! So war das jetzt aber nicht gemeint. Dieser Baum ist ja gemeingefährlich.«

Markus, Rebecca und Marita, die dies genau mitbekommen hatten, übertrumpften sich in ihren Lachkrämpfen. Als sie sich wieder beruhigt hatten, meinte Marita: »Der Baum hat Humor.«

Nun betraten Lilly und Christian den Laden. Lörchen stand auf und reichte erst Lilly die Hand, um danach Pfarrer Christian ihr Beileid auszudrücken.

»Es ist alles so arrangiert, wie Fräulein Höschen es mit mir abgesprochen hat. Der Sarg mit der Verstorbenen wird nachher in die Kapelle gebracht. Wenn Sie Ihre Mutter noch einmal sehen möchten, dann am besten jetzt gleich.«

Christian und Lilly waren ganz angetan, wie wunderschön Hermine zurechtgemacht war. Christian bedankte sich herzlich bei Rebecca, die dazugekommen war, und bat dann, einen Moment mit der Verstorbenen alleingelassen zu werden. Nach ein paar Minuten kam er dann in den Laden, wo Lilly mit Lörchen saß. Christian gesellte sich dazu und meinte dann: »Das ist übrigens ein interessantes Bild, was da im Schaufenster steht. Endlich mal ein Bestattungshaus, das nicht nur Särge und Urnen ausstellt, sondern etwas Schönes, Lebensbejahendes.«

»Wenn du das sagst, Christian, dann muss da wirklich etwas dran sein. Ein Mann wird im Paradies von einer nackten Frau empfangen. Ich hoffe nur, dass die Dame nicht die Empfangschefin für alle Neuzugänge ist. Ich würde nämlich lieber von einem nackten Mann begrüßt werden.«

Lörchen lachte leise in sich hinein und Christian sagte: »Es geht gar nicht um nackt oder bekleidet, um Mann oder Frau. Die Grundstimmung des Bildes ist einfach wunderbar.«

Lörchen sagte: »Ich werde das Kompliment an die Künstlerin weitergeben. Sie ist eine gute Freundin unseres Sohnes.«

# Kapitel 26

Hermines Beerdigung wurde von Vater und Sohn Witzki arrangiert. Lörchen war im Laden, Marita sah sich die Stadt an, und Rebecca machte Besorgungen. Sie war mit Harry verabredet. Heute Abend würden sie übers Wochenende verreisen. Er hatte sie gefragt, ganz zaghaft, weil er ihr zurückhaltendes Naturell kannte. Und dann war er ganz erstaunt, dass sie spontan zugesagt hatte. Es würde für Rebecca das allererste Rendezvous dieser Art sein. Sie konnte es selbst kaum glauben. Aber mit ihren dreißig Jahren war sie tatsächlich noch Jungfrau. Mit größter Wahrscheinlichkeit würde sie es morgen nicht mehr sein. Sie war über alle Maßen aufgeregt, aber auch voller Freude und Erwartung.

Am späten Nachmittag kam Harry in den Laden und stellte sich Frau Witzki vor, die ganz angetan war. Abgesehen von seinem guten Aussehen hatte er ausgezeichnete Manieren und lächelte freundlich. Bei dem Mann muss ich mir um mein Mädchen keine Sorgen machen, dachte sie. Sie plauderten ein bisschen miteinander, bis Rebecca mit ihrer Reisetasche kam.

Lörchen lächelte ihre Tochter an und sagte: »Und wo wollt ihr hin, wenn ich fragen darf?«

»Eigentlich sollte es eine Überraschung sein. Aber ich denke, jetzt kann ich es sagen. Nach Hamburg. Ich habe für Morgen Musical-Karten. Und heute Abend bummeln wir einfach herum und tun, was uns Spaß macht.«

Rebecca bekam leuchtende Augen.

»Na dann, viel Vergnügen«, sagte Lörchen, und die beiden verließen den Laden.

Dann läutete das Telefon.

»Ja, hier ist Lilly. Lörchen, dass die Beerdigung gut verlaufen ist, hat dir sicherlich dein Mann schon erzählt. Auch das anschließende Zusammensein in dem Lokal, dass du empfohlen hattest, war gut. Ich bin jetzt mit Christian bei mir zu Hause. Er soll sich noch ein paar Tage erholen, bevor er die Wohnung seiner Mutter auflösen muss. Aber mein eigentliches Anliegen: Ich hatte gerade ein Telefonat mit Freunden aus Clausthal-Zellerfeld. Sie heißen Sauschläger. Die Mutter von Rita Sauschläger, die in Goslar wohnte, ist gestorben. Und sie haben mich gefragt, ob ich ein Bestattungshaus in Goslar kenne. Da habe ich euch empfohlen. Sie wollten gleich noch vorbeikommen.«

»Oh, das ist nett, dass Sie uns empfohlen haben. Ich bin auf jeden Fall da, auch wenn es etwas später werden sollte. Im Grunde sind wir ja rund um die Uhr für unsere Kunden zu erreichen.«

»Prima. Aber wundere dich nicht, wie die Sauschlägers sprechen. Sie gehören zu den letzten Exemplaren, die die Oberharzer Sprache in Vollendung beherrschen. Dafür können sie kein Hochdeutsch.«

»Ach, Fräulein Höschen, ich bin schon mit Leuten zurechtgekommen, die nur Holländisch konnten oder Dänisch. Da werde ich sicherlich noch den Oberharzer Dialekt verstehen. Wir hatten schon öfters solche Kunden. Ich habe ja auch mal da oben gewohnt und kenne noch so einige Ausdrücke, auch wenn bei uns zuhause nicht so gesprochen wurde«

»Na, du wirst schon zurechtkommen.«

Dann kam Alfie in den Laden und sagte: »Wir können ja bald Feierabend machen.«

»Geht nicht. Es kommen gleich noch Kunden. Lilly Höschen hat angerufen. Freunde von ihr, die Sauschlägers aus Clausthal-Zellerfeld, haben einen Trauerfall in Goslar. Also hat sie uns empfohlen.«

»Meine Güte, unser Geschäft befindet sich ja in einem unaufhaltsamen Aufschwung. Mir scheint, Fräulein Höschen beerdigt gerade ihren gesamten Bekanntenkreis.«

Rita und Hannes Sauschläger waren ein Ehepaar von Anfang vierzig. Sie hatten eine große Kinderschar in die Welt gesetzt und sich etliche Jahre mehr schlecht als recht durchgeschlagen. Schlechte Schulbildung, kaum mal eine ordentliche Arbeitsstelle, kein Geld. Insgesamt miserable Voraussetzungen, um über die Runden zu kommen. Dazu kamen ein Gemüt und eine Lebenseinstellung, die es anderen schwermachte, mit ihnen zurechtzukommen. Der Wendepunkt in ihrem Leben kam, als ein entfernter Verwandter starb und ihnen zwei Restaurants und einen größeren Betrag Bares vererbt hatte, weil er kein Testament hinterließ und seine Lebensgefährtin leer ausging. Daraufhin kauften sie ein großes Grundstück mit verwahrlosten Gebäuden, die sie zum Teil instandsetzten. Als das Geld zwischenzeitlich mal knapp wurde, weil sie vergessen hatten, dem Finanzamt zu geben, was ihm zustand, ließen sie sich, ohne es zu wissen, mit der Russenmafia ein. Sie sahnten ganz schön ab und wussten bis heute nicht, was sie da eigentlich in deren Auftrag auf ihrem Grundstück vergraben hatten. Aber das interessierte sie auch nicht weiter. Jedenfalls fand diese Zusammenarbeit ein abruptes Ende. Die Gangster waren entweder tot oder hinter Schloss und Riegel. Den Sauschlägers jedoch ging es gut. Sie konnten ordentlich von dem leben, was die Restaurants, mit deren Bewirtschaftung sie nichts zu tun hatten, abwarfen. Im Gegensatz zu vielen anderen mochte Lilly Höschen diese Familie. Die Sauschlägers waren unkompliziert und geradeheraus. Und sie sprachen, wie ihnen der Schnabel gewachsen war. Zu Ritas Mutter hatte das Ehepaar Sauschläger nie ein gutes Verhältnis gehabt. Sie konnte äußerst lästig sein. Nach jedem Besuch waren sie froh, wenn sie ihr Auto von hinten sahen. Nun war die Dame gestorben und sie mussten sie unter die Erde bringen.

Als die beiden vor dem Schaufenster standen, sagte Hannes zu seiner Frau: »Nu kuck dar das an. Is das net ähn klasse Bild?«

»Die bäden Nackelten? Du hast aach nüscht anneres im Kopp. Naja, dis Bla und Rut ringsrum is ja ganz schehn.«
Sie betraten den Laden und grüßten. Hannes wendete sich an Lörchen und sagte: »Es Lilly wollte anrufen. Mir müssen meine Schwiechermudder bearding.«

Lörchen musste sich angesichts der Ausdrucksweise ein Lächeln verkneifen. »Dann sind Sie die Sauschlägers aus Clausthal-Zellerfeld?«

»Genau.«

»Ich möchte Ihnen zunächst mal mein herzliches Beileid aussprechen.«

Sie setzten sich in die gemütliche Ecke und Lörchen versuchte, die Wünsche des Ehepaars zu erkunden. Alfie ging wieder nach draußen. Er hatte sowieso keine Chance, die beiden richtig zu verstehen. Nun ergriff Rita das Wort: »Mir hättn se ja am liebstn vabrenne lassen. Aber dar Glupschi sacht, dass se ne gesacht hat, dass se normal beardicht warn wullt. Suwas Altmudisches.«

»Glupschi?«, fragte Lörchen.

»Ja, das is der Kerrel, mit den se zusamme war. Mir nenne ne Glupschi, weil er seche Glupschaugn hat wie ähn Frosch.«

Jetzt ergänzte Hannes lachend: »Wenn Se den Kerrel auf da Beardichung sähn, denn schmeißn Se sich hintern Zuch. Froschaugn und ähne Fresse wie ne Kauelquapp.«

Nun knuffte seine Frau ihn in die Seite und sagte: »Jetze reiß dich zusamme. Mir sind hier net im Zörkus, sonnern in ähn Beardichungsinschtitut. Die Frah denkt noch, dass mir uns frähn.«

Als sie alles besprochen hatten, fiel Hannes wieder das Bild aus dem Schaufenster ein, und Lörchen sagte: »Wir haben die Künstlerin gerade hier zu Besuch. Das Bild im Schaufenster ist unverkäuflich. Aber sie hat auch noch ein paar andere Bilder mitgebracht. Ich kann sie ja mal fragen, ob Sie Ihnen was zeigt.«

Also ging sie kurz ans Fenster zum Hof und rief Marita herein, die offenbar nur mit einem Malerkittel bekleidet war. Ob sie etwas darunter trug, konnte man nicht sehen. Jedenfalls war Hannes ganz angetan von dieser Erscheinung. Sie fragte die beiden: »Geht es Ihnen um das Thema Leben und Tod?«

Hannes antwortete: »Nä, es geht um das Thema Nackelt.«

Marita schaute Lörchen an, weil sie nicht schlau aus dieser Antwort wurde. Und Lörchen sagte: »Es geht dem Herrn mehr um Aktmalerei.«

»Ach so, kein Problem. Ich gehe mal schnell nach oben und hole, was ich mitgebracht habe.«

Fünf Minuten später offerierte sie eine Mappe mit sehr drastischen Darstellungen des menschlichen Körpers, darunter auch einige Bilder, die man als Koitalmalerei bezeichnen konnte. Aus Rita schoss heraus: »Du meine Fresse!«

Hannes hingegen war ganz aufgeregt und hielt ein Bild mit übergroß dargestellten Genitalien hoch. »Das is doch mal was. Junge, Junge! Das wär was für unner Schlohfzimmer.«

»Das kannste dar aufm Hoppel aufhänge, aber net in mein Schlohfzimmer«, antwortete Rita.

»Was kostn das?«, war nun Hannes' Frage.

»Fünfhundert Euro.«

»Gekauft.«

Rita schaute ihren Mann ganz entsetzt an, und dieser sagte: »Das is Kunst.«

Und seine Frau antwortete: »Du hast Ahnung von Kunst mit deine Hörsche an dar Wand. Von mir aus nämm es. Aber wehe, die Kinner sähn das. Denn gibt's n Schladunnar.«

Nachdem die Sauschlägers den Laden verlassen hatten, dauerte es eine ganze Zeit, bis Lörchen aufhören konnte zu lachen. Marita, die von der ganzen Konversation kaum etwas mitbekommen hatte, war glücklich, endlich mal wieder eines dieser Bilder an kunstbeflissene Menschen verkauft zu haben. Offenbar war der Harz ein gutes Pflaster für ihr Schaffen. Vielleicht sollte sie von den zweihundert Bildern in Münster noch einige herholen und hier eine Ausstellung machen. Kunst beim Bestatter. Das wär's doch. Sie musste mal mit Alfie sprechen. Der war ja ein aufgeschlossener Mann.

# Kapitel 27

## Hamburg und Goslar

In Hamburg bezogen Rebecca und Harry ihr Hotelzimmer. Es war traumhaft schön. Irgendwie war es Rebecca fast peinlich, dass Harry sich derart in Unkosten gestürzt hatte. Ein, zwei Sterne weniger hätten es auch getan. Als sie das große Bett sah, war sie zuerst etwas verlegen. Aber dann kribbelte es in ihrem Bauch. Nachdem sie sich frischgemacht hatten, gingen sie los, um etwas von der Stadt zu sehen. Es war Essenszeit. Von ihrem Hotel aus war es nicht weit bis St. Pauli. Dort fanden sie ein wunderschönes Restaurant und hatten Glück, noch einen Platz zu bekommen. Danach bummelten sie in der Gegend herum und fanden eine urige Kneipe. Das war das pralle Leben. So etwas kannte Rebecca bisher gar nicht. Sie genoss den Abend in vollen Zügen. Es war schon fast ein Uhr, als sie zum Hotel zurückkamen. Wieder in ihrem Zimmer, war Rebecca etwas beklommen ums Herz. Was würde jetzt kommen? Harry spürte das offenbar. Er nahm sie in den Arm, dann schob er sie zärtlich etwas von sich weg, um ihr in die Augen schauen zu können und fragte: »Wollen wir es ganz langsam angehen lassen?«

»Ja«, hauchte sie, hoffte aber, dass er nicht etwa meinte, es ganz sein zu lassen. Seine Zurückhaltung und Rücksichtnahme waren zwar sehr angenehm, aber sie wollte doch endlich das erleben, was die meisten Frauen schon wesentlich früher kennenlernen.

Dann ging er ins Bad und ließ die große, runde Wanne volllaufen. Er kam zurück und zog sie langsam aus, begleitete sie und half ihr behutsam in die Wanne, lief zurück ins Zimmer, entkleidete sich selbst und kam mit zwei Gläsern Sekt zurück. Die Beleuchtung war angenehm gedimmt. Nach einiger Zeit trockneten sie sich gegenseitig ab und legten sich aufs Bett. Ganz langsam und unendlich zärtlich erforschte und liebkoste er ihren Körper. Sie war wie elektrisiert und traute sich nicht, es ihm gleichzutun. Sie wollte jede Sekunde genießen, alles genau wahrnehmen. Als sie auf dem Höhepunkt ihrer Empfindungen war, fragte er flüsternd: »Sollen wir es jetzt tun?«

»Ja«, hauchte sie.

»Muss ich ein Kondom nehmen?«

Nur ein leichtes Kopfschütteln. Um nichts in der Welt würde sie durch die kleinste Unterbrechung riskieren wollen, dass dieser wahnsinnige Zustand aufhörte. Sie war beim Frauenarzt gewesen und hatte sich die Pille verschreiben lassen. Und ganz bestimmt hatte Harry auch keine ansteckenden Krankheiten. Sie hatte vorher über alles nachgedacht, sodass sie ganz frei sein konnte für das, was jetzt bevorstand.

Als Rebecca am nächsten Morgen erwachte, fühlte sie sich wie im siebten Himmel. Harry war bereits angezogen und hatte Frühstück aufs Zimmer bringen lassen. Er saß auf einem Sessel und lächelte ihr zu: »Guten Morgen, kleine Prinzessin. Das Frühstück ist angerichtet.«

Sie konnte kaum glauben, was heute Nacht passiert war. Immer wieder hatte sie Horrorgeschichten gehört und gelesen, wie schrecklich das erste Mal sein sollte. Und nun war das exakte Gegenteil eingetreten. Sie hatte die schönste Nacht ihres Lebens verbracht mit dem tollsten Mann, den sie sich vorstellen konnte. Beschwingt stieg sie aus dem Bett und freute sich auf den Tag, der vor ihr lag.

* * *

Im Harz regnete es. Nach dieser langen spätsommerlichen Schönwetterperiode tat das richtig gut. Bei Marita führte das zu neuem Tatendrang. Beim Frühstück besprach sie ihre Idee von einer Ausstellung mit Alfie, der sehr aufgeschlossen reagierte. Dass Lörchen skeptisch schaute, bekam sie gar nicht mit. Schließlich setzte sie sich spontan ins Auto und fuhr nach Münster, um eine Auswahl ihrer Bilder zu holen. Alfie hatte auswärts zu tun, und Lörchen wollte einkaufen fahren. So war es an Markus, die Stellung zu halten, falls Kundschaft kam. Und die ließ nicht lange auf sich warten. Gerade, als er es sich in der Sitzecke gemütlich machen wollte, öffnete sich die Tür und herein kamen zwei Damen. Markus hätte am liebsten laut losgelacht. Was waren denn das für merkwürdige Gestalten? Die Kleinere mochte vielleicht Ende dreißig sein. Sie hatte ihren üppigen Körper in ein hautenges, graues Kleid gehüllt, das schätzungsweise drei Nummern zu klein war. Man sah mehr, als einem lieb war, jede Speckfalte, jeden Rettungsring, alles. Die andere Dame, die etwas jünger sein mochte, bestand praktisch nur aus Beinen und einer undefinierbaren, in verschiedenen Farben schimmernden Frisur. Sie war zwei Köpfe größer als ihre Begleiterin. Wie man angesichts so langer Beine einen so kurzen Rock tragen konnte, war ihm schleierhaft. Vielleicht spekulierten die beiden auf den Preis für das unpassendste Outfit. Die Frauen stellten ihre Schirme in den Ständer, mokierten sich über das scheußliche Wetter und gingen auf Markus zu, der sie lächelnd, fast lachend, begrüßte: »Guten Tag, meine Damen. Was kann ich für Sie tun?«

Die kleine Dicke antwortete übers ganze Gesicht lächelnd: »Wir haben einen Trauerfall.«

Ihrem Tonfall und ihrer Mimik nach zu urteilen, hätte sie auch sagen können: Wir haben im Mathetest eine Eins geschrieben und jetzt dürfen wir uns ein Eis kaufen.

»Oh, da möchte ich den Damen meine aufrichtige Anteilnahme aussprechen. Darf ich fragen, in welchem Verhältnis der Verblichene zu Ihnen stand?«

Die beiden Frauen schauten sich fragend an, und die mit den endlosen Beinen antwortete: »Er war unser Heiratsschwindler.«

Ohne es zu wollen, prustete Markus los, während er mit der Hand auf die Sitzgruppe deutete, damit die beiden Platz nahmen.

»Entschuldigung, dass mich das so erheitert. Wir hatten ja schon so ziemlich alles, was man sich vorstellen kann. Den Dreißigjährigen, der seine achtzigjährige Ehefrau zu

Grabe trägt, die junge Geliebte des eigenen Ehemanns, den afrikanischen Häuptling, der im Leopardenfell bestattet werden sollte. Aber dass zwei Damen ihren Heiratsschwindler beerdigen, ist ein Novum.«

Und dann geschah das, was Markus schon so oft erlebt hatte: Dem Bestatter, der schon von Berufs wegen volles Verständnis für alles zeigt, was den Betroffenen bewegt, wird erzählt, was dem nahen Bekanntenkreis verschwiegen wird. Die beiden Frauen schütteten dem jungen, dynamischen und doch so verständnisvollen Markus ihr Herz aus. Zuerst begann die kleine Dicke zu erzählen: »Er hat sich an mich rangemacht, mir die große Liebe vorgegaukelt, mir die Ehe versprochen. Dann hat er mich dummes Schaf um zwanzigtausend Euro erleichtert.«

Als sie das erzählte, kramte die mit den Beinen ein Foto des Verblichenen heraus und reichte es Markus. Es zeigte einen Mann von Anfang dreißig, der aussah wie ein italienischer Gigolo. Dunkle Locken umrahmten sein Haupt. Zweifellos waren unzählige Frauen vor seinem Charme dahingeschmolzen. Aber wie konnten diese beiden Tussis auf die Idee kommen, bei diesem Typen eine Chance zu haben? Markus lachte und lachte. Er konnte nicht mehr aufhören.

Schließlich sagte die kleine Dicke: »Also, so lustig ist das nun auch nicht.«

Als er wieder imstande war zu reden, sagte Markus: »Aber, haben Sie denn zu Hause keinen Spiegel?«

»Was, wieso?«

»Wenn Sie in einen Spiegel geschaut hätten, wäre Ihnen doch klar gewesen, dass dieser Typ es nicht auf Sie, sondern allenfalls auf Ihr Geld abgesehen hatte.«

»Na, so hässlich bin ich ja nun auch nicht.«

»Nein, hässlich sind Sie wirklich nicht. Aber Sie sehen aus... Entschuldigung...« Und wieder bekam er einen Lachkrampf.

»Sagen Sie jetzt, wie ich aussehe. Sprechen Sie es aus. Ich kann diese ständige Heuchelei und Lügerei nicht mehr ertragen. Wie sehe ich aus?«

»Wie eine zu drall gestopfte Leberwurst im Naturdarm.« Jetzt fing die mit den Beinen an zu lachen, während die kleine Dicke entrüstet schaute und sagte: »Ich knall Ihnen gleich eine«, was bei Markus eine weitere Lachsalve auslöste. Schließlich fing auch die kleine Dicke an zu lachen und fragte: »Und wie sieht meine Begleiterin aus?«

»Wie eine Stehlampe mit ramponiertem Lampenschirm.«

Nun lachten alle drei um die Wette. Markus ging zur Kaffeemaschine und kam mit drei Tassen Espresso zurück. Die mit den Beinen erzählte schließlich die Geschichte zu Ende: »Dann hat er sich an mich rangemacht. Und als er von mir auch Geld haben wollte, das ich ja ganz schnell zurückbekommen würde, läuteten bei mir die Alarmglocken. Dann lernte ich durch Zufall Brigitte kennen.« Jetzt deutete sie auf die kleine Dicke. »Da war dann alles klar. Statt zur Polizei zu gehen, haben wir uns den Kerl zur Brust genommen. Und wir haben ihn vor die Alternative gestellt, zusammen mit uns beiden zu leben oder ins Kittchen zu gehen.«

»Lassen Sie mich raten, meine Damen. Er hat sich für Ersteres entschieden.«

»Genau«, antworteten beide Frauen gleichzeitig, wie aus der Pistole geschossen.

»Und jetzt ist er gestorben, in diesem zarten Alter«, konstatierte Markus.

»Ja«, sagte die Stehlampe, »noch keine fünfunddreißig, und plötzlich kippt er beim Joggen um und ist tot.«

Die beiden erzählten noch, dass der gute Mann ohnehin nicht mehr so viel Lebensfreude hatte, da sie ihm verboten hatten, seinem üblichen Gewerbe nachzugehen. Stattdessen hatten sie ihn genötigt, sich eine anständige Arbeit zu suchen. Auf jeden Fall wollten sie nun eine stille Einäscherung, eine kleine Trauerfeier ohne jedes Aufsehen, und damit sei das Kapitel dann beendet.

»Aber fehlen wird er uns doch«, sagte Brigitte und seufzte. »Wenn man über dreißig ist und nicht aussieht wie ein Fotomodell, hat man kaum noch Chancen.«

»Aber ich bitte Sie, meine Damen. Sie müssen nur etwas aus sich machen. Stehen Sie zu Ihrer weiblichen Fülle. Kleiden Sie sich so, wie es Ihrer Persönlichkeit entspricht. Das gilt auch für Sie«, sagte er an die Stehlampe gerichtet. »Ziehen Sie etwas längere Röcke an. Von Ihren schönen Beinen ist dann immer noch genug zu sehen. Und lassen Sie sich eine natürlichere Frisur machen. Sie haben es nicht nötig, durch ein extremes Outfit aufzufallen.«

Die Schmeicheleien taten den beiden gut. Sie erteilten Markus den Auftrag, alles zu regeln und verließen zufrieden das Bestattungshaus Witzki.

* * *

In Hamburg machten sich Rebecca und Harry einen schönen Tag. Es hatte nachts geregnet. Als sie am späten Vormittag Planten un Blomen besuchten, war die Luft wie frisch gewaschen, und die spätsommerliche Vegetation setzte zum Endspurt an, ihre Schönheit in Hülle und Fülle zu zeigen. Rebecca war bewusst, dass sie und Harry nun ein Liebespaar waren. Sie genoss diese Vorstellung in vollen Zügen. Ob man ihr ansehen konnte, was mit ihr passiert war? Waren sie für diese Zärtlichkeiten in der Öffentlichkeit vielleicht schon zu alt? Sie zerschlug ihre Zweifel und umschlang Harrys Arm, der sich zu ihr beugte und ihr Haar küsste. Sie verbrachten den ganzen Tag draußen, nahmen am späten Nachmittag ein kleines Essen ein, um sich dann im Hotel umzuziehen, damit sie rechtzeitig zur Musicalvorstellung kamen.

Rebecca hatte schon befürchtet, sich gar nicht auf die Vorstellung konzentrieren zu können, weil sie so sehr mit sich selbst beschäftigt war. Aber das traf nicht ein. Noch nie hatte sie eine so wunderbare Aufführung gesehen. *Der König der Löwen* begeisterte sie so sehr, dass ihr manchmal die Tränen kamen. Bühnenbild, Kostüme, Maske, Tanzeinlagen und Musik machten ihr deutlich, dass das Leben herrlich sein konnte. Denn sie war ein Teil von diesem wunderbaren Ganzen. Sie liebte und wurde geliebt. Das war das Paradies.

Show und Wirklichkeit verschmolzen miteinander. Sie war mittendrin in diesem Strudel der herrlichen Gefühle, der sie in Gefilde katapultierte, die sie ohne diesen fantastischen Mann an ihrer Seite nie erreicht hätte. Freudig erregt nahm sie Harrys Arm und schlenderte mit ihm zurück zum Hotel. Natürlich würde sich das von letzter Nacht wiederholen. Vielleicht ließ es sich sogar noch steigern.

Zunächst lief alles so ab, wie sie es vor nicht einmal vierundzwanzig Stunden schon einmal erlebt hatte. Harry ließ die große Badewanne volllaufen, zog Rebecca aus, um ihr dann hinein zu helfen. Dann zog er sich aus und kam mit zwei Gläsern Sekt ins Bad. Nach einer halben Stunde trockneten sie sich gegenseitig ab und begaben sich aufs Bett. Er liebkoste ihr Gesicht und sah ihr in die Augen, als er sagte:

»Was ich an dir so liebe, ist deine Unschuld. Dein Körper mag zwar erwachsen sein, aber dein Wesen ist das eines Kindes. Du bist ein Mädchen. Und das sollst du auch bleiben. Du sollst sogar noch mädchenhafter werden. Deshalb werde ich etwas mit dir machen, was nur ganz Wenigen zusteht. Es soll dich nicht erschrecken. Und ich werde dir auch ganz bestimmt nicht wehtun. Lass es einfach geschehen, mein Mädchen.«

Dann erhob er sich und ging zu seinem Koffer, ohne sie aus den Augen zu lassen. Er lächelte erwartungsvoll, und Rebecca war gespannt, was nun kommen würde. Er kam mit ein paar Seidenschals zurück ins Bett und legte ihr um jedes Handgelenk einen, um sie dann am Bettgestell zu fixieren. Dasselbe tat er mit ihren Füßen. Es war ihr unangenehm. Am liebsten hätte sie sich entwunden. Aber er machte es so zärtlich und sie war so gespannt, was nun geschehen würde, dass sie es zuließ. Sie hatte schon gehört, dass es allerlei Spiele gab, die Liebespaare miteinander machten. Und Harry war älter und erfahrener. Also schob sie dieses leicht beklemmende Gefühl beiseite und gab sich ihm hin, so wie er es wollte. Er streichelte ihren ganzen Körper und ließ seine Zunge über ihre Haut gleiten. Dann ging er wieder zu seinem Koffer, um ein kleines Täschchen zu holen.

Als sie sah, was er dort herausholte, wurde sie steif wie ein Brett. Ganz zärtlich massierte er ihren Schambereich mit Gel ein, nahm dann einen Nassrasierer und entfernte ihr Haar. Anschließend tupfte er sie mit einem Handtuch ab und massierte ein wohlriechendes Öl auf die Stelle. Dass sie ihn dabei angstvoll anstarrte, schien er gar nicht zur Kenntnis zu nehmen. Er lächelte übers ganze Gesicht, so, als ob er ihr das Schönste zuteil werden ließ, was eine Frau sich überhaupt wünschen kann. Sie schloss die Augen, sah unwillkürlich Ina vor sich. Ina! Es konnte gar nicht anders sein. Harry war es, der das mit Ina gemacht hat. Der sie dadurch letztendlich in den Tod getrieben hatte. Das arme Mädchen muss so schockiert gewesen sein, dass sie bei der ersten Gelegenheit weggelaufen war. Ihr wurde unwohl. Sie zerrte mit den Handgelenken an ihren Fesseln, die ihr jetzt klaustrophobische Ängste verursachten. Ganz ruhig nahm Harry ihr schließlich die Fesseln ab und sagte mit sanfter Stimme:

»Ich habe dir doch gesagt, du brauchst keine Angst zu haben, mein kleiner Schatz. Alles ist gut. Jetzt bist du mein Mädchen. Wir sollten jetzt schlafen.«

Rebecca wäre am liebsten weggelaufen. Sie hätte ins Bad gehen und sich einen Bademantel anziehen können, um danach rasch aus dem Zimmer zu stürmen. Aber was dann? Das, was Harry gerade getan hatte, war ja kein Verbrechen. Jedenfalls hatte sie an ihrem Körper keine Spuren von Gewalt. Er hatte alles ganz zärtlich gemacht. Und dass er womöglich für Inas Tod verantwortlich und ein Drogendealer war, konnte sie nicht beweisen. Es war alles so absurd. Also verkroch sie sich unter ihrer Decke und ging auf Abstand zu Harry, drehte ihm den Rücken zu und hoffte, dass er nicht versuchen würde, sie zu berühren. Sie war sich sicher, dass er ihr keine Gewalt antun würde. Deshalb musste sie Ruhe bewahren und einen klaren Kopf bekommen. Vor allem brauchte sie jetzt Schlaf. Es war alles so unwirklich und wirr. Morgen würde sie hoffentlich wieder klar denken können. Und morgen würde sie auch trauern können, welche große Enttäuschung sie eben gerade erfahren hatte. Der Mann war nicht an ihr als Frau interessiert, sondern als Objekt seiner merkwürdigen Begierden. Sie hatte sich unsagbar verliebt. Und nun diese Enttäuschung. Es war wie ein Absturz. Harry machte gar keine weiteren Anstalten, mit ihr zu reden oder ihr gar zu erklären, was sein Handeln eigentlich sollte. Während er leise vor sich hin schnarchte, dachte sie nach. Wenn er derjenige war, der Schuld an Inas Tod trug, dann würde sie ihn dafür bestrafen. Sie selbst war alt genug, um damit fertig zu werden. Aber Ina war noch ein Kind gewesen, von der Mentalität her viel jünger als fünfzehn. Einem solchen Mädchen so etwas anzutun, war ein Verbrechen. Mit geballten Fäusten schlief sie allmählich ein.»

# Kapitel 28

## Goslar

Am späten Sonntagmorgen saßen Alfie, Lörchen und Markus am Frühstückstisch. Marita wollte heute im Laufe des Tages aus Münster zurückkommen. Rebecca war noch in Hamburg. Auch sie wurde heute wieder erwartet. Markus erzählte von dem Auftrag der beiden Frauen, die ihren Heiratsschwindler bestatten wollten. Er sparte auch nicht aus, zu berichten, wie fürchterlich die beiden Damen aussahen. Als er von der drall gestopften Leberwurst im Naturdarm und der Stehlampe mit ramponiertem Lampenschirm erzählte, sagte Lörchen: »Du bist genau so ein alberner Mensch wie dein Vater.«

Alfie reagierte gar nicht darauf. Er war in seine Zeitung vertieft. Da klingelte es an der Tür. Man war es im Hause Witzki gewohnt, dass die Leute sich zu jeder Tages- und Nachtzeit meldeten. Markus wollte seine Eltern in Ruhe weiter frühstücken lassen und ging zur Tür. Der Hauseingang für die Privatwohnung befand sich direkt neben der Ladentür. Da stand eine Dame von Anfang vierzig. Lange, blonde Mähne, üppige Lippen, die verdächtig nach einer Botoxbehandlung aussahen. Ganz verwundert schaute sie Markus an und sagte: »Hallo, hier soll ein Jens Brausewetter wohnen?«

»Brausewetter? Nie gehört.«

Dann dämmerte es ihm. Der Heiratsschwindler hieß ja so. Aber wer hatte der Frau gesagt, dass er hier wohnen sollte?

»Ach so, Brausewetter. Äh, wohnen wäre jetzt zu viel gesagt. Er kommt morgen kurz herein und verlässt uns dann auch wieder ziemlich schnell.«

»Ich muss ihn unbedingt sprechen.«

Die Frau wurde zunehmend aufgeregter und tippte ungeduldig mit dem Fuß auf den Boden.

»Vielleicht kommen Sie kurz rein.«
Die Dame betrat den Hausflur, und Markus schloss die Tür.

»Was heißt, er kommt kurz herein? Ich muss ihn wirklich dringend sprechen. Oder ist er etwa doch hier und lässt sich verleugnen? Wenn er hier ist, dann will ich ihn sofort sehen.«

»Also, ich glaube nicht, dass er noch mit Ihnen sprechen kann.«

»Das müssen Sie schon mir überlassen. Wo ist der Kerl?«

»Im Moment ist er im Krankenhaus. Und morgen früh hole ich ihn ab.«

»Also, jetzt reicht es mir. In welchem Krankenhaus ist er?«

»Erstens sage ich Ihnen das nicht. Und zweitens kann er weder dort noch hier mit Ihnen sprechen. Er ist nämlich tot.«

»Was reden Sie denn da? Der Mann hat mich betrogen. Und als ich endlich herausfinde, wo er steckt, nämlich bei diesen beiden komischen Tussis, da wird mir gesagt, dass er jetzt hier wohnt. Wieso ist er denn tot?«

»Vermutlich, weil er gestorben ist. Haben Sie nicht bemerkt, dass sich in diesem Haus ein Beerdigungsinstitut befindet?«

»Na und? Müssen deshalb alle, die hier wohnen, tot sein?«

»Nein, ich bin ja auch nicht tot. Aber Herr Brausewetter wohnt hier nicht, sondern er ist Kunde. Und unsere Kunden haben es nun mal so an sich, tot zu sein.«

»Pfff, ich glaub, ich spinne. Und wer ersetzt mir jetzt meinen Schaden?«

»Ich nicht.«

Mit einem Grummeln öffnete die Frau die Tür und verließ das Haus. Als sie am Schaufenster vorbei ging, sagte sie laut: »So eine Scheiße!«

Als Markus wieder ins Esszimmer kam, klingelte das Telefon. Er signalisierte seinen Eltern, dass er schon rangehen würde. Es war eine der von Herrn Brausewetter geprellten Damen, die sich kichernd meldete und fragte, ob sich jemand nach ihrem Heiratsschwindler erkundigt hatte.

»Allerdings«, antwortete er. »Warum schicken Sie denn die arme Frau hierher? Sie dachte, er wohnt hier, und zwar höchst lebendig.«

Sie erklärte Markus, dass sich diese Frau ziemlich schlimm bei ihnen aufgeführt hatte. Man konnte gar nicht mit ihr reden. Daher hatten sie ihr den Tipp gegeben, sie solle sich doch bei Markus Witzki nach ihm erkundigen. Dort würde er vorübergehend wohnen.

»Sie sind mir Eine. Humor haben Sie ja, das muss man Ihnen lassen. Allerdings kann ich jetzt gar nicht an der Stimme erkennen, welche der beiden Damen Sie sind.«

»Ich bin die drall gestopfte Leberwurst im Naturdarm«, gab sie lachend zurück.

»Okay, dann grüßen Sie mir die Stehlampe.«

Lörchen Witzki schaute ihren Sohn vom Tisch aus mit gekräuselter Stirn an.

Mittags kam Marita aus Münster zurück. Sie hatte eine ganze Wagenladung Bilder dabei, die Markus in den Laden trug. Nach einem kleinen Mittagsimbiss sahen sich Lörchen, Alfie, Markus und Marita die Bilder an. Nach Lörchens Meinung waren nur wenige geeignet für eine Ausstellung im Bestattungshaus. Alfie hingegen war ganz euphorisch und suchte Bilder aus, die aus Lörchens Sicht eher peinlich waren.

»Man muss auf das richtige Pferd setzen«, meinte er zu seiner Frau, die sehr skeptisch dreinschaute.

»Das Pferd, auf dem du gerade sitzt, ist tot.«

»Und warum läuft es dann noch?«

»Es weiß noch nicht, dass es tot ist«, gab Lörchen zurück.

Alfie ließ sich gar nicht beeindrucken. Dieses Ding würde er durchziehen. Das erste Bestattungshaus mit einer Kunstausstellung! Und nicht irgendeine Kunst, sondern etwas Richtiges, Handfestes. Ha! Das würde vielen Leuten die Scheu nehmen, sein Unternehmen mal zu besuchen. Es war doch idiotisch, wenn die Leute immer nur kamen, wenn jemand gestorben war. Man musste schon vorher gute Kontakte herstellen. Dann würden sie im Fall eines Falles ganz selbstverständlich zu ihm kommen.

Als die Familie mit den Bildern beschäftigt war, kam Rebecca herein. Ihre Mutter fragte: »Na, hattest du ein schönes Wochenende?«, obwohl sie ihrer Tochter ansah, dass etwas nicht stimmte. Rebecca versuchte zwar, sich nichts anmerken zu lassen, aber Lörchen konnte auch so sehen, dass es offenbar nicht so gut gelaufen war, wie sie es sich gewünscht hatte. Dennoch würde sie nicht weiter nachhaken. Wenn Rebecca das Bedürfnis hatte, ihr etwas anzuvertrauen, käme es von selbst aus ihr heraus.

Zunächst lenkte sich Rebecca ab, indem sie ihre Reisetasche auspackte. Dann legte sie sich aufs Bett, um zu reflektieren, was seit Freitag geschehen war. Sie war einen Abend, eine Nacht und einen Tag lang glücklich gewesen, richtig glücklich. Sie konnte das Glück körperlich und seelisch fühlen. Und sie dachte, es würde immer so weitergehen. Dann kam der Schock. Wäre nicht die Sache mit Ina gewesen, hätte sie wahrscheinlich gar nicht groß darüber nachgedacht. Vielleicht hätte sie diese Vorliebe ihres Freundes einfach akzeptiert. Aber sie hatte immer dieses unschuldige, junge Mädchen vor ihren Augen. Und sie war sich sicher, dass er an ihrem Tod schuld war. Sicherlich hatte er es nicht gewollt. Aber er war der Verursacher.

Im Auto hatte sie die ganze Zeit stumm neben ihm gesessen. Ein paar Mal hatte er versucht, mit ihr zu reden. Aber sie hatte abgeblockt. Erst als der Wagen vor ihrem Haus hielt, sprach sie ihn ganz unvermittelt an: »Harry, bist du schuld an Inas Tod?«

Zunächst sagte er gar nichts, schaute sie nur an. Dann sagte er mit belegter Stimme: »Traust du mir das zu?«

»Bitte beantworte meine Frage nicht mit einer Gegenfrage. Sag mir, ob du etwas mit ihr gemacht hast, was zu ihrem Tod geführt hat.«

Er wurde ärgerlich und antwortete: »Ich denke, du steigst jetzt besser aus.«

Rebecca schaute ihm in die Augen und sagte: »Wenn du etwas damit zu tun hast, dann musst du zur Polizei gehen. Sonst tu ich es.«

Dann stieg sie aus und holte ihre Reisetasche aus dem Kofferraum. Ohne ein weiteres Wort ging sie ins Haus. Und nun zerbrach sie sich den Kopf, ob es richtig war, ihm das mit der Polizei zu sagen. Sie wusste einfach nicht, was sie tun sollte. Aber sie war sich so sicher, dass er Ina in den Tod getrieben hatte. Wie konnte sie sich in einem Menschen nur so täuschen? Sie musste einen klaren Kopf bekommen. Das war alles zu viel. Am besten, sie schlief noch mal eine Nacht darüber.

Dann ging sie in den Laden, wo eine rege Diskussion über die Bilder im Gange war. Als ihr Bruder sie fragte, wie es in Hamburg war, sagte sie in einem Ton, als ob alles in bester Ordnung wäre: »Prima. Das Musical war fantastisch. Tolles Hotel, interessante Kneipen, gutes Essen. Alles ganz wunderbar.«

In dem allgemeinen Trubel um die Bilder fragte zum Glück niemand weiter nach. Vor allem fragte niemand nach Harry. Mutter Lörchen dachte sich ihren Teil.

Im nächsten Moment klingelte es an der Ladentür. Markus sagte: »Kundschaft. Ich gehe hin.«

Er unterhielt sich mit den beiden Leuten. Einem Mann von Mitte vierzig, der hervorragend angezogen war. Blauer Anzug, Krawatte. Die Frau, die ihn begleitete, mochte etwas jünger sein. Sie trug ein konservatives, graues Kostüm. Beide lächelten verunsichert, und Markus rief in den Laden hinein: »Die Herrschaften möchten sich mit uns über die Bibel unterhalten. Soll ich sie reinlassen? Man kann sich ja gar nicht genug über die Bibel unterhalten.«

Lörchen schaute drein wie der ungläubige Thomas. Sie ahnte, was ihr Sohn im Schilde führte. Alfie machte ein ernstes Gesicht, und die beiden jungen Frauen sahen sich fragend an. Die Besucher betrachteten das Chaos aus

Bildern und Verpackungen, die im Laden zwischen Särgen und Urnen aufgetürmt waren, und warteten auf eine Antwort. Da diese ausblieb, übernahm wieder Markus das Wort und fragte die beiden Gäste, die gar nicht wussten, wie ihnen geschah: »Wenn wir uns über die Bibel unterhalten wollen, müssen Sie mir allerdings eine Frage beantworten.«

Alle schauten erwartungsvoll auf Markus, der fortfuhr: »Was haben Bibelexperten wie Sie und Hoden gemeinsam?«

Peinlich berührt schauten sich die beiden an. Marita und Rebecca grinsten, Lörchen rutschte ein leicht entrüstetes *Also, Markus!* heraus, während Alfie todernst blieb.

»Sie wissen es nicht? Nun, dann will ich Sie aufklären. Erstens: Sie sind immer zu zweit. Zweitens: Sie haben bescheuerte Frisuren und drittens: Sie kommen nie rein.«

Dann schloss er die Tür. Marita und Rebecca brachen in Lachen aus, Alfie schmunzelte, während Lörchen Schwierigkeiten hatte, sich das Lachen zu verkneifen. Die beiden Besucher gingen beleidigt davon. Der Mann drehte sich noch einmal um und sagte: »So werden Sie das ewige Leben nicht erlangen.«

Lörchen tadelte ihren Sohn: »Was habe ich da nur großgezogen? Du bist das Ebenbild deines Vaters.«

Dann musste auch sie lachen.

Am Abend besprach die Familie, was am morgigen Montag für Arbeit anlag. Rebecca würde sich um die verstorbene Mutter der Sauschlägers kümmern und anschließend um den Heiratsschwindler. Alfie hatte Behördengänge zu erledigen und den Verwaltungskram zu machen. Und Lörchen würde im Laden sein. Markus sollte angesichts seines erfreulichen Besuchs von Arbeit verschont bleiben, soweit sich das einrichten ließ.

In der Nacht wurde Rebecca wieder von allen möglichen Gedanken heimgesucht. Um zwei Uhr stand sie auf, trank ein Glas Wasser und sagte dann zu sich selbst: »Ich gehe morgen als Erstes zur Polizei und berichte dieser netten Kommissarin, was ich erlebt habe und was ich vermute.«

# Kapitel 29

## Goslar und Bad Lauterberg

Am nächsten Morgen hatte Rebecca immer noch Zweifel. Statt zur Polizei zu gehen, stürzte sie sich in die Arbeit. Sie kümmerte sich um die Mutter von Rita Sauschläger, die morgen beerdigt werden sollte. Inzwischen hatten Alfie und Markus auch den Heiratsschwindler geholt, der morgen ins Krematorium befördert werden musste. Markus maulte zwar herum, weil er ja eigentlich frei hatte, aber es blieb ihm nichts anderes übrig.

Mittags rief der Pastor an. Auf Rebeccas Handy. Das war ungewöhnlich. Sie sahen sich zwar ein- oder zweimal die Woche. Aber sie konnte sich nicht erinnern, dass Moritz Freund sie jemals angerufen hatte. Sie klärten ihre Sachen im Pfarrbüro, im Gemeindesaal oder in der Kirche.

»Rebecca, ich rufe dich nicht an wegen irgendwelcher kirchlichen Belange. Ich wollte dich einfach fragen, ob du Zeit hast. Ich nehme mir heute Nachmittag frei und würde gern mit dir wegfahren, um mich mal in aller Ruhe mit dir zu unterhalten.«

Rebecca war zutiefst erstaunt. Sie kannte Moritz schon so lange. Aber noch nie hatte er das Bedürfnis, sich über das Kirchliche oder ein paar belanglose private Dinge hinaus mit ihr zu unterhalten. Allerdings war ihr sein Ansinnen nicht unsympathisch. Außerdem war sie neugierig, was er denn nun wollte. Sie überlegte kurz und sagte dann: »Eigentlich habe ich noch zu tun. Ich muss noch einen Heiratsschwindler auf seinen letzten Weg vorbereiten.« Der Pastor lachte, und Rebecca fuhr fort: »Aber das könnte ich natürlich auch heute Abend erledigen. Also, gut. Dann hol mich einfach ab.«

»Gut, in einer Stunde bin ich da.«

Rebecca dachte wieder daran, dass sie ja eigentlich hatte zur Polizei gehen wollen. Sie schwankte hin und her, ob sie es wirklich tun sollte oder nicht. Jetzt war ihr die

Entscheidung abgenommen worden. Heute würde sie also nicht mehr zur Polizei gehen, sondern stattdessen mit Pastor Moritz Freund zusammen sein. Manchmal war es einfach gut, keine Entscheidung treffen zu müssen. Sie konnte es ja morgen immer noch tun. Vielleicht hatte sie bis dahin einen klareren Kopf.

Moritz fuhr mit Rebecca nach Bad Lauterberg. Sie kannte den Ort nur oberflächlich.

»Warum fährst du mit mir ausgerechnet nach Bad Lauterberg?«

»Vielleicht, weil ich mir hier Heimvorteile verspreche. Ich bin hier aufgewachsen.«

Sie bestiegen gerade eine Gondel der Sesselseilbahn zum Hausberg. Während der Fahrt unterhielten sie sich nicht. Es ging so steil bergauf, dass Rebecca sich darauf konzentrieren musste, ihre Höhenangst zu besiegen. Als sie angekommen waren und auf dem Berg herumschlenderten, setzen sie ihr Gespräch fort und Rebecca sagte: »Du brauchst doch keine Heimvorteile. Sag mir einfach, was du auf dem Herzen hast.«

Jetzt blieb Moritz abrupt stehen, baute sich vor Rebecca auf, ergriff ihre Schultern und sagte: »Ich kenne dich schon so lange, aber mir ist jetzt erst klar geworden, dass ich dich liebe.«

# Teil II

# Kapitel 30

## Im Flugzeug zwischen Kanada und Deutschland (2014)

Als mein Großvater Gottlieb 1930 auf die Idee kam, nach Kanada auszuwandern, hatte er das Städtchen Braunlage genau fünfmal verlassen. Einmal war er zu Fuß mit seinem Vater nach Hohegeiß gegangen. Das war nur ein paar Kilometer entfernt. Einmal, ebenfalls zu Fuß, nach Benneckenstein. Zwei weitere Fußmärsche brachten ihn nach Altenau und nach Elend. Die weiteste Entfernung, Bad Harzburg, legte er mit dem Pferdefuhrwerk des Sägewerks zurück, in dem er seit seinem vierzehnten Lebensjahr gearbeitet hatte.

Mein Großvater wurde 1910 in der Ukraine geboren. Da war seine Familie schon fast vierhundert Jahre unterwegs. Die Hutterer sind eine Täufergemeinde, die sich am Ur-Christentum orientiert. Es werden ausschließlich erwachsene Menschen getauft, die darüber selbst entscheiden können. Es gibt auch noch ein paar andere Merkmale, die Katholiken und Protestanten nicht tolerieren. So sehen sie im Abendmahl kein Sakrament, sondern eine symbolische Handlung. Und sie sind strikte Pazifisten. Am Unheimlichsten ist den Menschen aber wohl bis heute, dass die Hutterer ihren ganzen Besitz zusammentun und alles miteinander teilen. Sie leben in Kolonien, und alle besitzen gleich viel. Es gibt in dieser Gemeinschaft keine Armen und Reichen. Sie leben weitgehend abgeschottet von der Welt und führen ein Leben nach strengen moralischen Vorstellungen. Die Verfolgung durch die Kirche führte dazu, dass sie seit Gründung ihrer Gemeinschaft im Jahre 1528 in Südtirol immer wieder fliehen mussten. Zunächst nach Mähren, dann nach Niederösterreich, danach nach Siebenbürgen oder in die Slowakei, schließlich in die Walachei und im 19. Jahrhundert nach Russland. Dort genossen sie Religionsfreiheit und wurden nicht zum Kriegsdienst herangezogen.

Aber im Jahre 1874 änderte sich dies. Die Einführung der allgemeinen Wehrpflicht im Russischen Imperium galt auch für die Hutterer. Daraufhin machten sich über vierhundert von ihnen auf den Weg nach Nordamerika, um in den USA und Kanada neue Kolonien zu gründen. Hier wurde ihnen versprochen, nach ihren Grundsätzen leben zu können.

Leider konnte meine Familie nicht mit auswandern, weil einer meiner Vorfahren an einer ansteckenden Krankheit litt und daher kein Visum bekam. Also blieb die Familie in Russland, was außerordentlich schwierig war. Denn die alten Strukturen der Kolonien waren durch die Massenauswanderung nicht mehr vorhanden. Es gab nicht einmal mehr einen hutterischen Gebetsraum. Daher schlossen sich meine Vorfahren einer mennonitischen Gemeinde an, die von den Glaubensinhalten dem Hutterischen sehr nahe kam.

Aber die Zeiten sollten noch schwieriger werden. Auch immer mehr Mennoniten wanderten aus. In den bisher deutschen Schulen musste vorwiegend Russisch gesprochen werden. Mein Urgroßvater zog mit seiner Familie in die westliche Ukraine, nach Wolhynien, weil dort die Verhältnisse noch einigermaßen erträglich sein sollten, was allerdings ein Trugschluss war. Die Katastrophe kam dann mit dem Ausbruch des Ersten Weltkriegs. Mein Urgroßvater wurde in die russische Armee eingezogen. Die Familie wurde zusammen mit zweihunderttausend Deutschen nach Sibirien geschickt, weil die Obrigkeit Angst hatte, dass sie zu Kollaborateuren werden könnten, wenn deutsche und österreichische Soldaten in das Land einfielen. Viele Menschen starben an Hunger und Entbehrung. 1917 durften die Leute dann zurück, fanden aber ihre Häuser von Polen, Ukrainern und anderen besetzt. Also machten sich meine Großeltern 1918 auf den Weg nach Deutschland, wo sie nicht gerade freudig empfangen wurden, da das Land vom Krieg ausgemergelt war. Mein Urgroßvater hatte immer die Hoffnung, eines Tages nach Kanada gehen zu können, wo es inzwischen viele Hutterer-Kolonien gab. Aber es blieb bei dem Wunsch. Er starb 1925 in Braunlage, wo er sich mit seiner großen Familie ein bescheidenes Auskommen gesichert hatte. Der halbe Ort arbeitete dort in den Sägewerken. Auch mein Großvater fing dort im Alter von vierzehn Jahren an.

Als seine Mutter 1930 starb, sah er keinen Grund mehr, länger dort zu bleiben. Seine älteren Geschwister hatten sich mit ihrem Schicksal arrangiert, hatten zum Teil schon selbst Familien. Aber mein Großvater Gottlieb sah für sich keine Perspektive. Also packte er sein bescheidenes Bündel, nahm sein Fahrrad und brach auf nach Kanada. Weit ist er auf seiner ersten Etappe allerdings nicht gekommen. Seine Reise endete zunächst einmal abrupt in Sankt Andreasberg.

Ach so, vielleicht sollte ich erst mal erklären, wer ich eigentlich bin. Mein Name ist Albert. Albert Waldner. Ich bin achtunddreißig Jahre alt. Meine Eltern sind Otto und Eleonore. Und Otto ist der Sohn meines Großvaters Gottlieb, der 1930 nach Kanada aufgebrochen war. Ich befinde mich gerade im Flugzeug über dem Atlantik auf dem Weg von Kanada nach Deutschland. Nach dem Tod meines Vaters bin ich in den Besitz des Tagebuchs gekommen, das mein Großvater Gottlieb verfasst hatte. Und das lese ich gerade.

# Kapitel 31

# Harz (1930)

Gottlieb wusste zwar, dass er in den Norden fahren musste, um zu einer der großen Hafenstädte zu gelangen, von wo aus Schiffe nach Kanada fuhren. Vor allem Hamburg und Bremen wurden immer genannt. Aber er hatte keine genaue Vorstellung davon, wie er dort hingelangen sollte. Geld für eine Fahrkarte mit dem Zug wollte er nicht ausgeben. Er musste ja auch noch die Schiffspassage bezahlen. Also fuhr er einfach erstmal los. Wenn er aus dem gebirgigen Harz heraus war, würde er weitersehen. Hinter Braunlage ging es ziemlich steil bergab. Er hatte Mühe, zu bremsen. Dann kam er in einen Ort: Sankt Andreasberg. Hier geriet er auf die steilste Straße, die er je gesehen hatte. Wie konnte man hier nur eine Straße bauen? Das war ja völlig verrückt. Er wäre ja gern abgestiegen und hätte geschoben. Aber das ging jetzt nicht mehr. Er musste mit aller Kraft bremsen, um nicht loszurasen. Dann passierte es. Das Schicksal nahm seinen Lauf, als die Kette sprang. Die Handbremse versagte ihren Dienst, und er raste ungebremst die Straße herunter. Die Leute schauten und brüllten. Eine Mutter riss ihr Kind schnell von der Straße – und Gottlieb fuhr wie der Teufel, ohne irgendetwas tun zu können. Das Schlimmste Stück hatte er jetzt hinter sich. Doch die Geschwindigkeit war noch immer atemberaubend. Er konnte nur hoffen, dass ihm nichts in die Quere kam. Irgendwann würde es bestimmt so flach werden, dass er das Rad dann einfach ausrollen lassen konnte. Aber da kam eine Kurve. Die würde er bei der Geschwindigkeit nicht nehmen können. Also lenkte er durch die geöffnete Pforte in einen Garten. Er fuhr auf das Haus zu, das auf dem Grundstück stand. Die Tür war geöffnet. Wenn er sich jetzt nach rechts oder links einfach fallen ließe, würde er sich schwer verletzen. Also blieb er sitzen und raste in das Gebäude. Er nahm nur noch wahr, dass es hier offenbar keinen Flur gab. In dem Zimmer saßen Leute um den Tisch herum. Offenbar gab es gerade Mittagessen. Das Vorderrad stoppte schließlich an der Türschwelle, und Gottlieb flog im hohen Bogen auf den Küchentisch, räumte diesen ab und landete mit dem Kopf an der Rücklehne des Sofas, nur ein paar Zentimeter vom Opa entfernt. Seine Beine drehten sich in der Luft und landeten schließlich auf dem Schoß des alten Mannes. Alle schrien aus Leibeskräften. Nur der Opa sagte relativ gefasst: »Mein Teller ist weg. Ich will sofort meinen Teller zurück.«

Gottlieb war völlig benommen, als alle, Vater, Mutter und die vier erwachsenen Kinder sich um das Sofa versammelten, um zu sehen, was für ein Verrückter dieses Tohuwabohu veranstaltet hatte. Die Mutter, eine kleine, dicke Frau von Ende vierzig, war die Erste, die lauthals loslegte: »Du alberner Marsch! Was bistn du fürn Hottentottengesochs? Fliechst hier mitten dorchm Zimmer und erschlächst fast unnern Oppa. Und das schöne Essen! Is es denn zu fassen? So ähn bekloppter Kerrel.«

Gottlieb hatte Mühe, die Frau überhaupt zu verstehen. Er hatte diese komische Sprache schon ein paar Mal gehört. Das musste wohl Ewerharzerisch sein, ein Dialekt, der aus dem Erzgebirge stammt und in den Oberharzer Bergstädten gesprochen wurde. Zum Glück sprach der Hausherr ein Machtwort und befahl den Kindern, die kaputten Teller und das Essen vom Fußboden aufzusammeln. Dann half er Gottlieb, sich aufzurichten und fragte: »Bist du verletzt?«

»Ich glaube nicht. Meine Halswirbel sind irgendwie gestaucht. Aber sonst geht es.«

Nun brüllte wieder die Mutter dazwischen: »Du hasst doch n Dachschaden, du alberner Mensch!«

Ihr Mann schaute sie ernst an, und sie gab wieder Ruhe. Dann wurde der Tisch noch einmal gedeckt und vom Herd wurden die noch vorhandenen Speisen verteilt. Wie selbstverständlich aß Gottlieb mit, so als sei er ein ganz normaler Gast. Die Frau des Hauses fragte ihn zwischen Schlürfen und Kauen ganz unverblümt aus. Wer er sei und wo er herkomme. Warum er nach *Annaschbarrich* gekommen sei und was er vorhabe. Am Ende kannte die Familie seine ganze Lebensgeschichte und dass er auf dem Weg nach Kanada sei. Unter dem Gelächter der restlichen Familie sagte die Frau: »Weit bist de aber noch net gekomme. Wenn de so weitermachst, kimmst de net nach Kanada, sonnern bis zum nächsten Straßengram.«

Nach dem Essen stellte Gottlieb fest, dass er noch ziemlich wacklig auf den Beinen war. Und als er sich sein Fahrrad ansah, stand fest, dass es ein paar Tage dauern würde, bis er seinen Weg fortsetzen konnte. Mit der größten Selbstverständlichkeit beschloss die Frau des Hauses, dass er erst einmal dableiben sollte. Er konnte auf dem Küchensofa schlafen. Kost und Logis konnte er sich verdienen, indem er einige Reparaturen am Haus machte und ansonsten Brennholz hackte. Arbeit gab es in dem Städtchen ohnehin nicht mehr. Der Bergbau lag schon lange am Boden. Und durch die Weltwirtschaftskrise ging auch der Fremdenverkehr drastisch zurück. Ein Kurheim schloss nach dem anderen. Die drei Töchter, einundzwanzig, neunzehn und siebzehn Jahre alt, hatten gelegentlich Arbeit in dem letzten noch verbliebenen Sanatorium für Lungenkranke. Sohn Horst, vierundzwanzig Jahre alt, arbeitete in der Forstwirtschaft, der Mann war arbeitslos und die Frau war zuhause sowieso nicht abkömmlich. Und der Opa saß den ganzen Tag auf dem Sofa. Man schlug sich mühselig durchs Leben. Das Haus war eine Bruchbude. Hinzu kam, dass Frau Müller das Putzen wahrscheinlich auch nicht erfunden hatte. Wenn Gottlieb daran dachte, wie seine Mutter und die Schwestern zuhause die Fußböden auf den Knien liegend geschrubbt hatten, dann konnte man den Zustand dieses Hauses nur chaotisch nennen. Aber freundlich waren sie, das musste man dieser Familie schon lassen. Jedenfalls, solange man sich mit ihnen nicht in einer Dauerfehde befand wie die Nachbarn.

Am nächsten Morgen stand Gottlieb früh auf, so wie er es gewohnt war. Es wäre ihm auch peinlich gewesen, noch auf dem Sofa zu schlafen, während alle

Familienmitglieder die Küche bevölkerten. Da es keine Badezimmer gab, mussten sich alle in der Küche waschen. Der Herd wurde sehr früh angeheizt, damit man heißes Wasser für den Malzkaffee hatte.

Das Plumpsklo befand sich in dem ziemlich verwilderten, kleinen Garten. Da waren auch ein paar Kaninchenställe und ein kleines Gehege für Hühner. In einem Schuppen wurde ein Schwein großgezogen. Als Gottlieb auf dem Weg zum Klo war, hörte er plötzlich ein fürchterliches Geschrei und Gekeife. Das war die Nachbarin, die allerlei Verwünschungen gegen Frau Müller ausstieß, die sich offenbar gut amüsierte und lachte. Als er wieder in der Küche war, verstand er, was da eigentlich los war. Frau Müller hatte der Nachbarin aus dem Obergeschoss den Inhalt des Pisspotts auf den Kopf geschüttet und kommentierte dies nun befriedigt: »Diser alden Kannalje ha ich's örschtemal gezeicht. Die soll sich ärchern, dass se rude Wörmer scheißt. So ähn verfluchtes Saubäst. Gestern hat se gesaacht, ich wär n aldes Schmuddl und bei uns säh es aus wie im Dreckstall. Das hat se jetze davon. Das saacht se net nochemal. Und wenn doch, denn schmeiß ich ihr den Pisspott am Kopp.«

Für die Familie war dies offenbar ganz normal. Alle amüsierten sich über den Punktsieg der Mutter über die Nachbarin. Für Gottlieb war dies aufgrund seiner strengen, christlich geprägten Erziehung ein völlig undenkbares Verhalten. So etwas hatte er noch nicht erlebt. Offenbar war das hier in der Bergstadt ein ganz und gar anderer Menschenschlag. Trotzdem konnte er nicht umhin, die Sache amüsant zu finden.

In den nächsten Tagen reparierte er die Haustür, entmistete die Kaninchenställe und den Schweinestall, holte Grünfutter von der Wiese, sammelte den Schrott zusammen, der im Garten herumlag und entfernte das hohe Unkraut. Dann kümmerte er sich um sein Fahrrad. Das Vorderrad war nicht mehr zu gebrauchen. Also ging er los, um ein neues zu kaufen. Dadurch wurde sein Reisebudget leider ein Stück kleiner.

Irgendwie gaben ihm die Müllers das Gefühl, ein Teil der Familie zu sein und er entschied, noch ein paar Tage länger zu bleiben. Da war noch jede Menge Holz zu hacken. Herr Müller konnte sich zu dieser Arbeit einfach nicht aufraffen. Er ging lieber mit einigen – ebenfalls arbeitslosen – Bekannten in den Wald, um neues Holz heranzuschaffen. Das Sägen und Hacken überließ er gern Gottlieb. Wenn er im Garten war, wurde er ständig von der neugierigen Nachbarin beobachtet, die in einer Art Selbstgespräch Beleidigungen gegen die *verfluchte Bagage* von nebenan ausstieß. Gottlieb ignorierte das. Aber als Frau Müller das mitbekam, ging es rund. Sie schmetterte ihrer Nachbarin ein paar deftige Wörter an den Kopf wie *Jammerluder*, *Saubäst* und *Drecksgesocks*.

Als Gottlieb beim Abendbrot fragte, warum denn eigentlich so eine Feindseligkeit zwischen ihnen und den Nachbarn herrsche, redeten zunächst alle durcheinander. Schließlich berichtete Herr Müller, dass das schon immer so gewesen sei, bereits in der vorigen Generation. Das ging so weit, dass die Nachbarn in Müllers Küche gingen, als die Frau des Hauses gerade im Garten war. Und dann wurde ein Topf mit Kohlrouladen vom Herd gestohlen. Irgendwann schmissen sie den leeren Topf dann einfach in Müllers Garten. Gemüse konnte man schon lange nicht mehr anbauen, weil nachts alles gestohlen würde.

Jetzt ereiferte sich sogar der Opa, der sonst kaum ein Wort sprach: »Und dann ham se unner Haus kaputtgeschlahn. Verfluchte Saubäster!«

Nun ergriff Frau Müller das Wort, um dieses Geschehnis entsprechend auszuschmücken. Sie erzählte, dass die Nachbarn eine Mauer in ihrem Haus einreißen wollten, um ein Zimmer zu vergrößern. Allerdings hatten sie sich die falsche Mauer vorgenommen und standen dann plötzlich im Schlafzimmer der Müllers. »Die sind so dämlich, dass se net wissen, wo links und rechts is. Die sind gemeingefährlich.« Gottlieb hatte Schwierigkeiten, nicht lauthals loszulachen.

Dies hier war eine andere Welt. Nur ein paar Kilometer von dem Ort entfernt, wo er aufgewachsen war, aber eine völlig andere Mentalität. Bei ihm zuhause hatten Zucht und Ordnung geherrscht. Die Kinder redeten nur, wenn sie dazu aufgefordert wurden. Vor jeder Mahlzeit wurde gebetet. Die Töchter hatten das Haus gründlich zu putzen und wurden von der Mutter in alle Belange des Haushalts eingewiesen. Die Söhne waren zuständig für das Feuerholz und Reparaturen aller Art. Die Kinder, auch als sie schon erwachsen waren, zollten den Eltern Respekt und Gehorsam. Das hatte sicherlich mit der religiösen Ausrichtung dieser Familie zu tun. Aber derartige Querelen, ungezügelte Ausbrüche und Zankereien kannte er auch nicht von den Nachbarn in Braunlage.

An einem kühlen Herbsttag packte er dann sein Bündel, um sich auf den Weg zu machen. Er wurde von den Müllers herzlich verabschiedet. Frau Müller betonte immer wieder, was er doch für ein guter Junge sei und wünschte ihm das Allerbeste. Sie verstand allerdings überhaupt nicht, wie man so verrückt sein konnte, die Heimat zu verlassen und malte wortreich aus, was ihm alles zustoßen könnte. Er war ja noch nicht mal in der Lage, heil von Braunlage nach Annaschbarrich zu fahren, ohne im Hechtsprung bei anderen Leuten in der Küche zu landen. Der Weg nach Hamburg oder Bremen sei schon gefährlich genug. Und dann mit dem Schiff übers Meer. Die Titanic sei ja schließlich auch abgesoffen. Und dann in einem fremden Land zu sein, wo Banditen nur darauf warteten, einen zu berauben und umzubringen. Schließlich gab sie ihm noch mit auf den Weg, doch mal zu schreiben, wenn er in Kanada war.

Er fuhr zunächst weiter bis nach Bad Lauterberg. Das war ein hübscher, lebendiger Ort, der dreihundert Meter tiefer lag als Sankt Andreasberg, was man auch gleich an der höheren Temperatur merkte. Hier gab es viele Geschäfte und Gaststätten. Er überlegte, ob er nicht versuchen sollte, für eine Weile Arbeit zu finden, um seine Reisekasse aufzubessern. Aber weder in der Maschinenfabrik noch im

Bergbau hatte er eine Chance. Die Arbeitslosigkeit war hoch. Da half ihm der Zufall. In einer Buchhandlung fragte er nach einer Karte von Kanada. Die freundliche Dame schaute in einem dicken Katalog nach und sagte, sie könne ihm eine bestellen. Das würde aber drei Tage dauern.

»Oh, da bin ich nicht mehr hier. Ich würde zwar gerne eine Zeitlang in diesem schönen Ort bleiben. Aber ohne Arbeit geht das nicht.«

Da kam die Frau auf die Idee, er solle doch einfach mal in einer Gastwirtschaft ein paar Häuser weiter fragen. Der Wirt sei im Krankenhaus, und die arme Frau wisse gar nicht, wie sie alles bewältigen sollte. Schließlich erbot sie sich sogar, ihn zu begleiten. Und zehn Minuten später hatte er eine Stelle. Zwar nur für ein paar Tage und gegen geringe Bezahlung. Aber er hatte Kost und Logis frei. Aus den paar Tagen wurden zwei Wochen, in denen er von früh morgens bis weit in den Abend hinein alle Arbeiten erledigte, die ihm aufgetragen worden waren. Die Frau war voll des Lobes. Als die Kanada-Karte kam, setzte er sich spät am Abend an den Tisch, um sie zu studieren. Er wusste, dass die Hutterer-Kolonie, die er aufsuchen wollte, sich in Manitoba befand. Das war ungefähr in der Mitte des Landes, zwischen Atlantik und Pazifik. Als er den Maßstab sah, stellte er fest, dass er vom Hafen am Atlantik bis zu seinem Ziel ja tausende von Kilometern zurücklegen musste. Dieses Land war viel größer als ganz Europa. Damit hatte er nicht gerechnet. Ihm wurde ganz flau im Magen. Aber er nahm sich vor, es zu schaffen. Andere hatten es vor ihm geschafft, da hinzukommen. Und er würde es auch schaffen. Als er sich von der netten Gastwirtsfrau verabschiedete, drückte sie ihn an die Brust, gab ihm die besten Wünsche mit auf den Weg und steckte ihm noch etwas Geld zu.

Er fuhr mit seinem Rad über Herzberg nach Osterode, und von dort aus nach Lerbach. Das war ein hübsches Dorf in einem Tal. Ganz am Ende ging es bergauf. Als er endlich auf der Hochebene ankam, hatte er keine Puste mehr. Zum Glück kam gleich das nächste Dorf: Buntenbock.

Der Ort war wirklich sehr überschaubar. Ein Kaufmann, ein Bäcker, ein Schlachter. Auf der Straße sprach er eine Frau an, ob sie wüsste, wo man hier eine Übernachtungsmöglichkeit finden könnte. Sie schaute ihn skeptisch an und sagte dann: »Die Pensionen stehen leer. Erstens ist jetzt keine Urlaubszeit und zweitens sind die Zeiten so schlecht, dass sowieso keine Gäste kommen. Außerdem soll es doch bestimmt nicht so viel kosten?«

»Richtig.«

»Na, dann kannst du bei mir übernachten. Ich hab ein kleines Zimmer, wo früher die Kinder geschlafen haben. Und Abendessen und Frühstück kriegst du auch, wenn du drei Mark übrig hast.«

Gottlieb war froh über dieses Angebot. Er saß mit der Witwe abends am Küchentisch und aß Bratkartoffeln. Sie erzählte, dass in den letzten Jahren alles sehr schwierig geworden war.

»Früher war Buntenbock ein Fuhrherrendorf. Die Leute sind von Osterode und Lerbach hier zugezogen, um ihre Fuhrgeschäfte zu betreiben. Es gab genug Arbeit. Den Bergwerken in Clausthal und Zellerfeld wurde Holz und Baumaterial geliefert. Und es gab Aufträge von den Hütten. Es gab Fuhren mit Gütern zum Bahnhof und vom Bahnhof in die Orte. Vom Bahnhof in Clausthal-Zellerfeld wurden auch Feriengäste  in Orte ohne Bahnanschluss gefahren. Aber mittlerweile gibt es Lastwagen und Busse. Außerdem liegen viele Betriebe brach oder haben Leute entlassen. Und die vielen Kurhäuser, die überall entstanden sind, stehen leer, weil sich kaum noch einer leisten kann, zu verreisen.«

Gottlieb war froh, bald das Weite suchen zu können. Er wollte noch einen Tag bei der netten Frau in diesem idyllischen Dorf bleiben und sich dann auf den Weg machen. Am Nachmittag ging er in den Wald, vorbei an den herrlichen Bergwiesen mit den eingebetteten Teichen. Es war schon eine unglaublich schöne Landschaft hier. Ob er das in Kanada vermissen würde? Nach zwei Stunden kam er zurück und hatte einen ganzen Korb Pilze gefunden. Die Frau freute sich und bereitete ein schönes Abendessen daraus zu. Am nächsten Tag fuhr er mit seinem Rad nach Goslar. Er hatte beschlossen, sein Fahrrad dort zu verkaufen, um dann mit dem Zug nach Bremen zu fahren.

# Kapitel 32

## Im Flugzeug zwischen Kanada und Deutschland (2014)

Während ich hier im Flieger über dem Atlantik in dem Tagebuch meines Großvaters Gottlieb lese, ziehen die Bilder an mir vorbei, die er so plastisch beschrieben hat. Ob das alles noch so sein wird wie damals vor über achtzig Jahren? Kaum vorstellbar. Aber die Landschaft an sich wird sich wahrscheinlich nicht groß verändert haben. Es soll noch fast genauso viel Wald geben wie früher. Und die vielen Teiche, die früher als Energielieferant für den Bergbau gedient haben, werden auch noch da sein. Auf jeden Fall freue ich mich, all die Orte zu sehen, an denen mein Großvater war.

Es ist ein merkwürdiges Gefühl, dort hinzugehen, wo er vor vielen Jahren weg wollte. Er hat seine Zukunft in Kanada gesucht und gefunden. Er wollte bei den Menschen sein, zu denen einst seine Vorfahren gehörten. Ob er mit dieser Entscheidung letztendlich glücklich geworden ist, vermag ich nicht zu beurteilen. Aber so, wie ich ihn als Kind wahrgenommen habe – da war er ja schon ein alter Mann – schien er mit Gott und der Welt versöhnt und mit seinem Dasein zufrieden. Er hinterließ eine Familie, die das Leben in der Kolonie fortführte. Und ich bin da ausgebrochen. Die Zeit der Gewissensbisse ist für mich zwar vorüber. Aber der Zweifel bleibt, ob es richtig war, so zu handeln. In ein paar Stunden werde ich in Deutschland sein, dem Land meiner Muttersprache. Es wird merkwürdig sein, jeden auf Deutsch ansprechen zu können und verstanden zu werden. In Kanada ging das fast nur in der Kolonie.

Worauf ich mich überhaupt nicht freuen kann, wovor ich sogar Angst verspüre, ist die Begegnung mit Johannes. Ob er sich in den Jahren in Deutschland verändert hat? Zum Besseren? Oder ob es noch schlimmer mit ihm geworden ist? Ich werde nie verstehen, wie er überhaupt so werden konnte. Er ist doch in demselben Umfeld groß geworden wie ich. Seine Eltern waren anständige Leute. In der Gemeinschaft wurde ihm von Anfang an beigebracht, was gut und was böse ist. In meinem gesamten bisherigen Leben habe ich weder in meiner noch in einer anderen Kolonie jemanden kennengelernt, der so war wie er. In der Welt draußen, in der ich mich seit über einem Jahr befinde, gibt es viel Schlechtes. Dass man da so werden kann wie Johannes, ist leicht zu verstehen. Die Verlockungen sind einfach zu groß. Und viele Kinder wachsen zügellos auf. Wer keine Familie hat und keine Gemeinde, die auf einen aufpasst und sagt, was richtig und was falsch ist, der gerät schnell auf die schiefe Bahn und verliert die Achtung vor anderen Menschen. Aber Johannes hatte eine Familie und die Gemeinschaft, die ihn auffing. Ich glaube, er wollte aber nicht aufgefangen werden. Meine Hoffnung ist, dass er in all den Jahren, die er nun außerhalb der Gemeinde lebt, vielleicht doch den richtigen Weg gefunden hat. Ich habe erlebt, dass man auch außerhalb der Gemeinschaft, der ich die meiste Zeit meines bisherigen Lebens angehört habe, ein gutes Leben führen kann. Vielleicht hat ja auch Johannes die Kurve gekriegt und führt jetzt ein Leben, in dem er niemandem mehr wehtut.

Ich werde die noch verbleibende Zeit im Flugzeug nutzen, das Tagebuch meines Großvaters zu Ende zu lesen. Lange Zeit hat es verschlossen in einer Schublade gelegen, weil ich mich nicht getraut habe, in ihm zu lesen – aus Respekt vor meinem Großvater. Jetzt weiß ich aber, dass er es gewollt hätte. Er hat das Tagebuch nicht nur für sich geschrieben. Er wollte etwas weitergeben.

# Kapitel 33

## Bremen und Saskatchewan, Kanada (1930)

In Bremen angekommen, machte Gottlieb sich kundig, wie es mit einer Überfahrt nach Kanada aussah. In der Reiseagentur wurde ihm gesagt, dass nur noch ein Schiff im Oktober nach Halifax fahren würde, danach erst wieder im Frühjahr. Aber er könne natürlich auch über die USA einreisen, was allerdings sehr viel schwieriger war wegen all der Einreisebestimmungen, auch wenn man es nur als Transferland benutzen wollte. Für Kanada war alles viel einfacher, weil man dort junge Menschen suchte, die gesund waren und zupacken konnten. Man verwies ihn an eine Auswanderer-Agentur, die sich um alles kümmerte. Und wenn er Glück hatte, konnte er sogar einen Vertrag bekommen, der ihm die kostenlose Überfahrt sicherte, wenn er bereit war, sich für ein oder zwei Jahre zu verpflichten, bei dem Geldgeber zu arbeiten.

Also begab er sich zu besagter Agentur. Dort hatte man noch Angebote von kanadischen Farmern vorliegen, die die Reise bezahlten. Man musste eine Verpflichtungserklärung abgeben, für einen bestimmten Zeitraum dort zu arbeiten. Außerdem fand eine Überprüfung der Arbeitsfähigkeit und sonstigen Eignung statt, und dann natürlich eine umfassende Gesundheitsprüfung. Wenn das alles in Ordnung war, könne er noch im Oktober reisen. Auf die Frage, in welchem Landesteil er denn arbeiten würde, las der Agent vor: Alberta, Saskatchewan, British Columbia. Manitoba war nicht dabei. Aber er holte seine Kanada-Karte heraus und stellte fest, dass Saskatchewan die Nachbarprovinz von Manitoba war, wo er ja hin wollte.

Er lies also alles über sich ergehen, was nötig war. Als der Agent hörte, dass er im Sägewerk gearbeitet hatte und dass er sich mit Tieren auskannte, dass er sogar Pferde kutschieren konnte, brachte ihm das sofort Pluspunkte ein. Sein Gesundheitszustand war tadellos und er bekam vom britischen Konsulat, das den kanadischen Staat hier vertrat, das Visum zur Einreise.

Die Überfahrt war stürmisch, die Unterbringung primitiv. Das alte englische Schiff leckte an mehreren Stellen. Die Passagiere, durchweg arme Leute, die der Not, die in Europa herrschte, entfliehen wollten, halfen beim Pumpen, aus Angst, sonst abzusaufen. Als der Kahn dann den Hafen von Halifax erreichte, war die Erleichterung groß. Gottlieb kaufte sich ein großes Proviantpaket und bestieg den Zug, der ihn nach Saskatchewan bringen sollte. Die ersten zwei Tage im Zug waren wie ein Rausch. Gottlieb konnte sich gar nicht sattsehen. Der Indian Summer hatte eingesetzt. Die Bäume zeigten sich in einer unglaublichen Farbenpracht. Als sie die Prärie erreichten, wurde es eintönig. Endlose Felder, die abgeerntet waren, nur wenige kleine Orte oder einzelne Farmhäuser in dieser Landschaft. Die letzte große Stadt war Winnipeg in Manitoba gewesen. Dann ging es Richtung Saskatchewan. Am Bahnhof von Regina musste er sich erst einmal orientieren, wie er nun zu der Farm der Brandners kommen sollte, die seine Überfahrt finanziert hatten. Diese lag etwa zweihundert Kilometer nordwestlich von Regina. Zum Glück gab es eine Bahnlinie Richtung Saskatoon, sodass er nur die letzten zwanzig Kilometer laufen musste. Und auch hier hatte er Glück. Die halbe Strecke nahm ihn ein Farmer auf seinem Pferdegespann mit, der ihm vom Leben in Kanada erzählte. Er war ein Deutscher, der, wie die meisten hier, aus Russland gekommen war. Er lobte das Land über alle Maßen, auch wenn es im Moment schwere Zeiten waren. Die Weltwirtschaftskrise hatte auch vor Kanada nicht halt gemacht.

Als Gottlieb die Farm erreichte, die nun für mindestens ein Jahr sein neues Zuhause sein sollte, wurde es bereits dunkel. Die Familie, die diese recht große Farm betrieb, hieß Brandner. Der Mann war etwa Anfang fünfzig, seine Frau war zehn Jahre jünger, und sie hatten zwei Söhne, sechzehn und dreizehn Jahre alt. Man baute Getreide an und hatte, mehr für den Eigenbedarf, einige Rinder und Schweine sowie allerlei Federvieh. Ein großer Hausgarten versorgte sie mit Gemüse und Kartoffeln. Obstbäume wuchsen wegen der harten Winter nicht. Das Ehepaar war 1913 von der Ukraine aus nach Kanada gekommen. Nach den schwierigen Anfangsjahren waren sie inzwischen zu einem bescheidenen Wohlstand gekommen. Das Land, das ihnen mittlerweile gehörte, war zu groß, um es allein zu bewirtschaften. Und der bevorstehende Winter war die Zeit, in der man alles wieder in Schuss brachte. Maschinen und Geräte mussten überholt und repariert werden. Vor dem ersten strengen Wintereinbruch sollte auch noch einiges an Haus und Nebengebäuden gemacht werden. Und ansonsten war der Winter die Zeit, um Bäume zu schlagen, Brennholz zu machen oder Bretter, Balken und Zaunlatten zu sägen. Es gab auf Dauer mehr zu tun, als der Farmer mit Hilfe seiner Familie bewältigen konnte. Deshalb waren sie froh, nun einen jungen, kräftigen Mann mit handwerklichem Geschick zu haben.

# Kapitel 34

## Manitoba, Kanada (1932-2014)

Oh, jetzt bin ich über dem Tagebuch tatsächlich eingenickt. Allerdings werden die Eintragungen jetzt auch spärlicher. Gottlieb hat es auf der Farm der Brandners sehr gut gefallen. Er wurde aufgenommen wie ein Familienmitglied. Im darauffolgenden Jahr hat er mit gesät und geerntet und blieb dann noch bis zum Frühjahr des nächsten Jahres. Er hatte der Hutterer-Kolonie geschrieben und gefragt, ob er willkommen sei. Prompt hatte er eine Antwort bekommen, dass man sich noch an seine Familie erinnere und dass er selbstverständlich aufgenommen würde. Er solle einfach kommen. Also nahm er Abschied von der Familie Brandner und bekam noch mit auf den Weg, dass er gerne wiederkommen könne, wenn die Kolonie nicht seinen Vorstellungen entspräche.

Nach zwei Tagesreisen erreichte er schließlich die Kolonie im südlichen Manitoba. Diese war eine Welt für sich. Ein riesiges Stück Land an einem Fluss gelegen. Es war Mai und man hatte gerade mit der Feldarbeit begonnen. Der Pastor, ein älterer Herr mit Bart, empfing ihn in seinem kleinen Büro und fragte ihn erst einmal aus, was seine Familie in den letzten Jahrzehnten erlebt hatte. Und er wollte natürlich wissen, ob Gottlieb im Sinne ihrer Religion erzogen worden war, da er ja nicht in einer Gemeinschaft gelebt hatte. Auch seine Bibelfestigkeit wurde gleich mit geprüft. Dann führte er ihn herum. Die Felder, der Hausgarten für die Selbstversorgung, die Scheunen und Ställe, die Gemeinschaftsräume, das Gebetshaus – alles machte einen hervorragenden Eindruck.

Dazu kamen die Erklärungen und Belehrungen: »Wir leben hier in einer urchristlichen Gemeinschaft. Jede Familie hat ein Haus und lebt zusammen. Aber alle Mitglieder der Kolonie bilden eine große Gemeinschaft. Wir nehmen dreimal am Tag gemeinsame Mahlzeiten ein. Es gibt eine

Gemeinschaftsküche, gemeinsame Vorräte, eine Bäckerei, einen Hausgarten, in dem alle Frauen und Kinder mitarbeiten, eine Waschküche und so weiter. Jeder hat Arbeiten für die Gemeinschaft zu erledigen. Die Männer sind zuständig für die Feldarbeit und die Versorgung des Viehs, die Frauen putzen, kochen, waschen, nähen, machen den Garten und versorgen das Federvieh. Alle nehmen am Abend an einer Andacht und am Sonntag am Gottesdienst teil. Wir kleiden uns züchtig und benehmen uns auch so. Wer heiraten will, sucht sich eine Frau in dieser oder irgendeiner anderen Kolonie, von denen es in Nordamerika mittlerweile ein paar Hundert gibt. Da viele miteinander verwandt sind, muss vor einer Eheschließung geprüft werden, ob die beiden auch heiraten dürfen. Bei zu engen Verwandtschaftsgraden ist dies nicht möglich. Wenn du verstehst, was ich meine. Wir halten nichts von Empfängnisverhütung. Viele Familien haben mehr als zehn Kinder, so viele, wie Gott uns schenkt.«

Das war Gottlieb alles nicht fremd. Er war zwar nicht in einer Gemeinschaft aufgewachsen, aber aus den Erzählungen seiner Eltern kannte er das. Ihm wurde ein Zimmer mit Bett, Tisch und Stuhl zugewiesen, wie es für unverheiratete Mitglieder der Gemeinschaft üblich war. Am nächsten Tag brachte eine Frau ihm Kleidung, wie sie hier getragen wurde. Neben der zweckmäßigen Arbeitskleidung erhielt er eine schwarze Hose mit breiten Hosenträgern, zwei weiße Hemden, eine schwarze Jacke und einen schwarzen Hut. Die Frauen trugen mittellange, einfache Kleider und alle ein Kopftuch oder banden sich bei wärmerem Wetter ein *Tüchl* ins Haar. Die Stoffe wurden in großen Mengen gekauft, und dann wurde selbst geschneidert. Alle Leute in der Kolonie sahen irgendwie gleich angezogen aus. Auch wenn die Kleider unterschiedliche Muster hatten, es war einfach der typische Hutterer-Stil. Außerhalb der Kolonie wurden die Mitglieder von jedem erkannt. Und die Menschen hatten Hochachtung vor ihnen, weil man ihre handwerkliche Arbeit schätzte und weil sie sich gut benahmen und freundlich waren. In jeder Kolonie gab es eine Schule, die man vom sechsten bis zum fünfzehnten Lebensjahr besuchte. Ab zweieinhalb Jahren gaben die Frauen ihre Kinder in die *Kindaschul*, eine Art Kindergarten.

Gottlieb gewöhnte sich schnell ein. Dass Männer und Frauen beim Essen oder auch im Gebetshaus voneinander getrennt saßen, war neu für ihn. Auch, dass man wenig Kontakt zur Außenwelt hatte. Die Kolonie verließ man, wenn man zum Arzt musste oder beauftragt wurde, Besorgungen zu machen.

Er arbeitete in der Tischlerei, wo Stühle produziert wurden. Die Kolonie war sehr erfolgreich damit. Ein großes Möbelhaus in Winnipeg war der Hauptabnehmer und warb damit, dass es sich um Hutterer-Qualität handele, was vom Kunden sehr gut angenommen wurde. Zur Erntezeit, wenn alle Hände gebraucht wurden, half er auch auf dem Feld mit. Da es der Kolonie gut ging, konnten mehr und mehr moderne Maschinen angeschafft werden, sodass die körperliche Mühsal abnahm. Es war absehbar, dass die Kolonie mit ihren hundertvierzig Bewohnern bald ihre Kapazität erreicht haben würde. Also machte man sich bereits Gedanken, geeignetes Land für eine weitere Kolonie zu erwerben. Diese würde dann mit Leuten aus mehreren Gemeinschaften aufgebaut und besiedelt werden, was auch Heiratskandidaten die Möglichkeit bot, geeignete Frauen kennenzulernen.

Warum ich das alles erzähle? Tja, das Leben meines Großvaters und mein eigenes Leben bei den Hutterern nimmt einen wichtigen Platz in meinem Dasein ein. Es hilft zu verstehen, warum ich so bin wie ich bin und vor allem, warum ich so handeln muss, wie ich es tue.

Um die Geschichte meines Großvaters Gottlieb zu Ende zu bringen: Zwei Jahre nach seiner Ankunft zog er tatsächlich mit in die neu gegründete Kolonie. Die war nur zwanzig Kilometer von der alten entfernt. Dort lernte er auch meine Großmutter kennen. Paula war ein hübsches Mädchen, das mit ihren Eltern aus Saskatchewan gekommen war. Sie war gerade mal neunzehn Jahre alt, als die beiden beschlossen, zu heiraten. Der Pastor, der für die Ahnenforschung zuständig war, fand heraus, dass keine verwandtschaftlichen Beziehungen zwischen ihnen bestanden. Die Eltern hatten auch nichts einzuwenden. Also wurde geheiratet. Allerdings ließ der Kindersegen auf sich warten. Erst sieben Jahre später kam mein Vater auf die Welt. Er sollte auch das einzige Kind von Paula und Gottlieb bleiben.

Mein Vater gehörte zur ersten Hutterer-Generation, die neben Deutsch auch Englisch in der Schule lernte. Seit dieser Zeit sind alle Hutterer zweisprachig. Wenn man die Alltagssprache, einen sehr alten Südtiroler Dialekt, mitrechnet, sogar dreisprachig.

Obwohl der Zweite Weltkrieg im Gange war, wuchs mein Vater wohlbehütet und in relativem Wohlstand auf. Es ging den Hutterern in ihrer Lebensweise materiell recht gut. Als Selbstversorger litten sie keinen Mangel. Natürlich wurden sie, da sie deutscher Herkunft waren und deutsch sprachen, von manchen Leuten schief angesehen. Hinzu kam ja ihr Pazifismus. Niemand wurde Soldat. Sie hätten sich lieber, wie im Ersten Weltkrieg bei einigen in den USA ansässigen Brüdern geschehen, umbringen lassen, als eine Waffe in die Hand zu nehmen. Das Unverständnis der Leute konnte damals gemildert werden, weil sie sich bereit erklärten, im öffentlichen Bereich kostenlos zu arbeiten oder Nahrung für den notleidenden Teil der Bevölkerung zu liefern.

Mein Großvater hatte zu der Gemeinschaft zurückgefunden, mein Vater war von Geburt an ein Teil davon. Und als ich 1976 als jüngstes von drei Kindern in der Kolonie geboren wurde, war dieses Leben mein Universum. Es sollte etliche Jahre dauern, bis ich etwas von der Welt draußen kennenlernte.

Ich hatte eine Schwester, die vier und einen Bruder, der zwei Jahre älter war als ich. Ich wuchs in der Kolonie auf, die mein Großvater einst mitbegründet hatte. Auch dieser Platz war mittlerweile schon wieder an die Grenzen seiner Kapazität gekommen, sodass Leute von hier wegzogen, um eine neue Kolonie zu gründen. Wir blieben da.

In der Schule herrschte ein strenges Regiment. Immerhin war inzwischen der Stock abgeschafft worden, mit dem mein Vater bei ungebührlichem Verhalten noch verprügelt worden war. Mittags hatten die Schüler im Gemeinschaftshaus ein eigenes Esszimmer. Die Erwachsenen saßen, nach Geschlechtern getrennt, im großen Speiseraum. Und die Kleinen, die zur Kindaschul gingen, nahmen dort ihre Mahlzeiten ein. Nachmittags um drei Uhr trafen sich die einzelnen Familien in ihren Häusern, um gemeinsam eine kleine Mahlzeit einzunehmen. Wir Kinder halfen den Frauen im Garten und bei der Versorgung des Federviehs. Und es gehörte auch zu unseren Aufgaben, den Alten und Kranken, die nicht in der Lage waren, zum gemeinsamen Essen zu erscheinen, ihre Mahlzeiten nach Hause zu bringen und ihnen Gesellschaft zu leisten.

Es blieb auch Zeit zum Spielen. Besonderen Spaß machte es mir, mit Johannes, der ein Jahr älter war als ich, zum Fluss zu gehen. Im flachen Wasser fingen wir Fische mit unseren Händen, im tieferen Wasser mit unseren selbst angefertigten Angeln. Wir schnitzen uns Boote aus Holz. Einmal haben wir sogar ein Floß gebaut, mit dem wir an einer stillen Stelle des Flusses zwischen einem Felsen und einer Furt hin und her paddelten. Johannes war ein guter Freund. Und er war der Einzige, mit dem ich über alles reden konnte. Mit fünfzehn war seine Schulzeit beendet, während ich noch ein Jahr vor mir hatte. Für ihn begann jetzt die Zeit des *Rumspringa*. Viele Hutterer-Kolonien machen es wie die Amische. Man will den jungen Leuten Zeit geben, sich zu orientieren. In dieser Zeit kann man machen, was man will. Natürlich darf man nicht allzu grob gegen die wichtigen Regeln verstoßen. Aber man kann arbeiten oder nicht. Man muss nicht zu den Mahlzeiten erscheinen oder im Gebetshaus. Man kann auch die Kolonie verlassen. Am Ende dieser Zeit, die meist nicht länger als ein Jahr dauert, steht die Entscheidung, ob man getauft werden will und damit ein vollwertiges Mitglied der Gemeinschaft wird. Entscheidet man sich dagegen, bleibt man noch bis zum achtzehnten Lebensjahr, weil die Eltern ja noch die gesetzliche Aufsichtspflicht haben. Wenn man dann immer noch kein getauftes Mitglied sein möchte, muss man die Gemeinschaft verlassen. Das kommt ab und zu vor, ist aber nicht die Regel.

Johannes nutzte diese Zeit voll aus und überschritt alle Grenzen. Ich muss dazu erklären, dass er ein außergewöhnlich gutaussehender, sympathischer Kerl war. Er war groß und hatte dunkles Haar. Er hatte eine angenehme, tiefe Stimme und verhielt sich gegenüber seinen Mitmenschen außerordentlich liebenswürdig, eigentlich gar nicht wie ein Teenager. Dass er auch eine dunkle Seite hatte, war nur wenigen bekannt. Mir war manchmal etwas unheimlich, wenn er mir anvertraute, was er alles gern mit Mädchen machen würde. Vielleicht war ich einfach noch nicht so weit. Aber selbst aus heutiger Sicht ist mir klar, dass man bestimmte Dinge nicht tut. Schon gar nicht, wenn es sich um junge, unerfahrene Mädchen handelt, die Angst haben, ihre Unschuld zu verlieren.

Eines Tages war Johannes verschwunden. Seine Eltern machten sich Sorgen und fragten mich, ob ich eine Ahnung hätte, wo er sein könnte. Ich hatte keine Idee. Er hatte mir nichts von seinem Vorhaben erzählt. Nach einer Woche tauchte er wieder auf. Als seine Eltern ihm Vorhaltungen machten, schritt der Pastor ein und sagte: »Lasst den Jungen in Ruhe. Das gehört zum Rumspringa. Er wird seine Lehren daraus ziehen. Schließlich ist er ja zurückgekommen.«

Mir vertraute Johannes an, dass er in Winnipeg war, wo er sich mit gewissen Leuten eingelassen hatte, die seinen Körper verkauft hatten. Mir war zum Kotzen zumute. Das war das Abscheulichste, was ich bis dahin je gehört hatte. Aber er meinte, er hätte kaum etwas davon mitbekommen, weil er Tabletten genommen hatte, die alles spaßig erscheinen ließen. Er hatte sogar ein paar solcher Tabletten mitgebracht.

Ein paar Tage später kam Veronica, ein dreizehnjähriges Mädchen aus der Kolonie, abends viel zu spät nach Hause.

Ihr war erlaubt worden, nach der Abendandacht und dem Essen im Gemeinschaftshaus noch eine Stunde draußen zu sein, zusammen mit den anderen Mädchen. Aber sie war irgendwann verschwunden. Es wurde schon dunkel. Man rief nach ihr und suchte sie. Als sie dann ihr Elternhaus betrat, machte die Mutter ihr Vorwürfe. Aber das Mädchen lallte nur herum und kicherte. Am nächsten Morgen ging es Veronica schlecht und sie heulte. Schließlich erzählte sie ihrer Mutter, was passiert war. Johannes hatte ihr eine Pille gegeben und danach hatte sie sich so seltsam gefühlt. Sie hatte sich dann von ihm ausziehen lassen und er hatte Dinge getan, die sie sich sonst niemals hätte gefallen lassen. Das Mädchen konnte sich gar nicht mehr beruhigen und wäre vor Scham am liebsten im Erdboden versunken.

Die Eltern des Mädchens gingen zum Pastor und berichteten, was passiert war. Dieser berief für den Abend die *Zullbrieder* ein. Das ist die höchste Führungsinstanz einer Kolonie. Sie besteht aus dem Pastor, der Prediger genannt wird, dem Koloniemanager, den man als *Hausholter* bezeichnet, dem Farmmanager, in der Sprache der Hutterer *Weinzedl*, und zwei Assistenten, unter anderem dem Lehrer. Was diese Zullbrieder entscheiden, ist Gesetz. Man traf sich nach dem Abendessen im Speisezimmer der Schüler. Neben diesem Führungsgremium hatten auch die Eltern des Mädchens sowie Johannes mit seinen Eltern zu erscheinen. Zunächst berichtete Veronicas Mutter, was ihre Tochter ihr erzählt hatte. Als ihr Mann am liebsten auf Johannes losgegangen wäre, rief der Prediger diesen zur Ordnung. Dann fragte er Johannes: »Stimmt das? Hast du das dem Mädchen wirklich angetan?«

»Ja«, gab er kleinlaut von sich.

»Weißt du, wie abscheulich das ist? Hast du eine Vorstellung, wie dem armen Mädchen zumute ist?«

Der Prediger ließ Johannes gar nicht antworten, sondern tuschelte mit den anderen vier Männern an seinem Tisch und sagte dann mit ernster Stimme: »Du bist fünfzehn Jahre alt. Deshalb werden wir dich bestrafen wie einen erwachsenen Menschen. Du wirst hiermit für zwei Wochen unter den Bann gestellt. Danach darfst du vor dem Gebetshaus warten, ob du eingelassen wirst. Und wenn die Gemeinde zustimmt, darfst du vor den Brüdern und Schwestern Abbitte tun, um wieder aufgenommen zu werden.«

Der *Bann* ist die schwerste Strafe, die in einer Hutterer-Gemeinde verhängt werden kann. In dieser Zeit darf niemand mit ihm sprechen, ihn nicht mal grüßen. Er darf nicht an den gemeinsamen Mahlzeiten teilnehmen. Sein Essen wird ihm gebracht. Er darf das Gebetshaus nicht betreten und nicht zuhause wohnen. Ihm wird ein Platz zugewiesen. Auch an der gemeinsamen Arbeit darf er nicht teilnehmen. Stattdessen werden ihm stumm bestimmte Arbeiten zugewiesen. Wenn man diese Buße hinter sich hat, darf man vor der versammelten Gemeinde um Vergebung bitten. Und im Falle echter Reue wird man wieder ein normales Mitglied der Gemeinde.

Johannes verließ die Versammlung mit gespielt betrübtem Gesicht. Zwei Wochen lang schlief er in einer Scheune. Tagsüber erledigte er die Arbeiten, die ihm aufgetragen wurden. Und als die Zeit des Banns vorüber war, wartete er abends vorm Gebetshaus, eingelassen zu werden. Da er bisher als Kind gegolten hatte, kannte er die Prozedur, die ihn dort erwartete, nicht; denn nur erwachsene, normalerweise getaufte Mitglieder dürfen daran teilnehmen. Als er den großen Saal betrat, stellte er sich vor den Prediger, der ihm noch einmal seine Sünden vorhielt und ihn fragte: »Willst du Abbitte tun?«

Dann kniete Johannes nieder und antwortete: »Ja. Und ich bereue meine Untaten von ganzem Herzen.«

Dann fragte der Prediger die Gemeinde: »Wollt ihr Johannes wieder aufnehmen?«

Und es erscholl ein einstimmiges *Ja*.

Der Prediger sagte: »Dann soll es so sein. Gehe hin mit Gottes Segen und sündige in Zukunft nicht mehr.«

Fröhlich ging Johannes nach Hause. Ab morgen würde er wieder rumspringa. Ein paar Tage später war er erneut verschwunden. Diesmal blieb er allerdings nur zwei Nächte weg. Als ich nach dem Nachmittagskaffee zum Fluss ging, traf ich ihn. Er lag auf einem Felsen und sonnte sich. Er freute sich, mich zu sehen. Im Gegensatz zu ihm hatte ich ja wegen der Schule und der Gartenarbeit nicht so viel Freizeit. Mein Rumspringa würde im nächsten Jahr beginnen. Aber ich nahm mir vor, dies nicht so auszunutzen wie Johannes. Er ging kurz in den Wald und kam mit einem Beutel wieder, um mir etwas zu zeigen. Er hatte darin eine Jeans und ein Sweatshirt, beides sehr modisch. So etwas trugen wir hier nicht.

»Aber das kannst du doch hier gar nicht anziehen«, war daher mein Einwand.

»Das will ich ja auch gar nicht. Aber wenn ich in die Stadt komme, habe ich keine Lust, dass mich alle als Hutterer erkennen.«

Irgendwie bewunderte ich das. Dann holte er noch etwas anderes aus dem Beutel. Ich bekam große Augen. Ich hätte bis dahin nie für möglich gehalten, dass es das überhaupt gibt. Er hatte ein Heft mit lauter nackten Frauen. Und nicht nur das. Diese jungen Frauen taten auch noch Dinge, die für mich damals unvorstellbar waren. Dann hatte er noch ein zweites Heft. Da taten Frauen und Männer es zusammen. Ich konnte meine Augen nicht mehr abwenden. Dann schaute ich schnell in alle Richtungen, ob uns vielleicht jemand beobachtete. Aber da war niemand.

Es war mir unbegreiflich, wie man solche Bilder machen konnte. In unserer Kolonie waren inzwischen zwar Fotoapparate erlaubt. Aber es gibt bis heute keine Fernseher oder Radios. Man darf nur Bücher und Zeitschriften mit erbaulichem Inhalt kaufen. Wenn irgendjemand wüsste, was Johannes hier hat, wird man ihn wegscheuchen und nie wieder hereinlassen, dachte ich. Dann fing er auch noch an, obszön über die einzelnen Bilder zu reden und endete schließlich mit der Bemerkung: »Der Prediger macht das mit Sicherheit auch mit seiner Frau. Alle machen es. Wo sollten denn sonst die ganzen Kinder herkommen?«

»Aber sie lassen sich dabei nicht fotografieren«, antwortete ich.

Lachend gab er zurück: »Wer will sich denn auch den fetten Arsch seiner Frau ansehen?«

Das war für mich ein Schlüsselerlebnis. Natürlich wusste ich schon eine ganze Menge über Mann und Frau. Aber dass es Menschen gibt, die sich offen zur Schau stellen, damit alle es sehen können, war ein Schock für mich. Diese Bilder haben sich in mein Gehirn eingebrannt. Mit meiner inzwischen gewonnenen Lebenserfahrung, auch was die Sexualität betrifft, ist das alles relativiert. Aber damals war ich völlig daneben und fühlte mich schuldig, dass ich ständig an diese Bilder denken musste. Offenbar fiel dies auch meinen Eltern auf, sodass mein Vater mich eines Tages beiseite nahm und mir einiges zu diesem Thema erzählte. Ich solle mich nicht verrückt machen. Eines Tages würde ich heiraten und das alles als ganz natürlich erleben. Du hast gut reden, dachte ich. Wenn du diese Bilder gesehen hättest, würdest du auch an nichts anderes mehr denken können.

An einem Spätsommertag war ich mit drei anderen Jungen im Wald außerhalb der Kolonie. Ein Mann hatte dort einen Anhänger abgestellt, auf den wir Holz aufladen sollten, das man dort geschlagen hatte. Abends würde er mit dem Traktor wiederkommen, um den beladenen Anhänger und uns mit nach Hause zu nehmen. Wir waren früher fertig als gedacht. Die anderen drei wollten zu Fuß nach Hause gehen. Ich hatte aber keine Lust. Am Ende käme meine Mutter noch auf die Idee, dass ich im Garten arbeiten sollte. Also blieb ich allein zurück und wartete, bis der Traktor kommen würde. Da es ziemlich warm war, ging ich zu dem nahegelegenen Fluss, um mich etwas abzukühlen. Da sah ich am gegenüber liegenden Ufer Johannes. Er war nicht allein. Ich traute meinen Augen nicht. Er lag da in seinen neuen Jeans und mit freiem Oberkörper neben einem Mädchen, das oben herum ebenfalls nackt war. Er streichelte ihre Brüste. Das Mädchen war nicht aus der Kolonie. Sie trug einen kurzen Rock. Als Johannes ihr nun seine Hand unter den Rock steckte, schob sie ihn weg. Das ging ein paar Mal so, bis das Mädchen schließlich abrupt aufstand und auf Englisch sagte: »Das will ich nicht!«

Dann hörte ich von weitem das Geräusch des Traktors und eilte zurück zu dem beladenen Anhänger. Am Abend traf ich Johannes und sprach ihn darauf an, was ich vom anderen Flussufer mitbekommen hatte.

»Ah, du bist ein Spanner, was?«

Ich wusste nicht, was ein Spanner ist, und fragte: »Was hattest du mit dem Mädchen vor? Wo kommt die überhaupt her?«

»Du stellst ziemlich dumme Fragen. Natürlich wollte ich mit ihr das machen, was du neulich im Heft mit den tollen Bildern gesehen hast. Und wo sie herkam? Das ist Nelly, ein Mädchen von einer der Farmen. Die sind viel offener als die Mädchen bei uns. Das nächste Mal werde ich sie schon rumkriegen.«

»Aber diese Nelly ist doch noch viel zu jung dafür. Und du auch.«

»Das lass mal meine Sorge sein.«

In den nächsten Tagen bekam ich Johannes kaum zu Gesicht. Er war die meiste Zeit unterwegs, außerhalb der Kolonie. Seinen Eltern passte das gar nicht. Aber sie konnten nichts machen. Unsere Regeln besagten nun mal, dass junge Leute ihren Freiraum haben müssen, um danach aus freien Stücken eine Entscheidung zu treffen. An einem herrlichen Herbstmorgen kam dann die Polizei in die Kolonie und wurde vom Prediger empfangen. So lang ich denken kann, habe ich in der Kolonie nie einen Polizisten gesehen. Und es stand auch noch nie ein Hutterer vor Gericht, weil er einer Straftat bezichtigt wurde. Verbrechen waren bei uns unbekannt. Und die Mitglieder unserer Gemeinschaft gelten außerhalb der Kolonie bis heute als vertrauenswürdigste Menschen, denen man nicht nur sein Hab und Gut, sondern auch seine Kinder anvertrauen kann. Die Leute sind froh, Hutterer in der Nachbarschaft zu haben, weil ihnen von diesen weder Streit noch Unheil droht und sie zudem immer freundlich und hilfsbereit sind. Deshalb waren viele, die die zwei Polizisten sahen, schockiert. Vor dem Mittagessen schließlich bat der Prediger alle in den großen Speisesaal, auch die Schüler. Neben ihm standen die beiden Polizisten. Johannes war auch mal wieder anwesend.

Mit seiner lauten Stimme sagte der Prediger: »Liebe Brüder und Schwestern, die Polizei bittet um unsere Hilfe. Seit gestern Nachmittag ist die dreizehnjährige Farmerstochter Nelly Koenig verschwunden. Die Farm befindet sich etwa drei Meilen nördlich von unserer Kolonie. Das Mädchen hat langes, blondes Haar und war mit Jeans und einem roten Pullover bekleidet. Falls jemand dieses Mädchen gesehen hat, bitten die Herren von der Polizei, ihnen dies mitzuteilen. Außerdem werdet ihr gebeten, die Augen offen zu halten. Wer etwas weiß oder etwas sieht, möge sich bitte bei mir melden, damit ich Kontakt zur Polizei aufnehmen kann. Im Übrigen sollten wir dafür beten, dass dem Mädchen nichts Schlimmes zugestoßen ist und es bald wieder bei den Eltern sein wird.«

Es meldete sich niemand. Die Polizisten bedankten sich und ließen sich zum Mittagessen einladen, in der Hoffnung, dass bis zum Ende der Mahlzeit noch jemandem etwas einfiele. Aber das war nicht der Fall. Bei der Abendandacht wurde für das Mädchen gebetet.

Ein paar Tage später kam die Polizei wieder in die Kolonie: Man hatte das Mädchen gefunden. Tot. Im Fluss. Ungefähr acht Meilen von der Kolonie und fünf Meilen von der Farm ihrer Eltern entfernt. Der Farmmanager ließ alle Mitglieder der Kolonie ins Büro holen, die in letzter Zeit außerhalb zu tun hatten, also auch mich. Ich war wahnsinnig aufgeregt, als ich den beiden Polizisten in dem kleinen Raum gegenüber saß. Der Ältere, ein freundlicher Mann von vielleicht sechzig Jahren, fragte mich: »Was hast du da in der Gegend gemacht?«

»Ich habe zusammen mit drei anderen Jungen Holz aufgeladen.«

»Und dann seid ihr zusammen zurückgegangen?«

»Nein, nur die drei anderen. Ich habe auf den Traktor gewartet.«

»Und wie lange hat es gedauert, bis der Traktor kam?«

»Vielleicht eine halbe bis dreiviertel Stunde.«

»Bist du die ganze Zeit da bei dem beladenen Anhänger geblieben?«

»Ja, Sir.« – Jetzt hatte ich gelogen.

»Hast du jemanden gesehen?«

»Nein, Sir.« – Und ich hatte wieder gelogen. Ich konnte nicht erzählen, dass ich am Flussufer gewesen war und dass ich Johannes und Nelly gesehen hatte.

»Hast du dieses Mädchen, Nelly, schon einmal gesehen?«

»Nein, Sir. Ich kenne keine Nelly. Ich bin ja fast immer hier. Und wenn ich mal außerhalb der Kolonie bin, dann bin ich in Begleitung. Entweder im Wald oder in der Stadt. Da lernt man keine Leute kennen. Außerhalb der Kolonie kenne ich nur meinen Arzt, meinen Zahnarzt und ein paar Leute in den Geschäften, wo wir einkaufen.«

Nun hatte ich noch dreister gelogen. Vor diesem Tag hätte ich mir um nichts in der Welt vorstellen können, derart zu lügen. Wahrscheinlich wäre es gar nicht nötig gewesen, die Unwahrheit zu sagen, denn Johannes hatte bestimmt nichts mit dem Tod des Mädchens zu tun. Das Mädchen war ja erst einige Tage später verschwunden.

Schließlich meinte der Polizist: »Gut, mein Junge. Du kannst gehen.«

Ich habe nie erfahren, was aus der Sache geworden ist. Ob die Polizei etwas herausgefunden hat, ob dem Mädchen Gewalt angetan worden war. Nichts. Wir hatten ja in der Kolonie weder Fernsehen noch Radio. Auch Tageszeitungen gab es nicht. Johannes traf ich erst zwei Wochen später wieder. Auch er war verhört worden, weil er sich ja oft außerhalb der Kolonie aufhielt. Was er der Polizei erzählt hat, habe ich nicht gefragt. Aber mit seiner smarten Art konnte er den Leuten alles glaubhaft verkaufen. Und in der Einsamkeit der Prärie hatte mit Sicherheit auch niemand mitbekommen, dass er etwas mit Nelly hatte.

Jedenfalls war zwischen Johannes und mir Sprachlosigkeit entstanden. Er hatte sich von der Kolonie und damit auch von mir entfernt. Ich war mir ziemlich sicher, dass er kein Mitglied der Gemeinschaft werden würde.

Das Leben ging ganz normal weiter. Im darauffolgenden Jahr beschloss Johannes, sich vorerst nicht taufen zu lassen, um ein Mitglied der Gemeinschaft zu werden. Er forderte seine Eltern auf, ihn auf eine Schule außerhalb der Kolonie gehen zu lassen, damit er später in der Lage war, seinen Lebensunterhalt selbst zu bestreiten. Da in der Gemeinschaft niemand genug Geld hat, um eine entsprechende Ausbildung zu bezahlen, gab es Diskussionen mit den Zullbriedern. Johannes' Vater bestand darauf, dass die Gemeinschaft für seine Ausbildung aufzukommen habe. Der Hausholter, der Weinzedl und der Lehrer stimmten zu. Schließlich konnte sich auch der Prediger nicht mehr dagegen stemmen und sagte: »Aber nur bis zum 12. Schuljahr. Wenn er dann der Gemeinschaft beitreten will, kann er von mir aus auch noch aufs College gehen. Wenn nicht, dann muss er selbst zusehen, wie er zurecht kommt.«

Auch für mich kam nun die Zeit des Suchens und Entscheidens. Ich war fünfzehn und mit der Schule fertig. Aber ich wollte weiter lernen. Der Lehrer unterstützte mich bei meinem Ansinnen. Der Prediger hielt nicht viel von Ausbildung. Er war der Meinung, dass man mit fünfzehn alles gelernt hatte, was nötig war. Der Hausholter hingegen meinte: »Wir brauchen mehr qualifizierte Leute in der Kolonie. Jedes Mal, wenn ein Lokus nicht funktioniert, telefoniere ich nach einem Klempner und zahle, wenn er denn überhaupt hier herauskommt, dafür ein Vermögen. Genauso ist es mit den Landmaschinen. Wir brauchen Mechaniker, die sich damit auskennen. Und in den meisten Kolonien gibt es keine Lehrer mehr, die Hutterer sind. Wir sind angewiesen auf Lehrer, die mit unserem Glauben und unserer Lebensweise nicht vertraut sind. Dabei gibt es an der Universität Brandon extra einen Lehrstuhl für Hutterer-Pädagogik.«

Als auch noch der Weinzedl und mein Vater und schließlich der Lehrer auf den Prediger einredeten, sagte dieser zornig: »Ist ja gut. Jetzt gebt Ruhe. Von mir aus soll der Bengel auf eine Schule außerhalb gehen. Und wenn er sich gescheit anstellt, kann er danach aufs College.«

# Kapitel 35

Ich hatte gewonnen. Ich würde meine Zukunft nach meinen Vorstellungen gestalten. Ich wohnte jetzt in einer Schwesterkolonie bei Steinbach. Dort bekam ich ein kleines Apartment in einem Haus für unverheiratete Männer. Das Leben in dieser Kolonie war genauso, wie ich es von zu Hause aus kannte. Der Unterschied war nur, dass ich meinen Tag weitgehend selbst gestalten konnte. Ich ging zur Schule, nahm dort auch mein Mittagessen ein. Nach der Schule war ich manchmal noch zusammen mit Freunden in der Stadt. Damals hatte Steinbach vielleicht gut zehntausend Einwohner.

Der Ort war Ende des 19. Jahrhunderts von Mennoniten gegründet worden. Diese Glaubensrichtung ist mit der hutterischen sehr eng verwandt. Allerdings leben Mennoniten nicht in Kolonien. Damals war die Stadt stark mennonitisch dominiert. Das ist sie auch heute noch. Mehr als die Hälfte der Einwohner gehörten dieser Religion an. Viele wollten auch nach außen hin ihre religiöse Identität zeigen und zogen sich ähnlich an wie Hutterer. Heute tun dies nur noch wenige, was allerdings nicht etwa den Verlust ihrer religiösen Praxis bedeutet. Ein Mennonit gibt zehn Prozent seines Einkommens für soziale Zwecke an die Kirche, bemüht sich um Gewaltlosigkeit, verhält sich maßvoll im Umgang mit Alkohol, versucht ein guter Nachbar zu sein und anderen in ihrer Not zu helfen. Bis in die neunziger Jahre hinein gab es einen Erlass des mennonitisch dominierten Stadtrates, der den Verkauf von Alkohol verbot. Und man hörte auf Schritt und Tritt die mennonitische Sprache, das Plautdietsch oder auch westpreußisches Platt. Diese Sprache hatten die Mennoniten überall hin mitgenommen auf ihrer Reise. Von Süddeutschland und Friesland über Westpreußen bis ins Russische Imperium und später nach Nord- und Südamerika. Heute hat sich das relativiert. Für die meisten Mennoniten in Kanada ist nun Englisch die wichtigste Sprache. Jedenfalls kam ich in diesem Städtchen bestens zurecht. Das Leben außerhalb der Kolonie war weitgehend selbstbestimmt. Und ich musste lernen, damit zurechtzukommen. Es gelang mir, den Versuchungen zu widerstehen. Auch auf meinen Ausflügen nach Amerika, was ja nur einen Katzensprung entfernt hinter der Grenze beginnt. Aber auch dort, in North und South Dakota und in Minnesota, gibt es viele Hutterer und Mennoniten. Und da ich mich weiterhin anzog wie ein Hutterer, wurde ich auch immer gleich als ein solcher identifiziert. Dass es ab und zu Leute gab, die sich über einen wie mich lustig machten, prallte an mir ab. Ich war durch meine Erziehung innerlich so gestärkt, dass mich das nicht berührte.

Nach der Schule, ich war mittlerweile knapp achtzehn, blieb ich noch in Steinbach, um das College zu besuchen. Ich wollte Klempner werden, etwas mit meinen Händen machen und doch den Kopf gebrauchen. An ein Universitätsstudium dachte ich nicht.

Eines Tages während meiner College-Zeit traf ich dann einen alten Freund wieder. Ich wollte gerade ein Einkaufszentrum betreten, da hörte ich hinter mir eine Stimme auf Englisch rufen: »Hello, Hutterite boy.«

Ich wusste, dass ich gemeint war, obwohl es von meiner Sorte doch etliche in der Stadt gab. Auch die Stimme kam mir bekannt vor. Also drehte ich mich um und sah Johannes. Er hatte sich verändert. Trotzdem, das dunkle Haar, die schöne Erscheinung, die Körpergröße – alles passte. Er lächelte übers ganze Gesicht und kam auf mich zu. Er umarmte mich, was eher ungewöhnlich war bei Hutterer-Männern. Wir hatten uns noch nie umarmt. Dann gingen wir in ein Restaurant, um uns zu unterhalten. Natürlich wusste ich von meinen Eltern, die ich etwa einmal im Monat besuchte, dass Johannes nicht mehr in der Kolonie lebte. Niemand hatte eine Ahnung, was aus ihm geworden war. Er erzählte mir, er wohne jetzt in Winnipeg. Die Schule hatte er mit dem Geld aus der Kolonie zu Ende gebracht. Und dann hatte er dort adieu gesagt, um sich ein eigenes Leben aufzubauen.

Er machte zunächst verschiedene Jobs, sei heute nur zu Besuch bei einer Freundin in Steinbach. Im Grunde war er auf dem Absprung nach Europa. Er wollte etwas von der Welt sehen und sich vielleicht in Deutschland niederlassen.

»Das ist der Vorteil, den uns die zweisprachige Erziehung gegeben hat«, meinte er. »Mir ist diese Gegend hier zu stickig geworden. Erst die Kolonie. Und wenn ich mich hier in Steinbach umsehe, da ist es auch nicht viel anders. Die Leute sind Gefangene. Weißt du eigentlich, dass es in diesem kleinen Kaff vierundsechzig Kirchen gibt? Ich habe nichts gegen Religion. Im Gegenteil. Aber hier dreht sich alles um die Kirche. Selbst in Winnipeg wird man schief angeguckt, wenn man sonntags lieber zum Picknick geht als in die Kirche. In Europa soll alles viel freier sein.«

Ich hatte keine Lust, mir seine Philosophie anzuhören und lenkte das Gespräch lieber auf andere Themen. Er wollte natürlich wissen, was ich mache.

»Ich lasse mich gerade zum Klempner ausbilden.«

»Prima. Das ist was Handfestes. Kannst du eine Heizung installieren?«

»Im Prinzip schon. Aber das darf ich noch nicht. Was ich darf, ist, ein verstopftes Klo wieder zum Laufen zu bringen.« Dann erzählte ich ihm von einem Erlebnis, dass ich neulich in der Kolonie hatte.

»Der Prediger kam zu mir und sagte, ich solle doch mal zeigen, was ich inzwischen gelernt habe. Sein Klo sei verstopft. Also ging ich mit. Ein Mann aus der Kolonie hatte schon alles versucht. Aber es funktionierte nicht. Also nahm ich mir den Lokus vor. Und nach einiger Zeit gelang es mir tatsächlich, es wieder zum Ablaufen zu bringen. Ich sagte dem Prediger aber, dass das keine Dauerlösung sei. Entweder neue Rohre oder weniger Papier verwenden. Wieso weniger Papier, fragte er. Ich sagte ihm, die Rohre seien durch die Verkalkung zu eng geworden. Und wenn er zuviel Papier verwendete, können die es nicht mehr schaffen. Daraufhin meinte er, er würde mir die teure Ausbildung nicht ermöglichen, damit ich ihn belehre, wie er sich den Arsch abzuwischen hätte. Ich sagte ihm: Bitte glauben Sie mir, das Problem kann man nur lösen durch neue Rohre oder weniger Papier. Da meinte er, er würde schon seit fast siebzig Jahren tagtäglich scheißen und er wüsste, wie man sich den Arsch abwischt. Dazu brauche er nicht den Ratschlag eines dummen Jungen. Zum Schluss war er aber doch einsichtig und sagte, ich solle neue Rohre bestellen. Aber wenn es dann immer noch nicht funktioniere, würde er meinen Kopf im Lokus eintauchen und abziehen, damit ich in den neuen Rohren steckenbliebe.«

Wir lachten so sehr, dass die Leute nach uns schauten. Johannes konnte sich gar nicht mehr einkriegen. Dann verabredeten wir, dass wir uns vor seiner Abreise nach Deutschland noch einmal treffen würden.

# Kapitel 36

Ein paar Wochen später traf ich mich dann noch einmal mit Johannes. Ich fuhr nach Winnipeg, der einzigen Großstadt Manitobas. Ich war mit dem Zug gekommen, etwa eine dreiviertel Stunde Fahrtzeit. Er holte mich vom Bahnhof ab und wir bummelten am Red River entlang, bis dahin, wo er mit dem Assiniboine zusammenfließt. Dann gingen wir die Stufen zum Parlament hoch und trafen dort in den Parkanlagen ein junges Mädchen: Mary. Offenbar war Johannes mit Mary seit geraumer Zeit zusammen. Sie war ein wunderschönes Geschöpf. Langes, braunes Haar und braune Augen, eher schüchtern. Wir gingen zusammen essen. Er erzählte von seinen Plänen, was er in Deutschland alles vorhabe. Vor allem eine Berufsausbildung. Er meinte, in Deutschland gäbe es die beste Berufsausbildung der Welt. Er wusste zwar noch nicht, in welche Richtung er sich beruflich entwickeln wollte. Aber das sei ja Nebensache. Er würde sich etwas aufbauen und nebenbei das Land und ganz Europa kennenlernen. Mary schaute ziemlich betrübt drein, sodass ich mit Blick auf sie fragte: »Und du lässt Mary hier einfach zurück?«

»Wenn einige Zeit vergangen ist und ich Fuß gefasst habe, kommt sie natürlich nach. Sobald ich eine feste Adresse habe, schreibe ich euch beiden.«

Mary schien nicht gerade begeistert. Johannes war total auf sich fixiert. Dann brachten wir das Mädchen noch zur Bushaltestelle und setzten uns auf die Stufen zum Capitol mit Blick auf den Fluss, bevor ich zum Bahnhof gehen musste. Mir spukte seit Jahren ein Frage im Kopf herum, die ich nun, da ich ihn für längere Zeit nicht mehr sehen würde, unbedingt loswerden musste: »Sag mal, Johannes, weißt du eigentlich, was damals mit dem Mädchen geschehen ist, dieser Nelly, die man tot im Fluss gefunden hat?«

Er schaute mich an, als sei ich verrückt geworden, solch eine Frage zu stellen: »Wie kommst du denn jetzt darauf?

Das ist Jahre her. Du weißt ja, dass wir es miteinander getrieben haben. Aber dann habe ich sie nicht wiedergesehen. Warum sie auf einmal tot im Fluss lag – keine Ahnung. Die Polizei hat nie etwas herausgefunden.«

Damit war das Thema für ihn erledigt. Er brachte mich zurück zum Bahnhof, wir verabschiedeten uns mit einer Umarmung. Er sagte noch mal, dass er bald schreiben würde und war verschwunden. In Gedanken war er wohl schon längst ganz woanders. In Deutschland. In den folgenden zehn Jahren sollte ich nichts von ihm hören.

Dafür hörte ich etwas von Mary. Ein paar Monate später erhielt ich in der Kolonie einen Brief von ihr, ich solle doch unbedingt schnell Kontakt zu ihr aufnehmen. Es ginge um Johannes. Also rief ich sie an und verabredete mich mit ihr für den nächsten Tag am Bahnhof von Winnipeg. Als ich sie auf dem Bahnsteig erspähte, traute ich meinen Augen nicht. Sie war hochschwanger. Wir setzten uns in ein Lokal und sie erzählte mir, teilweise unter Tränen, dass er sich nicht bei ihr gemeldet habe. Als er abreiste, war von der Schwangerschaft noch nichts bekannt. Aber nun war sie am Ende des siebten Monats, und ihre Eltern drängten sie, den Vater ausfindig zu machen. In ihren Kreisen galt es als höchst unmoralisch, wenn ein junges, unverheiratetes Mädchen ein Kind bekäme. Aber das sei ja nicht der Hauptgrund. Sie machte sich furchtbare Sorgen, dass ihm etwas passiert sein könnte. Genau so erging es mir auch. Johannes war zwar ein Luftikus. Aber dass er sich nicht mal meldete, kam mir merkwürdig vor. Ich hatte keine Ahnung, was ich unternehmen konnte. Wie sollte ich von Kanada aus einen Menschen in Deutschland suchen, wo ich noch nicht mal wusste, wo er da eigentlich hin wollte. Wir konnten nur verabreden, uns gegenseitig zu informieren, falls einer von uns etwas von ihm hören sollte. Und dann musste ich dieses verzweifelte, heulende Mädchen ihrem Schicksal überlassen und zurück nach Steinbach fahren.

Als ich das College beendet hatte, ging ich zurück in meine alte Kolonie. Meine Geschwister waren mittlerweile in andere Kolonien gezogen. Meine Schwester hatte einen Mann in Saskatchewan geheiratet. Und mein Bruder baute eine neue Kolonie in Manitoba mit auf. Dann starb mein geliebter Großvater und kurz darauf meine Mutter. Ich zog mit meinem Vater in ein kleineres Haus, und jeder ging seiner Arbeit nach. Und davon gab es mehr als genug. Es wurden in der Kolonie neue Häuser gebaut. Ich war zuständig für sämtliche Installateurarbeiten. Das Leben war ziemlich trist. Während meiner Ausbildung war ich viel außerhalb der Kolonie und hatte eine Menge Menschen gekannt. Hier war es nun recht eintönig. Mein Vater redete auf mich ein, ich solle mir doch eine Frau suchen und eine Familie gründen. Also fuhr ich gelegentlich in andere Kolonien bis runter nach South Dakota. Aber ich lernte keine Frau kennen, mit der ich mir hätte vorstellen können, den Rest des Lebens zu verbringen. Ich besorgte mir Bücher und las in meiner Freizeit. Wenn ich draußen vor dem Haus saß und der neue Prediger vorbeikam, schaute er mit Argusaugen und fragte öfters, ob das, was ich da lese, auch der christlichen Erbauung diene. Die richtige Lektüre für Leute wie uns sei ja eigentlich die Bibel. Ich sagte ihm, dass ich die Bibel längst auswendig kenne und der Geist nach frischem Futter verlange. Er rümpfte dann die Nase und meinte: »Solang es dich nicht vom rechten Weg abbringt, lies nur. Das ist besser, als Bier zu trinken, wie es in letzter Zeit immer mehr um sich greift in dieser Kolonie.«

Als ich dreißig wurde, starb mein Vater. Nun hatte ich überhaupt keine Familie mehr um mich herum. Die Menschen hier waren zwar lieb und nett, aber ich geriet in eine Sinnkrise. Eines Tages packte ich meine Sachen zusammen. Einen Koffer mit Kleidern und einen Rucksack mit persönlichen Gegenständen, darunter auch das Tagebuch meines Großvaters Gottlieb. Ich ging zum Prediger und sagte ihm, dass ich eine Auszeit brauche. Ich wolle versuchen, außerhalb der Kolonie zu leben. Er schaute mich betrübt an, wollte auch schon ansetzen, auf mich einzureden und mir klarmachen, wie schwierig ein Leben außerhalb der Bruderschaft sei. Aber er wusste, dass es sinnlos war. Deshalb sagte er: »Geh mit Gott und verliere deinen Glauben nicht. Und wenn du feststellst, dass du einen falschen Weg eingeschlagen hast, dann klopfe hier wieder an.« Dann gab er mir noch dreihundert Dollar als Starthilfe mit, drückte mir die Hand – und das wars. Gerade, als ich sein Zimmer verlassen wollte, sagte er noch: »Halt! Das hätte ich fast vergessen. Es ist ein Brief für dich angekommen.«

Ich nahm den Brief in die Hand. Er hatte keinen Absender. Aber ich kannte die Schrift. Und der Brief kam aus dem Ausland.

# Kapitel 37

Ich entschloss mich, nach Brandon zu fahren, der mit fünfzigtausend Einwohnern zweitgrößten Stadt Manitobas. Winnipeg, das näher gelegen war, war mir zu groß. Ich war kein Stadtmensch. Wenn man in solcher Abgeschiedenheit aufgewachsen ist wie ich, macht einem die Großstadt Angst. Ich werde mich wohl nie an die Betrunkenen, die Junkies und die Prostituierten gewöhnen, die man in solchen Städten sieht, ganz abgesehen von der Kriminalität. In Brandon fand ich problemlos eine möblierte Einraumwohnung mit Küchenecke und Bad, die bezahlbar war. Ich konnte sofort einziehen und zahlte der freundlichen Frau die erste Wochenmiete. Dann machte ich mich auf die Arbeitssuche. Nicht weit von meiner Wohnung fand ich den ersten Installateurbetrieb. Ich grüßte freundlich und fragte nach einem Job. Die Frau in dem Laden schaute mich merkwürdig an, bis ich merkte, dass ich ja noch meine Hutterer-Kluft anhatte. Ich würde mir erst mal ein paar Sachen kaufen müssen. Der Chef, ein Mann von Ende fünfzig, begrüßte mich misstrauisch und fragte mich aus. Als ich ihm von meinen Qualifikationen und Erfahrungen berichtete, horchte er auf und fragte: »Sind die Hutterer so arm geworden, dass sie sich jetzt schon Jobs außerhalb der Kolonien suchen müssen?«

Ich klärte ihn auf und hatte die Stelle. Am nächsten Morgen sollte ich anfangen. Auf dem Nachhauseweg kaufte ich etwas Hausrat, eine Jeans und ein paar T-Shirts. Inzwischen war es Abend geworden. In meiner Wohnung öffnete ich dann den Brief von Johannes:

*Lieber Albert,*
*es ist fast zehn Jahre her, seit ich aus Kanada weg bin. Es tut mir leid, dass ich mich nicht eher gemeldet habe. Dieses neue Leben hat mir doch lange Zeit ziemlich zugesetzt. Zunächst ging es darum, mich über Wasser zu halten. Als ich dann endlich meine Unterlagen beieinander hatte, klappte es mit der*

*deutschen Staatsbürgerschaft, weil ich nachweisen konnte, dass ich deutscher Abstammung bin. Das stimmt zwar nicht, weil die Hutterer vor Jahrhunderten eigentlich Österreicher waren, aber egal. Jedenfalls konnte ich dann eine Ausbildung machen und arbeite heute im Gesundheitswesen. Man kann sagen, dass ich jetzt endlich angekommen bin. Ich habe eine schöne Wohnung in der Nähe von Hannover. Das ist nicht weit von der Gegend, von der dein Großvater manchmal erzählt hat, dem Harz. Ich war schon oft da und bin immer ganz begeistert. Wenn man nur die Prärie kennt, wo wir aufgewachsen sind, dann kommt einem der Harz mit seinen Bergen, den dichten Wäldern, den Seen und Flüssen vor wie ein Märchenland. Wenn es sich ergibt, werde ich wohl irgendwann ganz dort hinziehen. In letzter Zeit denke ich öfters an die alte Heimat. Ich hatte all die Jahre keinerlei Kontakt, auch zu meiner Familie nicht. Ich war einfach zu sehr mit mir selbst beschäftigt. Vielleicht kannst Du mir ja schreiben, ob da alles in Ordnung ist.*
*Und wie geht es Dir? Bist Du immer noch in der Kolonie? Bist du verheiratet und zeugst fleißig Hutterer-Nachwuchs? Schreib mir doch mal. Ich bin auch am Überlegen, ob ich nicht mal nach Kanada komme, einfach nur so, zu Besuch.*
*Viele Grüße,*
*Dein alter Freund Johannes*

Ich las den Brief mehrmals. Ein paar Tage später telefonierte ich mit Mary, dem Mädchen, das Johannes geschwängert hatte. Zunächst erreichte ich nur ihre Mutter, die mir dann widerwillig ihre Telefonnummer gab. Ich hatte all die Jahre keinen Kontakt zu ihr gehabt. Nun erzählte sie mir, dass sie inzwischen verheiratet sei, dass sie vor fast zehn Jahren ein Mädchen geboren hatte und dass sie keinerlei Interesse mehr habe, mit Johannes in Kontakt zu treten.

Ich trat meine Stelle in der Installationsfirma an. Und es machte mir sehr viel Spaß. Ich hatte drei Kollegen. Mit einem war ich meistens zu Kunden unterwegs. Der Chef war zufrieden mit mir, das Einkommen war okay. Ungewohnt war, dass ich nun für mich selbst sorgen musste. In der Kolonie wurde hervorragend gekocht. Das war dort Frauenarbeit. Ich hatte keinen Schimmer, wie man sich zum Beispiel ein Spiegelei in der Pfanne briet. Also ging ich meist essen, und das war natürlich nicht annähernd so gut wie in der Kolonie. Auch vom Wäschewaschen hatte ich keine Ahnung. Aber im Laufe der Zeit ging alles seinen Weg.

Es dauerte einen Monat, bis ich mich dazu durchrang, Johannes zu antworten. Irgendwie war ich wütend auf ihn. Er hätte eher schreiben können. Er hätte auch Mary schreiben müssen. Als meine Wut sich halbwegs gelegt hatte, setzte ich mich an meinen kleinen Küchentisch und schrieb:

*Lieber Johannes,*
*was bist Du eigentlich für ein Idiot, dass Du mich zehn Jahre auf eine Nachricht warten lässt? Hast Du Dir überhaupt keine Gedanken gemacht, was aus den Leuten geworden ist, die Du zurückgelassen hast? Du hast Mary geschwängert und bist seit fast zehn Jahren Vater einer Tochter. Aber sie will nichts mehr mit Dir zu tun haben. Ihre Adresse darf ich Dir nicht geben. Sie ist inzwischen verheiratet. Dein Vater ist vor zwei Jahren gestorben. Deiner Mutter geht es wohl ganz gut. Deine Eltern haben mir gegenüber nie wieder über Dich gesprochen. Offenbar haben sie sich damit abgefunden, dass Du einfach verschwunden bist. Ich bin vor einem Monat aus der Bruderschaft ausgeschieden. Ich lebe jetzt in Brandon, habe eine gute Arbeit und baue mir ein Leben in Eigenverantwortung auf. Mein Großvater und meine Eltern sind gestorben, meine Geschwister leben in anderen Kolonien. Ich wusste nicht mehr, was ich da noch soll. Es war mir einfach zu eng geworden.*
*Wenn Du kommen willst, würde ich mich freuen. Vielleicht komme ich auch mal nach Deutschland. Aber zunächst einmal muss ich hier alles auf die Reihe kriegen.*
*Schreib bitte wieder,*
*Dein Albert*

Es dauerte wieder ein halbes Jahr, bis Johannes antwortete. Es entwickelte sich ein sehr zäher Schriftverkehr. Wir wechselten vielleicht zwei, drei Briefe pro Jahr. Johannes schrieb mir, dass ich mir doch endlich einen Computer anschaffen sollte, damit wir Emails schreiben könnten. Das tat ich. Bei der Arbeit hatte ich ja auch mit Computern zu tun. Per Email intensivierte sich dann unser Kontakt. Aber wir schickten uns keine Bilder.

Vor einem Jahr kam dann eine Email von Johannes, dass er mich besuchen würde. – Und er kam. Als ich ihn am Flughafen in Winnipeg abholte, kam mir ein hochgewachsener Mann entgegen, der mich freundlich anlächelte. Inzwischen waren achtzehn Jahre vergangen, seit wir uns das letzte Mal gesehen hatten. Johannes war so unglaublich reif geworden, man hätte es auch alt nennen können. Aber ihm ging es genauso mit mir. Wir waren beide in die Jahre gekommen. Aber auf irgendeine Weise war er heute eine angenehmere Erscheinung als damals. Auch vom Wesen her war er jetzt ein sehr netter Zeitgenosse. Er strahlte Ruhe aus. Die Hektik und Ungeduld der Jugend waren weg. Wir umarmten uns und fuhren mit meinem Wagen zu meiner neuen Wohnung, die im Vergleich zu der, die ich am Anfang in Brandon gehabt hatte, geradezu luxuriös war.

Nach anfänglicher Sprachlosigkeit gerieten wir in einen unbändigen Erzählfluss. Ich wollte alles über Deutschland wissen. Und da konnte er mir wirklich viel erzählen und mir die Orte beschreiben, von denen mein Großvater früher viel erzählt hatte. Und das Verrückte war: Johannes war jetzt kurz davor, in den Harz zu ziehen. Er hatte eine gute Stelle in Aussicht. Über seine privaten Verhältnisse sagte er nicht viel. Allerdings kam in den nächsten Tagen immer mal wieder zum Vorschein, dass er von einer festen Partnerschaft nicht viel hielt.

»Ich habe es lieber abwechslungsreich. Ich liebe sehr junge, aber zumindest unschuldige Mädchen. Die großen Augen, die solch ein Mädchen macht, wenn ich es verführe, das ist ein sehr befriedigendes Gefühl.«

Ich fand das eher seltsam. Aber aufgrund meiner sehr zurückhaltenden Lebensart konnte ich dazu auch nicht viel sagen. Meine Damenbekanntschaften zielten letztendlich darauf, doch noch eine Frau fürs Leben zu finden. In dieser Beziehung war ich das glatte Gegenteil von Johannes, eben ein Kind der Gemeinschaft, wo Ehe und Familie etwas gelten. Es macht mir auch nichts aus, wenn man in meinem Bekanntenkreis darüber schmunzelt oder mich bedauert. Ich bin so und kann nicht aus meiner Haut.

Johannes wollte zwei Wochen bleiben. In der ersten Woche hatte ich mir frei nehmen können und wir unternahmen einiges. Aber dann musste ich wieder arbeiten, weil einfach so viel los war in dem kleinen Betrieb. Ich war inzwischen die wichtigste Stütze des Chefs geworden und sehr gewissenhaft, weil ich ihm auch Einiges verdankte. Da gab ich Johannes mein Auto, damit er selbst etwas unternehmen konnte. Dieser Wagen war mein ganzer Stolz, ein weißer Jeep, drei Jahre alt, Allradantrieb. Damit hatte ich im kanadischen Winter ebenso wie auf den Schotterpisten außerhalb der Stadt gute Karten. Er wolle mal nach Winnipeg und auch zu der Kolonie, in der seine Mutter lebte, fahren. Er würde seinen ganzen Mut zusammennehmen und sie besuchen. Und wenn das Wetter weiterhin so gut bliebe, würde er noch einen Abstecher an den Lake Winnipeg machen, worum ich ihn beneidete.

»Lass dir Zeit, Johannes. Ich komme auch ohne das Auto klar. Mein Chef leiht mir einen Firmenwagen. Viel Spaß!«

Nach vier Tagen kam Johannes wieder. Er wirkte ziemlich ausgepumpt, so als hätte er in zu kurzer Zeit zu viel erlebt oder als hätte er Tag und Nacht gearbeitet. Er schlief sich aus und erzählte mir dann am nächsten Tag, als ich von der Arbeit kam, dass er in Winnipeg das Haus beobachtet hatte, in dem Mary jetzt wohnt. Er wollte seine Tochter sehen, ohne in Erscheinung zu treten. Nach einiger Zeit kam auch tatsächlich ein junges Mädchen den Weg entlang und ging in das Haus.

»Das war sie. Ich schwöre dir, das war sie. Langes, dunkles Haar. Ein wunderschönes Mädchen. Das war meine Tochter. Wenn ich das gewusst hätte, wäre wahrscheinlich alles anders gekommen. Aber ich werde auf keinen Fall in ihr Leben eindringen. Hauptsache, sie ist glücklich.«

»Und was war mit deiner Mutter? Warst du in der Kolonie?«

»Ja. Ich habe sie getroffen. Wir haben uns ausgesprochen. Und sie hat mir vergeben, dass ich sie damals ohne ein Wort verlassen habe. Sie freut sich, dass es mir gut geht. Und ihr geht es eigentlich so wie immer. Sie nimmt alles klaglos hin und geht in ihrer Religion auf. Wir haben uns umarmt, und ich glaube, das war ein Abschied für immer.«

»Und dann warst du noch am Lake Winnipeg?«

»Nein, ich war in Steinbach.«

»Okay, dann lass uns heute Abend essen gehen. Du musst ja übermorgen schon wieder fliegen.«

Bevor wir losgingen, um ein tolles Steakhaus in der Nähe zu besuchen, schaute ich noch in die Zeitung. Da ich ohne Fernseher und Radio aufgewachsen bin, habe ich auch heute noch keinen Fernseher, weil es zu viel Unruhe in mein Leben bringen würde. Aber ich genehmige mir ein Zeitungsabonnement. Gelesen habe ich immer schon gern. Auf Seite drei las ich dann über die Vergewaltigung eines fünfzehnjährigen Mädchens am Lake Winnipeg. Gesucht werde ein Mann von Mitte dreißig bis Anfang vierzig, groß, dunkelhaarig. Er sei mit einem weißen Jeep unterwegs gewesen. Das Autokennzeichen sei leider unbekannt.

»Schade, dass du nicht am Lake Winnipeg warst, Johannes. Da hättest du vielleicht eine Vergewaltigung verhindern können«, sagte ich, als er gerade hereinkam und zeigte ihm den Zeitungsartikel.

»Naja, der See ist über vierhundert Kilometer lang. Die Wahrscheinlichkeit, dort Zeuge einer Vergewaltigung zu werden, ist nicht sehr groß«, gab er zurück und sagte dann: »Lass uns losgehen. Ich habe einen Riesenhunger.«

Zwei Tage später brachte ich Johannes zum Flughafen. Als ich zurück war und den Wagen am Haus abstellte, schaute ich auf die Fußmatte: Sand. Das war schöner, weißer Sand, so wie er hier in der Gegend nur am Lake Winnipeg vorkommt.

# Kapitel 38

Manitoba ist voll von Geländewagen. Aber Jeeps sind nicht so stark verbreitet. Die Leute kaufen lieber asiatische Fabrikate, weil sie billiger sind. Und weiße Jeeps sind schon recht selten. Deshalb nahm wohl die Polizei gern die Mühe auf sich, alle Besitzer weißer Jeeps in Manitoba ausfindig zu machen. Wenn man bedenkt, dass diese ganze riesige Provinz fast doppelt so groß ist wie Deutschland, aber dort nicht mehr Menschen leben als in München, hält sich der Aufwand, nach einem Automodell in einer bestimmten Farbe zu suchen, in Grenzen. Jedenfalls stand am Tag nach Johannes' Abreise die Polizei vor der Tür und begutachtete meinen Wagen. Die beiden Uniformierten baten mich heraus und fragten, wo ich am Freitagmittag gewesen wäre.

»Bei der Arbeit«, antwortete ich wahrheitsgemäß.

»Kann das jemand bezeugen?«

»Natürlich. Kunden, mein Kollege, mein Chef. Ich war auf Montage für meine Firma.«

»Mit diesem Jeep?«

»Nein, mit einem Firmenwagen.«

»Und dieser Jeep stand hier bei Ihnen zu Hause?«

»Ja.«

Warum hatte ich jetzt wieder gelogen? Es war ewig her, dass ich zum letzten Mal gelogen hatte. Das passierte mir offenbar nur, wenn es darum ging, Johannes zu schützen. Aber warum?

»Was ist denn eigentlich los? Geht es um einen Unfall?«, fragte ich.

»Am Freitag wurde am Lake Winnipeg einem sehr jungen Mädchen Gewalt angetan. Es wurde gefesselt und was dann geschah, werde ich Ihnen nicht im Detail erzählen«, sagte der Polizist, ein Mann in meinem Alter. Dann zeigte er mir ein Phantombild: »Kennen Sie diesen Mann?«

»Nein«, log ich erneut und der Polizist setzte nach: »Das Bild wurde nach der Beschreibung des Opfers angefertigt.

Und sie hat noch mitbekommen, dass er dann in einem weißen Jeep davongefahren ist. Daher suchen wir alle Besitzer solcher Autos auf.«

Sie notierten sich noch die Zeugen, die mir selbstverständlich ein Alibi geben konnten, entschuldigten sich höflich für die Unannehmlichkeit ihres Besuches und verabschiedeten sich. Ich ging zurück ins Haus und hätte heulen können. Ich war ratlos. Was sollte ich tun? War Johannes wirklich so ein Kerl, der junge Mädchen schändete? Hatte er damals mit dem Tod des Mädchens im Fluss auch etwas zu tun? War er ein Mörder und Vergewaltiger? Ich musste etwas tun.

* * *

Es dauerte fast ein Jahr, bis ich mich endlich entschloss, der Sache auf den Grund zu gehen und Johannes mit meinen Vermutungen zu konfrontieren. Wir hatten in dieser Zeit einen sporadischen Emailkontakt. Ich schrieb ihm auch, dass die Polizei bei mir war und nach einem Missetäter im weißen Jeep suchte. Aber er antwortete nur, dass es gut war, dass er nicht zum Lake Winnipeg gefahren sei. Von dem Phantombild, das ihm ähnlich sah, sagte ich nichts.

Es hörte in dieser ganzen Zeit nie auf, an mir zu nagen. Diese Ungewissheit, ob mein Freund wirklich ein Verbrecher sein könnte, war unerträglich. Endlich raffte ich mich auf, ein Flugticket nach Deutschland zu kaufen. Und jetzt bin ich auf dem Weg dorthin.

Ich versuche, meine Gedanken frei zu machen von den furchtbaren Geschehnissen um Johannes. Ich konzentriere mich auf meinen Großvater, der einst aus Deutschland gekommen war, um in Kanada das Leben seiner Vorfahren wieder aufzugreifen, nämlich Teil einer Hutterer-Gemeinschaft zu sein. Ohne seinen Entschluss, auszuwandern, würde es mich nicht geben und ich könnte nicht zurückschauen auf die Erfahrungen, die ich hier gemacht habe. Ich habe in erster Linie gute Erinnerungen an die Hutterer-Gemeinschaft. Viele Leute rümpfen die Nase und halten diese Leute für rückständig. Das Gegenteil ist der Fall. Die Hutterer sind im Grunde Revolutionäre. Sie wenden sich ab von dem Streben nach Macht und Reichtum. Sie wollen auch nicht allzu viel mit dieser Welt der Habgier und Ungerechtigkeit zu tun haben. Sie leben ihr Leben im Stillen, indem sie sich an der christlichen Jerusalemer Urgemeinde orientieren und versuchen, den Weg zu gehen, den Jesus von Nazareth gewiesen hat. Hutterer gehen dabei anders vor als ihre religiösen Verwandten, die Amischen, die jede Art von Fortschritt ablehnen, die meist keinen elektrischen Strom haben und keine Autos. Die Hutterer nehmen die Errungenschaften des technischen Fortschritts gern an, kaufen die modernsten Maschinen, die ihnen bei der Arbeit nützlich sind, bauen schöne Häuser für ihre Familien, wenn das Budget einer Kolonie dies zulässt. Aber es gibt keine Armen und Reichen. Alle haben gleich viel, egal ob einer die Kolonie managt oder den Rasen mäht. Ich habe die Gemeinschaft verlassen, weil ich wahrscheinlich ein zu großer Individualist bin, weil mein Drang nach Selbstbestimmung und -verwirklichung größer war, als es mir dort ermöglicht wurde. Aber ich glaube trotzdem, dass es ein guter Weg ist, sein Leben so zu gestalten, wie es meine Vorfahren getan haben.

In solchen Gedanken versunken höre ich die Lautsprecherdurchsage, dass das Flugzeug nun zur Landung ansetzt.

# Teil III

# Kapitel 39

## Goslar (2014)

Als Rebecca sich von Moritz zu Hause absetzen ließ, ging es ihr richtig gut. Es war das erste Mal in ihrem Leben, dass ihr jemand eine wirkliche Liebeserklärung gemacht hatte. Und die war ehrlich. Als sie Harry neulich kennenlernte, hatte sie recht schnell Schmetterlinge im Bauch. Aber wenn sie sich jetzt fragte, was sie wirklich für ihn empfunden hatte, dann war es doch etwas ganz anderes als das, was sie jetzt spürte. Mit Harry, das war eine Liebelei. Wahrscheinlich konnte das in dieser kurzen Zeit auch gar nicht anders sein. Moritz, den Pastor, kannte sie seit zehn Jahren. Und sie hatte des Öfteren Gefühle ihm gegenüber, die sie nicht recht definieren konnte. Im Grunde hatte sie sich die ganze Zeit über Gefühle, die in Richtung Liebe und Erotik gingen, selbst verboten. Denn sie wäre nie auf die Idee gekommen, dass diese von Moritz erwidert werden könnten.

Sie sagte ihren Eltern Bescheid, dass sie wieder da war, dass sie bereits mit dem Pastor gegessen habe und nun noch unbedingt den Heiratsschwindler fertig machen müsste.

»Ist gut«, sagte Mutter Lörchen, »ich werde jetzt mit Papa nach Seesen fahren. Du weißt ja, meine alte Freundin Marianne hat Geburtstag. Dein Bruder ist mit seiner Freundin ausgegangen. Du bist also allein zu Hause. Schließe alles gut ab.«

»Oh, das ist ja schrecklich. Aber ich glaube nicht, dass jemand bei uns einbricht. Wer klaut denn schon einen Sarg?« Lachend ging sie in ihr Zimmer, um sich ihre Arbeitskleidung anzuziehen. Dann ging sie hinunter, um sich mit dem Heiratsschwindler zu beschäftigen. Sie schob eine CD ein und legte los.

Während der Arbeit ging ihr nicht aus dem Kopf, dass sie sich in Bezug auf Harry die ganze Zeit gedrückt hatte. Eigentlich wollte sie heute Morgen zur Polizei gegangen sein. Dann hatte sie es wieder verschoben. Und dann hatte Moritz sie angerufen und später abgeholt, sodass die Sache immer noch in der Schwebe war. Sie war jetzt fest davon überzeugt, dass Harry den Tod von Ina verschuldet hatte. Und bevor sie dieses wunderbare Pflänzchen der aufkommenden Liebe mit Moritz weiterpflegen konnte, musste sie erst einmal Ordnung schaffen in ihrer Vergangenheit. Am besten jetzt gleich. Aber vielleicht sollte sie ihm doch noch eine letzte Chance geben, selbst reinen Tisch zu machen. So schlecht konnte er doch gar nicht sein. Sie war zwar zutiefst schockiert gewesen von seinen sexuellen Praktiken, aber das mochte für Andere ganz normal sein. Nur, wenn er mit einem so jungen und empfindsamen Mädchen wie Ina das Gleiche getan hatte und sie dann, wodurch auch immer, zu Tode gekommen war, dann konnte man nicht einfach zur Tagesordnung übergehen. Sie nahm jetzt ihren Mut zusammen und ging ans Telefon.

»Hallo, Harry. Hier ist Rebecca. Ich wollte dich fragen, was nun ist. Hast du Inas Tod verschuldet? Du hast mir keine klare Antwort gegeben. Wenn es so ist, dann musst du zur Polizei gehen. Heute Abend noch. Sonst gehe ich morgen früh hin.«

Er hatte die ganze Zeit nur zugehört und sagte jetzt mit seiner sanften Stimme: »Ich werde zunächst dir alles erzählen. Du hast ein Recht darauf. Und wenn du dann immer noch der Meinung bist, ich sollte zur Polizei gehen, dann werde ich es tun. Wäre es dir recht, wenn ich zu dir komme? Jetzt sofort?«

»Na gut. Ich habe noch eine halbe Stunde im Bestattungshaus zu tun. Wenn du an der Haustür klingelst, höre ich es nicht. Am besten, du kommst hinten über den Hof und klopfst ans Fenster.«

»Gut, bis gleich.«

# Kapitel 40

Mein Flieger landete früh am Morgen in Frankfurt. Ich hatte bereits in Kanada nach Zugverbindungen geschaut, wie ich nach Goslar komme. Das war völlig problemlos. Nachdem ich mich orientiert hatte, nahm ich einen ICE, musste einmal umsteigen und war dann mittags in Goslar. Ich hatte mich nicht bei Johannes angemeldet. Ich wollte sein Gesicht sehen, wenn ich vor der Tür stand. Wenn er bei der Arbeit war, würde ich später wiederkommen. Ich hatte mir in Kanada auch einen Stadtplan von Goslar ausdrucken lassen. Seine Wohnung lag nur anderthalb Kilometer vom Bahnhof entfernt. Also machte ich mich auf den Weg. In der Altstadt konnte ich mich gar nicht satt sehen. Diese herrlichen alten Häuser. In diesem Ort hatte mein Großvater einst den Zug nach Bremen genommen, um nach Kanada auszuwandern. Und heute wohnte Johannes ausgerechnet in dieser Stadt. Irgendwie war mir unwirklich zumute. Abgesehen von den modernen Schaufenstern muss es vor achtzig Jahren genauso ausgesehen haben. Die Häuser waren Jahrhunderte alt. So etwas gab es in Kanada nicht. Als diese Häuser gebaut wurden, gab es in Kanada nur Indianer, die durch die Prärie zogen, um Büffel zu jagen oder in ihren Kanus auf Flüssen und Seen Fische fingen. Und im Norden gab es Inuit. Niemand hatte in Kanada solche Häuser gebaut. Die Menschen wohnten in Zelten. Und die ersten Siedler hausten in primitiven Holzhütten. Erst viel später entstand in einigen Orten eine gewisse Baukultur. Schwer zu verstehen, dass die Menschen scharenweise diese herrliche alte Welt verlassen haben, um in der Wildnis ein neues Zuhause zu suchen. Aber dafür gab es eben Gründe ganz anderer Natur. Unfreiheit, Verfolgung, Armut dürften wohl die wichtigsten Indikatoren für solche Entscheidungen gewesen sein. All das ging mir durch den Kopf, als ich auf dem Weg zu Johannes war.

Auf der gegenüberliegenden Straßenseite stach mir in einem Schaufenster ein Bild ins Auge. Ich ging über die

Straße, um es mir genauer anzusehen. Es war einfach faszinierend. Ich weiß nicht, ob es die Farbgebung war oder das Motiv. Ein Mensch, der in das Paradies eintritt. Dann bemerkte ich, was das für ein Laden war. Ein Bestattungshaus. Was für eine herrliche Idee, solch ein Bild hier auszustellen. Ich ging weiter, und ein paar Minuten später hatte ich das Haus erreicht, in dem Johannes jetzt wohnte. Ich klingelte, es summte und ich stieß die Tür auf. Nach ein paar Stufen stand mir ein völlig entgeisterter Johannes gegenüber.

»Ich werde verrückt. Was machst du denn hier? Albert!«

Ich grinste ihn an und sagte: »Ich wollte mal kontrollieren, was du so treibst.«

Dann umarmten wir uns. Als ich mich in seinem schön eingerichteten Wohnzimmer in den Sessel sinken ließ, spürte ich plötzlich, was Jetlag ist. Ich hatte noch nie eine so weite Reise gemacht. In Manitoba war es jetzt sechs Uhr morgens. Hier war früher Nachmittag. Ich hatte über zwanzig Stunden nicht geschlafen. Johannes brachte mir einen Kaffee, wir unterhielten uns eine halbe Stunde. Und dann hatte ich Mühe, die Augen offen zu halten. Johannes hatte ein Gästebett in seinem Arbeitszimmer stehen, das ich gern in Anspruch nahm. Ich schlief bis in den Abend hinein. Als ich aufwachte, ging es mir besser. Draußen war es schon dämmerig. Johannes hatte etwas zu essen gemacht, und wir unterhielten uns anschließend auf dem Balkon. Ich erzählte ihm auch von dem Bestattungsinstitut, das ein grandioses Bild im Schaufenster hatte, und er antwortete:

»Ja, das ist ein origineller Laden. Das Beste daran ist aber die Tochter des Hauses. Ein zauberhaftes Mädchen, eigentlich eher eine junge Frau. Sie ist aber so herrlich naiv und kindlich geblieben, dass einem das Herz aufgeht. Leider bin ich im Moment etwas mit ihr zerstritten. Aber das wird schon wieder.«

Mir war etwas mulmig, als er das sagte, und vor allem, wie er es sagte. Und schon waren meine Ängste wieder da. Da war das Mädchen im Fluss, dessen Tod nie geklärt worden war. Da war das junge Mädchen in Winnipeg, dem er ein Kind gemacht hatte und sich anschließend einen Dreck darum scherte. Und da war das vergewaltigte Mädchen vom Lake Winnipeg. Und jetzt erzählte er mir von einem naiven, kindlichen Mädchen ganz in der Nähe. Morgen musste ich mit ihm Tacheles reden. Das war ja auch der Hauptgrund, warum ich gekommen war.

Nach der anstrengenden Reise lenkte ich das Gespräch lieber auf andere Themen. Ich wollte wissen, warum er sich ausgerechnet für diese Gegend entschlossen hatte. In Deutschland gab es doch so viele interessante Regionen und Orte.

»Wahrscheinlich ist es die Landschaft«, meinte er. »Wenn man in der Prärie aufgewachsen ist, nimmt man jeden kleinen Berg als Wunder auf. Die Landschaft hier ist einfach fantastisch. Und man befindet sich in der Mitte Deutschlands. Man kann innerhalb eines Tages jeden anderen Ort in Deutschland erreichen. Aber wie geht es dir? Hast du eine Freundin? Oder mehrere? Oder wartest du immer noch auf die große Liebe?«

»Ich hatte die eine oder andere Freundin. Aber es ist bislang noch nie etwas Ernsthaftes daraus geworden. Vielleicht kommt das ja noch.«

»Mach dir keinen Kopf. Genieße das Leben. Je weniger Verantwortung du hast, desto besser für dich.«

»Wahrscheinlich bin ich zu sehr Hutterer, um so zu denken. Das Leben besteht nicht nur aus Genuss und ist kein Selbstzweck«, sagte ich.

Er schaute mich mitleidig an und meinte: »Ich glaube, ich werde dir noch einiges beibringen müssen. Lass mich mal machen. Ich werde dir schon zeigen, wie man das Leben genießt.«

Ich wollte ihm gerade antworten, als das Telefon im Wohnzimmer klingelte. Er ging ran und unterhielt sich kurz. Ich bekam von dem Gespräch nichts mit, da das Telefon zu weit weg stand. Dann kam er an die Balkontür und sagte: »Albert, ich muss noch mal weg.«

»Kein Problem, geh nur. Vielleicht gehe ich auch noch mal ein paar Schritte raus. Es ist so ein schöner Abend. Und nach meiner Ruhepause in deinem Gästebett fühle ich mich wieder putzmunter.«

»Okay, ich gebe dir einen Schlüssel. Dann bist du unabhängig und kannst kommen und gehen, wann du willst.«

# Kapitel 41

Rebecca war mit dem Heiratsschwindler fertig. Sie hatte ihn liebevoll zurecht gemacht, wie sie es mit jedem Verstorbenen tat. Auch, wenn ihn niemand mehr anschauen wollte. Morgen würde er zum Krematorium gefahren werden. Ein Stück weiter ruhte die Mutter von Rita Sauschläger. Auch sie wollte niemand mehr anschauen. Eigentlich traurig, dachte sie. Morgen früh würden Papa und Markus sie in die Kapelle bringen, dort alles schön arrangieren, und dann konnte die Trauerfeier stattfinden, die Moritz als Pastor leitete, obwohl er die Frau gar nicht gekannt hatte.

Da klopfte es am Fenster. Harry. Sie ließ ihn herein. Er lächelte sie an. Dieses Lächeln hatte vor Kurzem noch ihr Herz betört. Nun empfand sie es als falsch. Ihr war jetzt bewusst, dass sie sich in ihm getäuscht hatte.

»Warte einen Moment, Harry. Ich räume noch kurz auf und mache das Licht aus. Dann können wir nach oben gehen und uns unterhalten.«

»Das ist nicht nötig, meine Schöne. Wir können uns auch gleich hier unterhalten. Die Toten hören nicht zu.«

Er ging in dem Raum herum und schaute sich alles an. Er begutachtete den Heiratsschwindler, da der Sarg noch offen war und sagte: »Gute Arbeit, Rebecca. Irgendwie beneide ich dich um deinen Job. Ich habe mit jammernden Kranken zu tun, die meckern und denen man nichts recht machen kann. Und bei dir ist alles so still. Niemand beschwert sich, egal was du mit ihnen tust.«

Rebecca hatte ein merkwürdiges Gefühl. Sie wusste nicht, ob er es ernst gemeint hatte oder zynisch. Dann setzte sie sich auf einen Stuhl, schaute Harry an und fragte: »Was hast du mit Ina gemacht?«

# Kapitel 42

Ich trank in Ruhe mein Bier aus und machte mich dann auf den Weg. Die Altstadt am Abend zu sehen, wäre bestimmt ein besonderes Erlebnis. Ich schlenderte den Weg entlang, den ich heute Mittag gekommen war. Die Stadt war noch relativ belebt, obwohl es mittlerweile dunkel war. Leute saßen draußen und tranken etwas. Es war bestimmt einer der letzten, warmen Abende dieses Spätsommers. Den musste man einfach nutzen, bevor kühle Temperaturen und Regen das bunte Treiben zum Erliegen brachten. Auf dem Rückweg von meinem Rundgang kam ich wieder an dem Bestattungsinstitut vorbei, in dessen Schaufenster dieses grandiose Bild ausgestellt war. Jetzt war allerdings alles dunkel. Dann fiel mir ein, dass hier ja die naive, junge Frau wohnte, von der Johannes gesprochen hatte. Ob er wohl hier war? Es war doch merkwürdig, dass er so schnell weg musste, obwohl er heute Besuch aus Kanada bekommen hatte. Okay, ich hatte mich nicht angemeldet. Ich ging nicht direkt weiter, sondern in die Seitenstraße neben dem Haus. Dort war ein Hof, der im Dunkeln lag. Und nun sah ich, dass im Erdgeschoss hinten ein Zimmer hell erleuchtet war. Aus einem inneren Impuls heraus betrat ich den Hof und schaute in das erleuchtete Zimmer. Da stand Johannes. Meine Augen brauchten einen Moment, um sich an das Licht zu gewöhnen und alles zu erfassen.

Da standen Särge. Einer geöffnet, einer geschlossen. Das soll bei Bestattungsinstituten vorkommen, trotzdem schauderte es mich. Was ich dann wahrnahm, konnte einfach nicht wahr sein. Es durfte nicht wahr sein. Vor Johannes auf einem langen Tisch lag eine junge Frau auf dem Rücken. Nackt. Gefesselt. Das überstieg meine schlimmsten Vorstellungen. Was hatte ich da nur für einen Freund? Das war ein Abgrund. Ich musste etwas tun. Jetzt, sofort! Die Außentür war nicht verschlossen. Die Tür, die zu dem beleuchteten Zimmer führte, war nur angelehnt, sodass ich Stimmen hörte. Ich öffnete die Tür noch ein Stück weiter, damit ich hineinschlüpfen konnte und stellte mich hinter ein Regal.

Die Frau sagte flehentlich: »Warum tust du das? Hast du das auch mit Ina gemacht? Bitte, lass mich gehen.«

Mit seiner einschmeichelnden Stimme antwortete er nun: »Warum ich das mache? Weil ich dich liebe. Du bist ein so wunderschönes, unschuldiges Mädchen. Und Ina war genauso unschuldig und noch viel jünger. Ich habe ihr keine Gewalt angetan. Sie ist vor meiner Liebe weggelaufen und dabei verunglückt. Du kannst jetzt nicht mehr weglaufen. Es kommt immer mal vor, dass Mädchen meine Liebe nicht zu würdigen wissen. Mir bleibt dann nichts anderes übrig, als sie zu liebkosen und dann..., tja, was meinst du wohl, was ich mir dir machen muss?«

»Es reicht jetzt, Johannes!«

Ich war über meine eigene Stimme erschrocken. Vor allem, wie laut ich das gesagt hatte. Ich trat hinter dem Regal hervor. Johannes drehte sich abrupt zu mir um, sah mich erschrocken an, und das Mädchen auf dem Tisch schrie:

»Bitte, hilf mir!«

Ich schubste Johannes kräftig vor die Brust und ging zu dem Mädchen. Arme und Beine waren mit Kabelbindern gefesselt und an dem Tisch fixiert. Ich brauchte ein Messer, um sie zu befreien, fand aber keines. Dann stürzte sich Johannes auf mich und riss mich von dem Tisch weg. Das Mädchen schrie. Schließlich gelang es mir, ihm meinen Ellenbogen in die Brust zu hauen. Er machte ein paar Schritte zurück, stolperte nach hinten und schlug mit dem Kopf an die Kante des offenen Sarges. Er bewegte sich nicht mehr.

»Da links im Regal – das Messer«, rief das Mädchen.

Ich fand es, schnitt die Kabelbinder auf, half dem Mädchen auf die Beine und reichte ihr die Kleider, die über einem Stuhl hingen.

»Es tut mir so leid. Bist du verletzt?«, fragte ich.

»Nein, du bist früh genug gekommen.«

An Johannes dachten wir gar nicht mehr. Sie zog sich eilig an und musste sich dann auf den Stuhl setzen, so erschöpft war sie. Ich hockte mich vor sie hin und fragte: »Brauchst du einen Arzt? Soll ich die Polizei rufen oder irgend jemanden holen?«

Sie musste erst mal tief durchatmen. Dann erhob sie sich und ging zu dem Sarg. Mit Abscheu sah sie auf Johannes herunter, der da mit dem Kopf auf der Kante lag. Sie hockte sich nieder und fühlte seinen Puls, dann sah sie zu mir und sagte: »Er ist tot. Er dürfte sich das Genick gebrochen haben.« Sie erhob sich wieder, blieb ganz ruhig, schaute mich an und fragte: »Wie heißt du?«

»Albert. Ich bin heute aus Kanada gekommen, um Johannes zu besuchen.«

»Wieso sagst du immer Johannes. Er heißt doch Harry.«

»Nein. Für mich heißt er Johannes. Ich kenne ihn von Kindheit an. Das heißt, mit zweitem Namen heißt er Harry. Stimmt.«

»Ich kenne ihn jedenfalls nur als Harry«, sagte sie. »Aber das ist ja jetzt auch egal. Er ist selbst schuld. Erst hat er ein junges Mädchen umgebracht, und weil ich das herausgekriegt habe und zur Polizei gehen wollte, sollte ich nun an der Reihe sein.«

»Mein Gott«, hörte ich mich sagen. »Ich bin extra aus Kanada gekommen, weil ich vermutet habe, dass er sich dort auch an jungen Mädchen vergangen hat. Und kaum bin ich hier, da bestätigt sich, dass er eine Bestie ist. Ich weiß nicht mehr, mit wem ich da seit meiner Kindheit befreundet war.«

In einem plötzlichen Anfall von Wut ging das Mädchen auf Johannes zu, packte ihn unter die Arme und zog ihn unter Aufbietung all ihrer noch vorhandenen Kräfte in den Sarg. Den Kopf zwischen die Füße des Toten, der dort gebettet lag und die Füße links und rechts neben den Kopf der Leiche. Sie rückte noch etwas hin und her, bis es passte. Dann sagte sie: »Hilf mir mal mit dem Sargdeckel.«

Ich war wie vor den Kopf geschlagen, folgte aber ihrer Anweisung. Wir bugsierten den Deckel auf den Sarg und sie drehte die Schrauben fest. Dann klatschte sie in die Hände und sagte: »So, das habt ihr jetzt davon, ihr Arschlöcher. Ein Heiratsschwindler und ein Mädchenschänder und Mörder. Viel Spaß zusammen im Jenseits.«

Ich wusste nicht mehr, ob das alles real war oder ob ich ein Statist in einem Theaterstück war. Dann sagte ich: »Ich weiß nicht, ob das alles so gut und richtig ist, was wir hier tun.«

»Oh, das ist das Beste, was ich je getan habe.«

Die junge Frau bat mich, mit in ihr Zimmer zu kommen. Sie stellte sich als Rebecca vor. Sie holte eine Flasche Weißwein und zwei Gläser. Dann musste ich ihr von Johannes erzählen. Sie hatte gar nicht gewusst, dass er aus Kanada stammte. Als ich ihr die Sache mit dem Mädchen im Fluss erzählte und dass er einem anderen jungen Mädchen ein Kind gezeugt und dann sitzengelassen hat, schüttelte sie mit dem Kopf. Dann berichtete ich auch noch von dem Mädchen am Lake Winnipeg.

»Aber ich habe natürlich keine Beweise, dass er an dem Tod des Mädchens schuld war, dass man im Fluss gefunden hat. Und ich kann auch nicht sagen, ob er das am Lake Winnipeg war. Allerdings sind die Indizien erdrückend. Und nachdem ich das heute erlebt habe, was er mit dir gemacht hat, habe ich nicht mehr den geringsten Zweifel.«

»Ich auch nicht. Ich will das Kapitel abschließen, ihn begraben und vergessen.«

Dann schreckte sie plötzlich auf, erhob sich und rief:

»Mist!«

»Was ist los?«

»Begraben! Der Tote, in dessen Sarg er liegt, wird nicht begraben, sondern eingeäschert. Und vor der Einäscherung muss sich im Krematorium noch einmal jemand überzeugen, dass er tatsächlich tot ist. Das heißt, der Sarg wird dort noch einmal geöffnet. Wir müssen Harry also in einen anderen Sarg packen.«

Mich schauderte bei dem Gedanken. Eilig gingen wir die Treppe hinunter in das Zimmer mit den beiden Särgen. Sie öffnete zuerst einen anderen Sarg, in dem eine ältere Frau lag. Dann öffnete sie den Sarg, in dem Johannes untergebracht war. Und nun mussten wir ihn von dem einen in den anderen Sarg umbetten. Ich griff ihm unter die Arme, und Rebecca nahm die Beine. Es war recht anstrengend. Als Johannes während dieser Aktion noch einmal die restliche Luft aushauchte, hätte ich ihn vor Schreck fast fallen lassen. Aber Rebecca sagte: »Das ist ganz normal. Keine Angst. Er wird nicht mehr lebendig.«

Was für ein Glück, dass die tote Frau recht schlank war. Mit Müh und Not bekamen wir den Sargdeckel zu. Wäre sie ein bisschen dicker gewesen, hätte es schlecht ausgesehen. Nach dieser Aktion gingen wir erschöpft zurück in ihr Zimmer. Ich trank den Wein zu schnell, sodass mir ganz schwummrig im Kopf wurde. Normalerweise trinke ich vielleicht ein paar Bier im ganzen Jahr. Wein hatte ich schon ewig nicht mehr getrunken. Als Hutterer wird man in dieser Hinsicht zur Zurückhaltung erzogen. Wir erzählten noch ein bisschen über unser Leben. Ich wollte am liebsten gleich zurück nach Kanada fliegen. Aber während unserer Unterhaltung wurde mir klar, dass das dumm wäre. Warum sollte ich mir von Johannes alles kaputtmachen lassen? Ich war jetzt hier auf den Spuren meines Großvaters. Und morgen würde ich ein Auto mieten und mir die Orte anschauen, die er in seinem Tagebuch beschrieben hatte: Braunlage, Sankt Andreasberg, Bad Lauterberg und dann durch Lerbach in das Dorf Buntenbock fahren. Und zum Schluss über Clausthal-Zellerfeld zurück nach Goslar. Vielleicht auch in umgekehrter Reihenfolge, wie es mir beliebte.

Wir verabredeten, dass wir über den heutigen Abend schweigen würden. Nach meiner Harzrundfahrt würde ich noch einmal vorbeischauen. Sollte doch etwas herauskommen, wäre ich Rebeccas Zeuge, dass sie nichts Schlimmes getan hatte. Und sie wäre meine Zeugin, dass Johannes unglücklich gefallen war. Komisch eigentlich, dass wir beide einhellig der Meinung waren, nicht die Polizei zu rufen. Wahrscheinlich wollten wir beide dieses furchtbare Kapitel jetzt und hier beenden.

Wir verabschiedeten uns, und ich ging zurück zu Johannes' Wohnung. Als ich schlafen wollte, kamen die Gewissensbisse. Was hatte ich da getan? Natürlich war es Notwehr gewesen, und Nothilfe für Rebecca, die in Lebensgefahr war. Aber wir hätten die Polizei holen müssen. Ich war so erzogen worden, dass man für alles, was man tut, einstehen muss. Selbst wenn man mich anklagen würde, wegen was auch immer — ich kannte mich mit den Gesetzen in diesem Land nicht aus - hätte ich das eben auf mich nehmen müssen. In solchen Gedanken verloren, schlief ich schließlich doch ein. Der lange Flug und die seelischen Strapazen hatten offenbar zu einem Erschöpfungszustand bei mir geführt, bei dem nichts anderes mehr möglich war als zu schlafen.

Am nächsten Morgen duschte ich und frühstückte. Meine Lebensgeister waren wieder da. Für einen Moment bemächtigte sich wieder der Zweifel meiner Seele, ob das alles so richtig war, was ich tat. Aber dann siegte schließlich der Wunsch, das zu tun, was ich mir vorgenommen hatte. Vielleicht würde ich nie wieder die Gelegenheit haben, auf den Spuren meines Großvaters zu reisen. Ich wusch das Geschirr ab und machte etwas Ordnung. Anschließend ging ich los, um einen Mietwagen zu organisieren.

# Kapitel 43

Rebecca fiel in einen kurzen, intensiven Schlaf. Die Erschöpfung forderte ihren Preis. Als sie dann hörte, wie ihre Eltern zurückkamen, wurde sie wach. Sie brauchte einen Moment, um sich zu orientieren. Sie schaltete das Licht an, und plötzlich war alles wieder da. Für die Zeit des kurzen, traumlosen Schlafs hatte sie alles verdrängt. Aber jetzt war es zurück. Was hatte dieser Wahnsinnige mit ihr gemacht? Nackt und gefesselt hatte sie auf dem Tisch gelegen. Was wäre geschehen, wenn dieser nette Kerl, wie hieß er? – Albert – wenn Albert nicht gekommen wäre? Hätte Harry sie wirklich umgebracht? Es war unfassbar. Dann die Auseinandersetzung zwischen den beiden Männern. Dann war Harry tot. Sie hatte fast triumphiert, als sie ihn in den Sarg bugsierte. War das wirklich sie? Warum hatte sie nicht die Polizei gerufen? Sie hatte doch mit Harrys Tod nichts zu tun. Und Albert hatte in Nothilfe gehandelt, um sie zu befreien. War die Entscheidung richtig, Harry einfach anonym zu verbuddeln? Irgendwie konnte sie nicht glauben, was in den letzten Stunden alles geschehen war. Hatte sie das vielleicht alles nur geträumt?

Als ihre Eltern im Schlafzimmer verschwunden waren, zog sie sich einen Bademantel über und ging leise hinunter in den Raum mit den beiden Särgen. Sie machte Licht. Dann öffnete sie den Sarg mit der Sauschläger-Mutter. Sie hob den Deckel nur leicht von einer Seite an. Ja, da lag er. Mausetot. Sie verschloss den Sarg wieder und sagte dann: »Genau das hast du verdient. Ich habe das Richtige gemacht. Ich hatte mich in dich verliebt, und du hast es mir so übel gedankt. Keiner soll dir eine Träne nachweinen, du blöder Hund!«

Sie ging wieder hoch in ihr Schlafzimmer und setzte sich in den Sessel, um nachzudenken. Sie wusste, dass es schlecht war, das zu tun, was sie nun zu Ende bringen würde. Aber sie konnte nicht anders. Wenn sie der Polizei all das erzählen sollte, was er mit ihr gemacht hat und das Ganze dann womöglich vor Gericht, vor Zuschauern, noch einmal wiederholen sollte, dann würde sie sich totschämen. Und sie wollte auch nicht, dass Moritz es erfuhr. Jedenfalls jetzt nicht. Noch nicht. Vielleicht würde sie ihm irgendwann alles erzählen. Wenn ihre Liebe gefestigt war, wenn nichts sie mehr trennen konnte. Aber was mache ich mit Barbara? Inas Mutter musste doch wissen, was geschehen war. Dass der Kerl, der ihrer Tochter das angetan hatte, seine Strafe bekommen hatte. Darüber denke ich morgen nach, dachte sie. Ich werde schon einen Weg finden, es Barbara beizubringen.

Dann legte sie sich wieder ins Bett, schaltete das Licht aus, betete und schlief darüber ein.

# Kapitel 44

Die Familie Witzki saß zusammen in der gemütlichen Ecke des Ladens, um den Tagesablauf zu besprechen. Alfie und Markus würden die Mutter der Sauschlägers gleich in die Kapelle bringen. Die Trauerfeier sollte um 12.00 Uhr stattfinden. Lörchen würde im Laden bleiben, und Rebecca käme dann auch zur Kapelle.

»Und wer bringt den Heiratsschwindler zum Krematorium?«, wollte Markus wissen.

»Das kannst du doch machen«, meinte Alfie. »Du musst doch während der Trauerfeier nicht anwesend sein, wenn Rebecca da ist.«

»Ach, Scheiße. Ich wollte eigentlich etwas mehr Zeit für Marita haben.«

»Gut, dann sag ich Hermann Bescheid, dass er die Fuhre macht. Ich rufe ihn am besten sofort an.«

Er holte sein Handy und telefonierte mit Hermann, einem Rentner, der sich ab und zu mit Aushilfsarbeiten etwas dazu verdiente.

»... Ja, ist gut, Hermann. Du kannst sofort kommen. Der Kunde ist abholbereit in der Kiste verpackt. Dann nimmst du halt den alten Wagen.« Lächelnd sagte Alfie zu seinem Sohn: »Alles geregelt. Hermann kommt gleich. Also brauche ich dich heute nur, um die Sauschläger-Dame zur Kapelle zu bringen. Das können wir gleich erledigen. Dann hast du frei.«

In dem Moment ging die Ladentür auf und herein kamen Frau und Herr Sauschläger, die erklärten, entgegen ihrem ursprünglichen Ansinnen nun doch noch einmal die Verstorbene anzuschauen. Rebecca stand kurz vor einer Ohnmacht. Dann klickte es in ihrem Kopf und sie sagte: »Bitte nehmen Sie einen Moment Platz. Ich hole Sie gleich. Markus, bitte komm mal mit. Ich kann den Sarg nicht allein öffnen.«

Während Lörchen die Sauschlägers mit Cappucino versorgte, nahm Rebecca ihren Bruder ins Gebet: »Markus, ich flehe dich an, bitte sag nichts und frage mich jetzt nicht. Du musst mich jetzt retten. Bitte!«

So hatte er seine Schwester noch nie reden gehört. Er fragte sich, ob sie noch ganz richtig im Kopf war. Dann hoben sie den Sargdeckel ab. Als Markus sah, was sich da offenbarte, ließ er sein Ende des Deckels vor Schreck fallen. Den Knall hörte man sogar noch im Laden. Lörchen befürchtete schon, dass der Sarg umgefallen war.

»Um Himmels Willen! Was ist das denn? Das ist doch dieser Harry. Was macht der denn bei Mutter Sauschläger im Sarg?«

»Er wollte mich gestern Abend umbringen, und dabei ist er gefallen und hat sich das Genick gebrochen. Und jetzt halt die Klappe. Du sollst mir jetzt keine Löcher in den Bauch fragen. Wir bringen ihn solange bei dem Heiratsschwindler unter. Und wenn die Sauschlägers ihre Verstorbene gesehen haben, dann betten wir Harry wieder um.«

Markus verstand gar nichts. Er tat, was seine Schwester ihm auftrug. Sie öffneten den Sarg des Heiratsschwindlers und hoben Harry dort hinein. Deckel wieder drauf. Gut. Danach kümmerte sie sich noch einmal um die Sauschläger-Mutter, die durch die zeitweilige Enge etwas ramponiert aussah. Dann ging sie in den Laden und sagte: »So, Frau und Herr Sauschläger. Sie können jetzt kommen, um von der Verstorbenen Abschied zu nehmen.«

Rita Sauschläger saß da wie ein Häufchen Elend und sagte: »Ach nä, ich glaub, ich kann es doch net. Ich wollt se ja so gerne nochemal sähn. Aber jetze, nä.«

Nun wurde ihr Mann Hannes leicht ungehalten. »Mädel, jetze reiß dich mal zusamme. Du liechst ma in de Ohrn, dass ich hier in aller Hergotts Früh hinfahrn soll. Jetze simma da, und nu willste doch net. Denn hätt ich aach mitm Marsch im Bett bleim könne.«

»Ich wesses doch aach net. Örscht wollt ich, un nu will ich net mehr. Mir gehn jetze nachn Glupschi und nachher is de Trauerfeier und gut. Ich kann se ma net nochemal angucken.«

»So sind se, de Weiber«, sagte Hannes Sauschläger in die Runde und erhob sich. Er half seiner Frau auf und verabschiedete sich: »Nüscht für ungut. Mir sähn uns in dar Kapell.«

Als sie draußen waren, atmete Rebecca tief durch. Dann fragte sie: »Wo ist Papa?«

Ihre Mutter antwortete: »Hermann ist gekommen, um den Heiratsschwindler fürs Krematorium abzuholen.«

Rebecca stieß einen kurzen Schrei aus und rannte nach hinten. Da stand ihr Vater und sah dem Leichenwagen nach, der gerade den Hof verließ. Er sagte zu Rebecca: »Mein Gott, der Tote sah aus wie ein Hänfling. Wie kann so eine halbe Portion bloß so schwer sein? Ich dachte schon, Hermann klappt beim Tragen zusammen.«

Rebecca wurde flau im Magen. Jetzt war alles aus. Man würde den Sarg im Krematorium öffnen und zwei Leichen finden. Markus, der hinter seiner Schwester stand, war ganz weiß im Gesicht. Er ging auf den Hof, holte sein Handy heraus und suchte eine gespeicherte Nummer. Währenddessen ging Alfie zurück in den Laden. Ein paar Minuten später kam Hermann mit dem Leichenwagen wieder auf den Hof gefahren. Er und Markus hievten den schweren Sarg wieder zurück in den Raum. Dann wurde Hermann zurück auf den Hof geschickt, wo er eine Zigarette rauchen sollte, die Markus ihm anbot. Rebecca und Markus betteten Harry vom Heiratsschwindler zurück zur Sauschläger-Mutter. Dann wurde Hermann hereingebeten, um den Sarg erneut in den Leichenwagen zu befördern. Als er atemlos hinterm Steuer saß, sagt er: »Komisch, der Sarg ist mir jetzt leichter vorgekommen als eben. Also, solche Eskapaden sind nichts mehr für einen Mann in meinem Alter.« Er fuhr los.

Dann betrat Alfie den Raum wieder, wunderte sich darüber, wie abgekämpft seine Kinder aussahen und sagte: »So, Markus, jetzt bringen wir die Sauschläger-Dame in die Kapelle.«

# Kapitel 45

Die Trauerfeier ging gut über die Bühne. Als der Sarg in das Grab hineingelassen war, machte Rebecca innerlich drei Kreuze. Auch Fräulein Höschen war gekommen. Nach der Beisetzung hakte sie sich bei Rita Sauschläger ein, um zu einem nahegelegenen Restaurant zu gehen.

Im Bestattungshaus herrschte weitgehend Ruhe. Lörchen hatte einen neuen Kunden, um den man sich aber erst morgen würde kümmern müssen. Alle Familienmitglieder, auch Marita, setzten sich in die gemütliche Ecke und Alfie sagte: »Ich denke, wir sollten unseren Firmennamen ändern.« Alle horchten auf und er fuhr fort: *»Alfies Bestattungsladen.«* Keine Redaktion, also sprach er weiter: »Witzki Bestattungen ist ja gut und schön. Aber der Begriff Bestattungsladen klingt doch sehr viel freundlicher als dieses sachliche Bestattungen. Das nimmt den Menschen die Scheu. Als ob man im Bestattungsladen einkaufen geht wie in einer Boutique oder im Zigarrenladen. Wir sollten den Namen ändern, wenn wir Maritas Ausstellung eröffnen.«

Irgendwie hatte heute keiner den Kopf für solche Eskapaden. Rebecca sagte nur: »Das ist eine gute Idee, Papa«, und ging auf ihr Zimmer. Ein paar Minuten später war Markus da. Natürlich hatte sie damit gerechnet.

»So, Schwesterchen, jetzt erzähle. Und lass nichts aus. Ich habe ein Recht, in deine dunklen Geheimnisse eingeweiht zu werden.«

»Ja, das hast du, großer Bruder.«

Und sie erzählte ihm alles. Als sie fertig war, rechnete Rebecca mit Vorhaltungen, warum sie nicht die Polizei geholt hatte und so weiter und so fort. Stattdessen sagte er:

»Gut. Damit ist dieses Kapitel beendet. Auf zu neuen Ufern. Jetzt sieh zu, dass du deinen Pastor bei Laune hälst. Er ist ein feiner Kerl. Es gibt nicht viele Männer, die sich von einer Frau mit Steinen bewerfen lassen und ihr dann eine Liebeserklärung machen.«

# Kapitel 46

# Harz

Als ich durch den Oberharz fuhr und diese grandiosen Wälder sah, waren meine Gedanken befreit von dem Schrecklichen, das ich gestern erlebt hatte. In Zellerfeld sah ich mir die alte Kirche an. Gegenüber gab es eine alte Apotheke mit neunundneunzig skurril geschnitzten Fratzen. Nur ein paar Autominuten weiter, in Clausthal, hielt ich schon wieder und betrat die riesige alte Holzkirche mit ihrer barocken Innenausstattung. Bei uns Hutterern gibt es keine Bilder oder sonstigen Verzierungen in der Kirche. Da ist alles ganz schlicht. Aber das hier war schon faszinierend. Ich fuhr weiter. Bei Torfhaus hielt ich an und schaute auf den Brocken, den höchsten Berg des Harzes. Dann wurde ich langsam kribbelig. Denn Braunlage war nicht mehr weit. Ich parkte meinen Wagen und ging durch den Ort. Schöne Häuser und Geschäfte, ein Kurpark, alles war herausgeputzt. Ich überlegte, wie mein Großvater es geschafft hatte, sich von diesem Ort zu trennen, um in eine ungewisse Zukunft zu reisen. Aber die Gründe hierfür waren wohl ganz anderer Natur.

Ich fuhr weiter nach Sankt Andreasberg, parkte das Auto und sah mir alles an. Als ich an die steilste Straße kam, die ich je gesehen hatte, holte ich das Tagebuch aus meinem Rucksack und las, was Großvater Gottlieb in diesem Ort erlebt hatte. Ich fing laut an zu lachen. Die Leute um mich herum dachten bestimmt, ich sei verrückt. Ich ging die Straße ganz hinunter und rätselte, welches wohl das Haus sein könnte, in das er mit seinem Fahrrad hineingefahren war. Aber ich hatte keine Vorstellung. Vielleicht gab es das Haus ja auch gar nicht mehr. Ich ging zurück zu meinem Wagen und merkte, dass ich außer Atem war. Hier war alles so bergig. In der Prärie, wo ich wohne, gibt es kaum ein Hügelchen, und das über tausende von Kilometern.

Die Ausblicke hier waren einfach fantastisch. Bewaldete Berge, dieses satte Grün in der Ferne. Ich beschloss schließlich, ein paar Tage hier zu bleiben und suchte mir ein Zimmer in einem preiswerten Hotel. In den nächsten Tagen erkundete ich die Gegend zu Fuß. Es gab herrliche Wege, und so wanderte ich zum Glockenberg, zum Galgenberg, zum Sieberberg, zum Beerberg und den Glückauf-Klippen. Das Gute hier ist, dass man keine Angst haben muss vor Bären, die in Kanada überall auftauchen können. In Deutschland scheint Wandern ein echter Volkssport zu sein. Ich traf so viele Leute jeden Alters. Und alle Wanderer grüßen sich untereinander, bleiben manchmal stehen, um sich mit einem zu unterhalten oder man macht eine gemeinsame Rast. Abends war ich von meinen Aktivitäten so erschöpft, dass ich ins Bett fiel wie ein Stein. Gott sei Dank kam ich gar nicht dazu, an das zu denken, was vor ein paar Tagen Grauenvolles geschehen war. Es gelang mir, Johannes so weit zu verdrängen, als wäre er schon seit Jahren nicht mehr da.

Dann fuhr ich ein Stück weiter bis nach Bad Lauterberg, wo mein Großvater kurze Zeit in einem Gasthof gearbeitet hatte. Ich ging die Hauptstraße entlang und sah in einer Konditorei so herrlichen Kuchen, dass ich nicht wiederstehen konnte. Ich ging hinein und bestellte Kaffee und zwei Stücke von den süßen Köstlichkeiten. Ein paar Häuser weiter stand ich plötzlich vor einer kleinen Buchhandlung. Ich war fasziniert von der Einrichtung. Die musste ja über hundert Jahre alt sein. Eine sehr freundliche, ältere Dame fragte mich, ob sie mir behilflich sein könne. Da fiel mir ein, dass mein Großvater hier vor über achtzig Jahren eine Kanada-Karte gekauft hatte. Also fragte ich im Scherz: »Haben Sie eine Kanada-Karte?«

Die Antwort kam prompt: »Ich habe keine da, aber bis morgen könnte ich Ihnen eine besorgen.«

Ich erklärte der Dame, dass ich nur einen Scherz gemacht hatte und erzählte ihr die Geschichte, wie mein Großvater hier im Jahr 1930 solch eine Karte bestellt hatte

und dass die nette Buchhändlerin ihm sogar geholfen hatte, einen Job zu finden.
»Das könnte meine Mutter gewesen sein«, bekam ich zur Antwort. Ich kaufte schließlich einen wunderschönen, kleinen Bildband über den Harz und verabschiedete mich von der liebenswürdigen Dame.

Dann fuhr ich weiter nach Lerbach. Dort gibt es im Wesentlichen wirklich nur eine Straße. Ich hielt mitten im Ort an und konnte mich gar nicht sattsehen an den Bergen. Am Ende des Ortes ging es dann über eine kurvenreiche Strecke hinauf in den Oberharz. Und da war das Dorf Buntenbock. Ich parkte das Auto und beschloss, dort zu übernachten. Ich fand es so schön dort, dass ich zwei Tage blieb und die Gegend erwanderte. Teiche, die zwischen Wald und Wiesen lagen, gaben dem Ort etwas Unverwechselbares. Das war eine einzige große Idylle. Ich glaube, seit mein Großvater Gottlieb hier gewesen war, hatte sich kaum etwas verändert.

Von Buntenbock aus war er also nach Goslar gefahren. Und das war nun auch mein Weg. Ich wollte ja noch einmal bei Rebecca vorbeischauen, um zu erkunden, ob alles in Ordnung war. Vielleicht würde ich ja auch eine böse Überraschung erleben. Ich würde nun, nachdem ich diese einzigartige Reise gemacht hatte, alles hinnehmen, wie es kam. Ich sandte ein tief empfundenes Gebet gen Himmel, dankte Gott für diese wunderschöne Reise, bat ihn um Vergebung meiner Sünden und schloss auch Johannes in mein Gebet ein, der vor seinem plötzlichen Tod keine Gelegenheit mehr hatte, um für die Vergebung seiner Sünden zu bitten. Es war eine furchtbare Vorstellung, ohne Johannes, den ich seit meiner Geburt gekannt hatte, weiterleben zu müssen. Wäre ich nicht nach Deutschland gekommen, würde er noch leben. Aber dann wäre jetzt vielleicht dieses unschuldige Wesen Rebecca tot. Und warum hatte ich nicht darauf bestanden, die Polizei zu holen? Es ging alles so spontan, dass ich gar nicht nachgedacht hatte. In solche Gedanken verstrickt, setzte ich mich ins Auto und fuhr nach Goslar.

# Kapitel 47

# Goslar

An dem Haus der Witzkis prangte nun ein neuer Schriftzug. Marita hatte ihn entworfen. Neonfarben rot und grün: *Alfies Bestattungsladen*. Das stach so ins Auge, dass man einfach hinschauen musste. Im Fenster hing ein weiteres Schild: *Marita Masjosthusmann – Bilder über die Ewigkeit – Sonderausstellung*.

Nichts wies in dem Schaufenster darauf hin, dass dies hier ein Bestattungshaus war. Stattdessen waren einige herausragende Gemälde platziert. Im Laden selbst hingen an den Wänden weitere Bilder. Einige Leute standen in Grüppchen herum und unterhielten sich. Rebecca ging mit einem Tablett herum und bot Sekt und Wein an. Heute war Ausstellungseröffnung. In einer Nacht- und Nebelaktion hatten Alfie und Marita dies ganz kurzfristig auf die Beine gestellt. Normalerweise dauert die Vorbereitung einer Ausstellung Wochen und Monate. Aber der spontane Alfie hatte einfach Nägel mit Köpfen gemacht, und Marita hatte in ihrer Begeisterung mitgezogen. Heute Morgen war ein Pressebericht erschienen, und es kamen mehr Leute als erwartet. Lörchen hatte insgeheim damit gerechnet, dass kaum jemand kommen würde. Sie war völlig verblüfft, als sie die Kaffeemaschine bediente und auf die vielen interessierten Gäste schaute. Mittendrin stand Marita, die sich in ein langes Schleiergewand gehüllt hatte, das in allen Farben schimmerte. Jeder wollte sich mit ihr unterhalten. Es waren bis zum Mittag schon sechs Bilder verkauft worden, alle in der Preislage zwischen fünfhundert und tausend Euro. Und Marita hatte noch Nachschub. Da waren all die vielen unverkauften Gemälde, die sie in den letzten Jahren angefertigt hatte.

Auch Moritz, der Pastor, erschien. Er grüßte freundlich und ging dann auf Rebecca zu, nahm ihr das Tablett aus der

Hand, stellte es auf den Tresen und gab ihr einen Kuss. Das hatte er in der Öffentlichkeit noch nie gemacht. Lörchen lächelte. Markus, der das auch sah, grinste schamlos zu seiner Schwester herüber. Moritz schaute sich zusammen mit Rebecca die Ausstellung an und sagte laut und vernehmlich:

»Man sollte sich solch ein Bild kaufen, solange die Preise noch im Keller sind. Wenn ich das sehe, bin ich überzeugt, dass man schon bald sehr viel mehr dafür ausgeben muss.«

Ein Mann, der das gehört hatte, ging auf Alfie zu und sagte: »Herr Witzki, würden Sie mir ein Bild verkaufen?«

Kurz danach betrat Kommissarin Liebe den Laden und wunderte sich über den Betrieb. Sie ging auf Rebecca und den Pastor zu, um sie zu begrüßen und sagte: »Schön, dass ich Sie zusammen antreffe. Ich müsste Sie beide mal kurz sprechen.«

Bei Rebecca setzte Herzrasen ein. Sie beherrschte sich aber und antwortete: »Ja, natürlich. Lassen Sie uns doch am besten ins Büro gehen.«

Als die drei sich im Büro gesetzt hatten, sagte die Kommissarin: »Also, im Fall Ina sind wir noch nicht wirklich weitergekommen. Wir ermitteln in mehreren Richtungen. Aber es gibt noch keinen Durchbruch. Das wollte ich Ihnen vorab sagen, weil ich weiß, wie nahe Ihnen der Tod des Mädchens geht. Aber weshalb ich heute hier bin, hat einen anderen Grund. Es geht um Harry Käseberg, eigentlich Johannes Käseberg. Er ist seit einigen Tagen spurlos verschwunden. Ich weiß, dass er mit Ihnen, Rebecca, zusammen im Kirchenchor gesungen hat. Und er war Mitglied Ihrer Gemeinde, Herr Pastor. Haben Sie eine Ahnung, wo er sein könnte?«

Rebecca und Moritz sahen sich fragend an. Schließlich antwortete Rebecca: »Nein, ich habe ihn am vorletzten Sonntag gesehen. Und seitdem hatte ich keinen Kontakt mehr. Das heißt, ich habe ihn ein oder zwei Tage danach noch einmal angerufen. Und da sagte er mir, er würde nicht zur nächsten Chorprobe kommen können. Mehr weiß ich nicht.«

Nun sah die Kommissarin den Pastor fragend an: »Ich schaue meist bei der Chorprobe herein, so auch am letzten Donnerstag. Aber er war nicht da. Ansonsten hatten wir nicht viel Kontakt. Ganz am Anfang, als er in unsere Gemeinde gekommen war, hatten wir ein längeres Gespräch. Er sei bei der Religionsgemeinschaft der Hutterer aufgewachsen, aber da es solche Gemeinden ja hier nicht gibt, schloss er sich eben einer evangelischen an. Erstmal zur Probe. Das heißt, er ist gar nicht getauft und wollte darüber nachdenken, ob er dies nachhole. Ich sagte ihm, er sei auf jeden Fall willkommen und könne bei Eignung auch im Chor mitsingen. Mehr weiß ich eigentlich auch nicht über ihn. Ich meine, über seine privaten Verhältnisse. Ich denke, er ist alleinstehend und hat auch keine Verwandten in der Nähe. Vorher hat er ja in Salzgitter gewohnt.«

»Hm!«, sagte die Kommissarin. »Sein Arbeitgeber hat ihn als vermisst gemeldet, weil er seit einer Woche nicht mehr zum Dienst erschienen ist. Die Nachbarn haben auch keine Ahnung. Er ist wie vom Erdboden verschluckt. Offenbar hatte er außerhalb der Kirche keine sozialen Kontakte. Auch im Kollegenkreis weiß niemand so recht etwas über ihn. Ich danke Ihnen und bitte um Entschuldigung, dass ich Sie ausgerechnet heute gestört habe. Wenn ich Zeit habe, komme ich noch mal vorbei, um mir diese großartige Ausstellung anzusehen. Das ist ja eine tolle Idee, in einem Bestattungshaus Kunst zu zeigen.«

Für Kommissarin Liebe war dies ein Routinefall. Ständig verschwinden irgendwo Leute. Viele tauchen wieder auf. Andere nicht. Die meisten wollen wahrscheinlich einfach Schluss machen mit ihrem bisherigen Leben und lassen alles liegen und stehen, um ganz woanders neu anzufangen. Sie würde der Sache noch eine Zeitlang nachgehen. Und wenn er nicht gefunden wurde, dann käme der Vorgang irgendwann zu den Akten. Es ging hier schließlich nicht um ein Kind oder einen Jugendlichen, sondern um einen erwachsenen Mann, der durch sein Verschwinden offenbar keine Lücke hinterließ. Und wenn es nicht den geringsten Hinweis auf ein Verbrechen gab, dann konnte man schließlich keine Suchtrupps organisieren.

Am Nachmittag war es zwar etwas stiller geworden, aber es kamen immer noch Leute, um sich die Bilder anzusehen. Schließlich betrat auch das Ehepaar Sauschläger den Laden. Lörchen begrüßte die beiden freundlich und erkundigte sich, ob sie den Schicksalsschlag mittlerweile einigermaßen überstanden hatten.

»Na klar«, meinte Hannes, »es bleibt ähn ja aach nüscht anneres übrich. Die Alte hat jetzte ihre Ruh und mir han vor ihr Ruh.«

Rita funkelte ihren Mann ob dieser Respektlosigkeit an.

Kurz danach betraten Lilly Höschen und ihr Großneffe Amadeus den Laden. Lilly trug einen rosa Hosenanzug aus den achtziger Jahren, und Amadeus sah in seinem dunklen Anzug aus wie ein Anwalt, der er ja auch war. Lilly begrüßte und herzte alle, die sie kannte: Lörchen, Rebecca, die Sauschlägers. Amadeus stand etwas steif herum, während Hannes Sauschläger ihm kräftig auf die Schulter klopfte und in seinem Oberharzer Jargon sagte: »Na, du alberner Rachtsverdreher, du kimmst woll aach, um dich die nackelten Weiber auf de Bilder anzugucken?«

Es war Amadeus sichtlich peinlich, so angesprochen zu werden, und ein Mann, der offenbar aus Bayern stammte, amüsierte sich über diese Sprache: »Wos is denn dös für a intresante Sproch?«

»Das ist Oberharzer Dialekt«, sagte Lilly ungefragt. »Und was sprechen Sie? Geierwalliretrooberdeutsch?«

Alle lachten. Die Stimmung war gut. Und Marita verkaufte ein weiteres Bild. So viel wie heute hatte sie in manchem Jahr ihrer Künstlertätigkeit nicht unter die Leute gebracht. Schließlich passierte das, was immer passiert, wenn Amadeus unter Menschen ist. Er hockte sich auf die Lehne des Sofas in der Sitzecke. Ihm gegenüber stand der Pastor, mit dem er jetzt redete. Offenbar vergaß er, wo er saß und dass er sich nicht anlehnen konnte, weil er nun mal auf der Lehne saß. Als er sich bei angeregter Unterhaltung dann anlehnen wollte, kippte er nach hinten und landete auf der Sitzfläche zwischen Lilly und Rita. Den noch im Glas befindlichen Sekt schüttete er sich dabei ins Gesicht.

Rita schrie vor Schreck kurz auf und sagte dann: »Junge, was machst du denn all wieder für Stippschterchen? Mir sind doch hier net im Zörkus.«

In dem allgemeinen Gelächter rappelte er sich wieder auf und sagte ganz stolz: »Das Glas ist heil geblieben.«

Als er sich mit einem Ruck erhob, knallte das Glas dann zu Boden und die Leute lachten noch mehr. Rebecca nahm sich seiner an und führte ihn ins Bad, damit er sich das Gesicht abtrocknen konnte, während Lilly sagte: »So, Amadeus' komödiantische Einlage hätten wir nun auch überstanden, ohne dass jemand ernstlich zu Schaden gekommen ist.«

# Kapitel 48

Ich stellte meinen Wagen im Parkhaus ab und schlenderte noch einmal durch die schöne Altstadt von Goslar. In einem Schaufenster sah ich mein Spiegelbild. Komisch, ich sah heute aus wie ein Hutterer. Schwarze Hose mit breiten Hosenträgern, weißes Hemd, schwarze Jacke. Warum eigentlich nicht? Ich betrat ein Kaufhaus und kaufte mir einen schwarzen Hut. Offenbar kamen diese Dinger nie aus der Mode. In Kanada würde man mich jetzt sofort als Hutterer identifizieren. Das war ich ja auch, obwohl ich mich aus der Gemeinschaft gelöst hatte. Aber es war einfach in mir drin. Ich ging weiter zu dem Bestattungshaus, um mich von Rebecca zu verabschieden. Vielleicht gab es ja auch etwas zu besprechen. Möglicherweise war auch alles herausgekommen, und ich musste mich meiner Verantwortung stellen. Wie auch immer, ich würde es auf mich nehmen.

Nanu, hier war etwas verändert. Ein plakatives Schild mit der Aufschrift *Alfies Bestattungsladen* und das Schaufenster mit allerlei Bildern dekoriert. Ich betrat das Geschäft. Da waren etliche Leute. An den Wänden hingen Bilder. Das war eine Kunstausstellung. Ungewöhnlich für ein Bestattungshaus. Ganz am Ende des Ladens stand Rebecca. Jetzt sah sie mich und kam auf mich zu.

»Hallo, Albert. Wie geht es dir?«

»Danke, sehr gut. Ich hatte eine erlebnisreiche Zeit. Es war ganz wundervoll, auf den Spuren meines Großvaters zu reisen.«

»Komm mit auf den Hof. Da können wir uns in Ruhe unterhalten.«

Wir gingen hinaus, und sie winkte einem Mann zu, dass er auch mitkommen sollte. Sie stellte ihn mir als Moritz vor.

»Moritz ist unser Pastor. Und er ist mein Freund. Vielleicht auch etwas mehr.«

»Nun, das will ich doch hoffen«, sagte er.

»Albert, es ist alles in Ordnung. Ich weiß zwar nicht,

warum ich mich neulich so verrückt verhalten habe. Eigentlich ist das nicht meine Art. Aber es ist jetzt wie es ist. Und ich denke, wir sollten die Sache ruhen lassen. Wir können es nicht mehr ändern. Begraben und aus.«

Angesichts dieser ungewollten Metapher musste Rebecca plötzlich kichern, was Moritz wiederum eine weitere Falte auf die Stirn brachte. Er schaute Rebecca an wie ein Suchender in der Wüste. Er verstand nichts. Deshalb fragte er: »Sag mal Rebecca, muss ich das verstehen? Worüber redet ihr eigentlich? Oder soll ich lieber reingehen, dann könnt ihr ungestört…«

»Nein. Du sollst wissen, dass Albert mir neulich das Leben gerettet hat. Vielleicht erzähle ich dir mal alles. Aber nicht hier und nicht heute. Das ist eine längere Geschichte.«

»Du machst mich immer neugieriger. Und ich verstehe immer weniger.«

»Vielleicht muss man auch gar nicht alles wissen und verstehen.«

Nun klinkte ich mich in das Gespräch ein: »Ich wollte dir nur sagen, falls irgendetwas herauskommt, kannst du auf mich zählen. Du bist ja das Opfer und trägst keinerlei Schuld.«

»Ich werde gleich verrückt«, sagte der Pastor. »Opfer von was oder wem?«

Ich fuhr fort, als ob der Pastor gar nicht da wäre: »Sag mal, Rebecca, da hing neulich so ein wunderbares Bild im Schaufenster. Ich glaube es hieß *Ankunft im Paradies*. Kann ich das wohl kaufen?«

»Eigentlich nicht. Weil es ein Geschenk der Künstlerin an unsere Familie war. Aber ich frage eben mal die anderen Familienmitglieder. Ich komme gleich wieder.«

Nun stand ich mit dem Pastor allein auf dem Hof. Er sah mich an, als ob ich ein Sittlichkeitsverbrecher wäre. Eifersucht! Er war eifersüchtig auf mich. Verrückt. Er fragte mich, wo ich herkäme und was ich hier machte. Ich erzählte es ihm. Irgendwie war er mir sympathisch. Dann kam Rebecca zurück. Sie hatte eine Rolle in der Hand.

»So, Albert, da ist das Gemälde drin. Mit Rahmen hättest du ja Schwierigkeiten, es im Flugzeug zu transportieren.«

»Oh, ich darf es wirklich haben? Danke! Was bin ich euch schuldig?«

»Nichts, mein Lebensretter. Ich wünsche dir alles erdenklich Gute!«

Sie umarmte mich und gab mir einen Kuss auf die Wange. Dann verabschiedete ich mich von dem Pastor und verließ mit meiner Rolle unterm Arm Alfies Bestattungsladen.

# Kapitel 49

Um sechs Uhr schloss Alfie den Laden ab. Das war ein turbulenter Tag gewesen. In der Sitzecke hatten es sich Lörchen, Marita, Markus, Rebecca und der Pastor gemütlich gemacht.

Alfie setzte sich dazu und sagte: »Wir haben zehn Bilder verkauft. Und ich denke, es wird auch noch einiges nachkommen. Das war ein gelungener Tag. Wir haben einen neuen Weg eingeschlagen. Ohne Marita wäre ich nie auf solch eine grandiose Idee gekommen.«

Nun sah sich der Pastor, der entgegen seinem Naturell lange geschwiegen hatte, genötigt, auch mal etwas zu sagen: »Herr Witzki, ...«

»Alfie bitte und du.«

»Alfie, es mag altmodisch sein, und deine Tochter ist ja auch erwachsen. Aber trotzdem möchte ich dich und auch Sie, Frau Witzki, fragen, ob ihr euch vorstellen könnt, mich als Schwiegersohn zu bekommen.«

»Hm«, sagte Alfie. »Wenn du dir das zutraust. Mit Rebecca verheiratet zu sein, ist sicher nicht das Schlechteste. Meinen Segen habt ihr. Aber mit mir als Schwiegervater bist du natürlich ein gebranntes Kind. Mir eilt, wie dir nicht verborgen geblieben sein dürfte, ein gewisser Ruf voraus. Die männlichen Mitglieder dieser Familie haben so ihre Eigenheiten.« Dabei schaute er Markus an und fuhr unbeirrt fort: »Also, herzlichen Glückwunsch. Außerdem wird es auch allmählich Zeit für dich. Du bist nicht mehr der Jüngste, wenn ich das so sagen darf. Und ich will schließlich noch Enkelkinder. Also, streng dich an.«

Nun wurden Rebecca und Moritz von jedem Einzelnen umarmt. Als dann für einen Moment Stille eintrat, sagte Moritz: »Was war das eigentlich für eine Sache mit diesem Hutterer, diesem Albert? Muss ich mir Sorgen machen? Sollte ich vielleicht eifersüchtig sein?«

Rebecca konterte: »Zum Thema Liebe und Eifersucht solltest du mal wieder in Korinther 1.13 nachlesen: *Die wahre Liebe kennt keine Eifersucht.* Und wenn dir das nicht reicht, dann schau noch mal in der Bergpredigt nach. Du weißt schon, die Sache mit dem Stein.«

»Oh, nein, danke! Das brauch ich nicht zu lesen. Ich habe es am eigenen Leib gespürt.«

Und alle lachten.

# Was ich noch sagen wollte

Selten habe ich einen Menschen spontan so ins Herz geschlossen wie meine Cousine Sharol Collard. Als ich sie vor einigen Jahren anlässlich eines Kanada-Besuches zum ersten Mal traf, war klar, dass wir aus einem Holz geschnitzt sind. Neben vielen Gemeinsamkeiten war es vor allem dieselbe Art von Humor, den wir teilten. Wir konnten über eine Sache Tränen lachen, während um uns herum die Leute nur mit dem Kopf schüttelten. Sie war es auch, die mich zu den Hutterern brachte. Normalerweise ist es nicht leicht, in ihre Kolonien zu kommen und Auskunft über ihre Lebensweise zu erhalten, da sie recht abgeschottet von der Welt leben. Aber Sharol hatte geschäftlich viele Jahre mit etlichen Kolonien zu tun und sich das Vertrauen der Leute erworben bis hin zu freundschaftlichen Beziehungen. So wurde mir alles gezeigt: die Häuser der Familien, die Arbeitsstätten von der Polsterei bis zum hochautomatisierten Schweinegebärstall, die Felder und die Landmaschinen, der Hausgarten, die Gemeinschafts- und Vorratsräume, die Küche, die Kirche, die Schule, der Friedhof. Und in familiärer Atmosphäre und mit großer Gastfreundschaft beantworteten die Menschen jede Frage, die mich interessierte. Sogar Fotos durfte ich machen, was nicht selbstverständlich ist. Eine bessere Recherche zu diesem Thema ist gar nicht möglich. Nur so konnte ich diese Thematik in dieses Buch einbringen.

Sharol ist leider im Jahre 2013 – noch viel zu jung – gestorben. Aber ich werde ihr immer dankbar sein für die gemeinsame Zeit in Kanada und Europa, für die vielen Emails, in denen wir unsere Gedanken ausgetauscht haben und für die tiefe Verbundenheit. Ich glaube, sie hätte dieses Buch gemocht.

# Über den Autor

Viele der Krimis des gebürtigen Lautenthalers Helmut Exner (Jahrgang 1953) spielen im Harz und bedienen sich der derben Sprache der Region und skuriller Charaktere. Lilly Höschen, das alte Fräulein, ist dabei zur beliebten Serienfigur geworden. Es ist die Mischung von Spannung, Wortwitz und dem Hang zum Schrägen, die die Originalität dieser Bücher ausmacht und sein Schreiben charakterisiert.

Der Autor ist im Internet erreichbar unter:

www.facebook.com/HelmutExnerAutor
www.helmutexner.de

# Weitere Bücher von Helmut Exner

**Walpurgismord**

Ein leicht *schräger* Krimi
aus dem idyllischen Harz

224 Seiten
4. Aufl. 02/2014
Taschenbuch, € 8,95
ISBN 978-3-936318-91-3
auch als eBook erhältlich

Am Walpurgistag verschwinden die Eltern von Amadeus Besserdich im Hochmoor des Harzes. Zwanzig Jahre später geschehen merkwürdige Verbrechen, die den Schluss nahelegen, dass Amadeus´ Vater, der Totgeglaubte, seine Finger im Spiel hat. Wieder ist Walpurgistag, und wieder geschieht etwas Schreckliches. Amadeus und seine schrullige Großtante Lilly haben nur Zeit bis Mitternacht. Dann muss der Fall gelöst sein, oder ein weiterer Mensch stirbt.

*»Endlich mal wieder ein toller, gut lesbarer Regionalkrimi mit Witz und extrem viel Spannung!«*

*– Carola Nümann, KrimiKiste –*

**Sauschlägers Paradies**

*Ein ziemlich schräger Kriminalfall aus dem romantischen Harz*

176 Seiten
2. Aufl. 09/2012
Taschenbuch, € 8,95
ISBN 978-3-936318-92-0
auch als eBook erhältlich

Menschen verschwinden spurlos auf einem geheimen Friedhof. Das Ehepaar Sauschläger, zwei Oberharzer Originale, lässt sich in seiner Naivität mit der Russenmafia ein. Lilly Höschen, die schrullige Oberstudienrätin, und ihr Neffe Amadeus werden in diese Vorgänge verstrickt, die Kommissar Schneider und seine Mitarbeiterin Gisela Berger zu lösen versuchen. Ein ziemlich schräger Kriminalfall, wie er wohl nur im Harz passieren kann.

*»Die Sauschlägers nebst ihrer Bagage sind einfach nur herrlich amüsant. Lilly Höschen und ihr "Team" laufen zur Höchstform auf. Helmut Exner schreibt richtig gut, ich bin längst Fan von ihm. Fazit: Diese Krimireihe ist Kult und steckt voller Humor. Nicht nur für "Harzer" ein richtiges Vergnügen.«*

*– Claudia Junger, Krimi & Co. –*

**Die Segeberg-Connection, die Lübecker Marzipanleiche und der Harzer Roller**

151 Seiten
1. Aufl. 02/2012
Taschenbuch, € 8,95
ISBN 978-3-936318-97-5
auch als eBook erhältlich

Gisela ist nach Schleswig-Holstein gezogen, wo sie für das Landeskriminalamt ermittelt. Kaum angekommen, ereilt sie ein Hilfeschrei aus dem Harz. Ihre alte Freundin Lilly Höschen fühlt sich bedroht. Bereits zwei alte Kollegen sind auf merkwürdige Weise ums Leben gekommen und sie fürchtet, dass sie die Dritte ist. Dabei hat Gisela alle Hände voll zu tun. In ihrer Nachbarschaft wohnen Männer mordende Frauen.

*»Ein toller Krimi mit viel Witz, skurrilen Charakteren und ganz viel Marzipan der anderen Art.«*

*– Chloé Cingöz, KrimiKiosk –*

Lilly Höschen
und ihr Gespür für Mord

156 Seiten
1. Aufl. 09/2012
Taschenbuch, € 8,95
ISBN 978-3-943403-17-6
auch als eBook erhältlich

Sie ist eine liebenswerte, alte Dame und zugleich eine Nervensäge sondergleichen. Wer ihr dumm kommt, kann sich schon mal eine deftige Beleidigung einhandeln oder wird kurzerhand in den Brunnen geschubst. Ihr besonderes Talent allerdings ist ihr Gespür für Mord. Lilly Höschen, die alte Dame aus dem Harz, reist nach Schleswig-Holstein und anschließend bis nach Australien, um die mysteriösen Mordfälle aufzuklären, die eigentlich ihre junge Freundin, Kommissarin Gisela Weniger, lösen müsste.

*»Humorvoll, gut geschrieben, top! ... Ich musste sehr viel schmunzeln. ... Die Detektivarbeit dieser alten schrulligen Dame, einfach nur erheiternd. Wer kurze Krimi-Stories mit einem Touch Humor mag, der liegt mit diesem Buch vollkommen richtig.«*

*– Gabriele Möbius, Krimizeitschrift.de –*

## Mörderische Harzreise

164 Seiten
1. Aufl. 04/2013
Taschenbuch, € 8,95
ISBN 978-3-943403-28-2
auch als eBook erhältlich

Lilly Höschens alter Freund Ferdinand führt in Braunlage ein beschauliches Leben. Er bewohnt ein schönes, altes Anwesen und genießt seinen Ruhestand. Das Haus hat nur einen Makel. Ein Gemälde, das dort schon seit Generationen hängt, verändert sich manchmal wie von Geisterhand. Und kurz darauf stirbt ein Mensch.
Als sich das Bild nach vielen Jahren wieder verändert und das Haus von allerlei Besuchern in Beschlag genommen wird, ist es mit der Beschaulichkeit abrupt vorbei. Ferdinand bittet Lilly um Hilfe. Dabei gerät die schrullige alte Dame in einen Wust aus zum Teil aberwitzigen Verstrickungen. Während die beteiligten Personen angesichts der Geschehnisse eher kopflos reagieren, regelt Lilly die Dinge mit ihrer praktischen Art und ihrem frechen Mundwerk auf ihre Weise.

*»Spannend, unterhaltsam und mit viel Wortwitz.*
*Absolute Leseempfehlung!«*
*– Claudia Junger, Krimi & Co. –*

## Die Toten von Silbernaal

Ein Kriminalroman aus den dunklen Zeiten des Harzes

171 Seiten
1. Aufl. 11/2012
Taschenbuch, € 8,95
ISBN 978-3-943403-20-6
auch als eBook erhältlich

Silbernaal, eine alte Grubensiedlung im Harz: Über Jahrhunderte arbeiteten die Menschen hier im Erzbergbau. Das dunkelste Kapitel in ihrer Geschichte erlebte die Gegend während der Nazizeit durch die Ausbeutung von Zwangsarbeitern zur Aufrechterhaltung der Kriegswirtschaft. Vor fast siebzig Jahren wurde hier für einen vergrabenen Schatz schon einmal gemordet. Das Verbrechen konnte nie aufgeklärt werden. Dann wiederholt es sich. Um es zu lösen, muss Kommissar Schneider tief in die Vergangenheit eintauchen.

*»Helmut Exner erzählt „mit leichter Hand" existentielle Schicksale. Er lässt die Leute in ihrer Zeit denken und handeln, glaubhaft handeln, ohne dem Ganzen eine „saure Moralität" aus heutiger Sicht überzustülpen. Ein spannendes und lehrreiches Buch, das von mir 5 Sterne von 5 möglichen erhält, eine mehr als verdiente Bewertung!«*

*– Jörg Völker, KrimiKiosk –*

## Lilly fährt mit dem Zeppelin zum Mond

130 Seiten
1. Aufl. 09/2013
Taschenbuch, € 8,95
ISBN 978-3-943403-31-2
auch als eBook erhältlich

Die 83-jährige Oberstudienrätin a.D. Lilly Höschen mischt sich in die abenteuerliche Familiengeschichte dreier Brüder ein, die die Brausefabrik ihres Großvaters weiterführen und behaupten, von einer venezianischen Zwergenfamilie abzustammen. Ihre Mutter hatte einst aus Versehen den falschen Mann geheiratet, was sich im Nachhinein als Segen erwies. Auf der Suche nach dem Schatz ihrer Vorfahren finden die Söhne, die jeder nur unter ihren Spitznamen Liptegei, Zeppelin und Mond kennt, eine mumifizierte Leiche im Keller. Kurz darauf verschwindet ein junges Mädchen spurlos, wodurch sich das Leben der Familie dramatisch ändert. Viele Jahre später wird die Tochter eines der Brüder entführt...

*»Wieder ein locker geschriebener, spannender, unblutiger und sehr amüsanter Krimi in der abgeschiedenen Umgebung des Oberharzes.«*

*– Unser Harz, Ausgabe 12/2013 –*

**Familientreffen mit Leiche**

192 Seiten
1. Aufl. 02/2014
Taschenbuch, € 8,95
ISBN 978-3-943403-34-3
auch als eBook erhältlich

Eigentlich wollen die in Italien lebenden Zwillinge Giovanni und Raphael Saufklever ihrer alten Lehrerin Lilly Höschen nur einen Höflichkeitsbesuch abstatten. Doch die lockere und herzliche Atmosphäre während des Wiedersehens führt dazu, dass die in die Jahre gekommenen Brüder ihre kuriose Familiengeschichte erzählen. Diese beginnt Mitte der dreißiger Jahre und erstreckt sich bis in die Gegenwart. Aus Dankbarkeit für den amüsanten Abend wird Lilly zum Familientreffen eingeladen, das am nächsten Tag in einem renommierten Goslarer Hotel stattfindet. Kaum dort angekommen, wird die alte Dame Zeugin eines Verbrechens. Nun ist das schrullige Fräulein aus dem Oberharz in ihrem Element und setzt alles daran, die Tat aufzuklären - auch unabhängig von den Ermittlungen der Polizei.

*»Kurzweilige Unterhaltung mit viel Humor, die mich immer wieder herzhaft lachen lässt.«*

*– Beate, buchplaudereien.de –*

## Die Frauen von Janowka

Eine wolhynische Familiengeschichte

Roman

256 Seiten
1. Aufl. 03/2010
Taschenbuch, € 9,80
ISBN 978-3-936318-89-0
auch als eBook und in englischer Sprache erhältlich

Lange Zeit leben die Menschen in dem von Deutschen gegründeten ukrainischen Dorf Janowka in Frieden und Wohlstand. Der Wind dreht sich, als Zar Nicolaus II. den Deutschen aufgrund der großpolitischen Wetterlage das Leben schwer macht. Im Ersten Weltkrieg werden sie nach Sibirien verbannt. Wer kann, wandert nach Deutschland oder Kanada aus. Der Autor, ein Nachkomme der Frauen von Janowka, spürt in der Parallelhandlung dem Leben seiner Vorfahren nach und findet deren Nachkommen wieder, die über Kontinente hinweg verstreut sind.

*Eine Familiensaga, die eingebettet ist in die wechselvolle Geschichte des 20. Jahrhunderts – von der Verwirklichung des Traums von einem besseren Leben.*